파
문

INCIDENCES
by Philippe Djian

이 도서의 국립중앙도서관 출판예정도서목록(CIP)은
서지정보유통지원시스템 홈페이지(http://seoji.nl.go.kr)와
국가자료공동목록시스템(http://www.nl.go.kr/kolisnet)에서 이용하실 수 있습니다.
(CIP제어번호: CIP2017002393)

필립 지앙
Philippe Djian
장편소설

윤미연 옮김

I n c i d e n c e s

문학동네

차례

파문 _007

나이 쉰셋에, 달빛이 창백해지는 한겨울밤 아주 독한 칠레 와인을 세 병이나 들이켜고 그가 아직 할 수 있는 게 한 가지 있다면, 그건 바로 액셀러레이터를 있는 힘껏 밟고 절벽을 따라 이어진 협로를 내달리는 거였다.

그는 피아트 500을 몰고 있었다. 엔진이 낡긴 했어도 차는 아직 힘이 좋아서 핸들을 단단히 붙잡고 눈을 똑바로 뜨고 있지 않으면 아마도 한순간에 절벽 아래로 그를 너끈히 날려보낼 수도 있었다.

열려 있는 차창으로 얼음처럼 차가운 공기가 밀려들고 있었다. U자형 급커브길을 돌 때면 차바퀴가 어김없이 고양이 울음소리를 냈다. 오래전부터 수많은 얼간이들이 이 도로에서 목숨을 잃었지만, 그는 굴하지 않고 계속 이 도로를 이용했다.

술을 마셨건, 약을 먹었건 간에, 시내에서 밤을 보낼 생각은 추호도 없었다. 그럴 생각은 꿈에도 하지 않았다. 운전대를 잡고 자기 집으로 돌아가려는 그를 지금까지 그 누구도 막지 못했다. 가더라도 그 길로는 절대 가지 마. 어쨌든 그 저주받은 도로는 안 돼.

그는 젊은 여자를 옆에 태우고 있었다. 그녀도 분명 술에 취해 있었다. 그는 여자를 힐끗 쳐다보고는, 후줄근한 양복 차림에 소형차를 몰고 다니는 자기 같은 중늙은이 교수에게 아직도 여학생이 꼬이는 행운이 찾아올 수 있다는 사실에 다시 한번 감탄했다. 게다가 그녀를 자신의 소굴로 데려가 적어도 새벽까지 즐길 수 있다는 사실에도 놀라지 않을 수 없었다.

어차피 바라는 만큼의 대우를 받을 수 없다면, 더 늦기 전에 자신의 직업을 통해 누릴 수 있는 몇 가지 장점이라도 만끽하는 게 장땡이라는 것이 그가 일찍이 깨달은 바였다. 그러던 어느 날, 어떤 이상한 현상에 의해, 한 여학생이 그의 눈앞에서 빛을 발하기 시작했다. 그녀는 내부에서부터 초롱처럼 아름답게 반짝였다. 단 두 줄의 글도 제대로 쓸 줄 모르는데다 글쓰기 자체에 아예 관심도 없는 듯한 그저 그런 학생이었다. 그런데 그 여자아이가 제출한 과제물을 다른 학생들 앞에서 약간 잔인하게 조롱하는 동안, 그는 갑자기 눈이 부시면서 뜨거운 입김이 훅 끼쳐오는 것 같은 느낌이 들었다. 그녀는 그가 그후로 관계를 가지게 된 상당히 많은 여학생들 중 최초의 여학생이자, 그때까지 살아오면서 만난 가장 기분좋은 섹스 파트너들 중 한 명이기도 했다.

어린 여학생들과의 관계를 늘려가는 것은, 따지고 보면 힘들 것도 없었지만 하잘것없는 위안도 되지 않았다. 그런데 몇몇 친구들은 그보다 훨씬 별것 아닌 일로 사람들 속에서 자폭하기도 했다.

그날 저녁 그를 따라온, 그가 이름도 기억하지 못하는 그 여학생은 그의 문예창작 수업을 불과 얼마 전 신청한 학생이었고, 그는 그녀가 던지는, 그것도 지나치게 던지는 추파에 단 일 초도 저항할 생각이 없었다. 무엇 때문에 망설인단 말인가? 그 주말은 자칫 방심하다가는 숲이 홀라당 타버릴 만큼 날씨가 몹시 건조하고 추울 거라는 예보가 있었다. 한껏 부푼 입술. 잘록한 허리. 집에 도착할 때쯤에는 그녀가 정신을 차릴 수 있게 해달라고 기도했다.

그녀는 거의 의식이 없는 것 같았다. 안전띠가 간신히 그녀를 한쪽으로 쓰러지지 않게 해주고 있었다. 그는 도착하자마자 커피부터 준비해야 할 터였다.

도로 양옆은 하얬고, 키 작은 초목이 자라는 곳들은 검은 잉크

빛을 띠고 있었다. 그는 입을 꽉 다문 채, 붉은 달빛 속에서 눈앞
에 굶주린 뱀처럼 몸을 뒤틀고 있는 하얀 차선을 타고 도로 한가
운데를 달리고 있었다.

그녀는 스물세 살이었다. 새벽에 그는 그녀가 차갑게 죽어 있
는 것을 알아차렸다.

그는 한순간 얼이 빠져 있다가, 득달같이 시트를 젖히고 침대
에서 뛰어내려 문 쪽으로 다가가 문에 귀를 갖다댔다. 집은 정적
에 잠겨 있었다. 그는 주의깊게 귀를 기울였다. 그러고 나서 다
시 침대로 돌아와 여자의 몸을 살펴보았다. 적어도 피는 보이지
않았다. 그것만 해도 다행이었다. 방으로 스며드는 강렬한 빛 속
에서 매끄러운 우윳빛 피부의 그녀는 아무런 탈도 없어 보였다.

그는 더 기다리지 않고 옷을 입었다. 그리고 감자 자루처럼 튼
튼하지만 금방이라도 탈이 날 것 같은 여자를 거의 둘러메다시
피 해서 차에서 침대까지 옮겨야 했던 것을 기억했다. 하지만 방
에 다다르는 순간, 갑자기 그녀가 깨어났다. 그녀는 그곳, 그의
집에, 드디어 그의 집에 오게 되었다는 사실에 몹시 기뻐했다. 그
리고 방을 가로지르며 홀링홀링 옷을 벗고, 팬티마저 벗어던졌
다. 그다음에 무슨 일이 일어났는지는 전혀 기억이 나지 않았지
만, 한 가지만은 확실했다. 그들은 그걸 했다. 의심의 여지 없이.

여학생들은 저마다 기가 막히게 놀라웠다. 그리고 이 여학생 역시, 다리가 약간 짧긴 했지만 미인이라고 해도 손색이 없었다. 심지어 지금처럼, 죽어서 점점 차가워지고 있는 이런 상황에서조차 그녀는 여전히 아주 매력적이었다. 그는 고개를 숙였다.

골치 아픈 일들이 하나둘 떠올랐다. 심각한 골칫거리들. 이 가련한 여자를 되살릴 방법은 무엇이 됐든 전혀 없었다. 그녀를 위해 할 수 있는 건 더이상 아무것도 없었다.

해가 떠오르고 있었다. 나무우듬지들이 반짝거렸다. 지면은 두터운 흰 카펫을 깔아놓은 듯 눈으로 온통 뒤덮여 있었다. 당장 시신부터 치워야 할 것 같았다. 이 지역에서 경찰을 불러 문제를 해결하고 싶어할 사람이 과연 있을까? 결백하기만 하면 조용히 내버려둘 거라고 믿는 사람이 아직도 있을까? 그는 창문을 열었다.

인접한 숲들은 고즈넉이 가라앉아 있었다. 하늘에는 작은 까마귀 몇 마리가 선회하고 있었고, 말똥가리들이 천천히 날면서 사냥감을 노리고 있었다. 저 아래쪽에는 호수가 그늘에서 모습을 드러내며 거울처럼 변해가고 있었고, 그 위로 새벽 첫 배들이 화살 깃 같은 돛을 달고 벌써 물위를 미끄러져가고 있었다. 그의 누이가 잠옷 차림으로 하루의 첫 담배를 손가락 사이에 끼운 채 정원에 모습을 나타냈다. 그녀가 그 쪽으로 고개를 들었다.

"어이, 마리안." 그가 손을 흔들며 말했다. "나한테 멋진 하루

보내라고 말해줘."

"마르크. 빌어먹을. 어젯밤에 엄청 시끌벅적하더라."

"시끌벅적? 내 차 머플러 얘기하는 거야?"

"넌 누군가와 같이 있었어."

"누군가와 같이? 내가? 아니, 누나가 꿈을 꾼 거야. 아마 텔레비전 소리였겠지."

쌓인 눈이 지붕에서 미끄러져 두툼한 크림파이처럼 둔탁한 소리를 내면서 지면 위로 떨어졌다. 그는 어깨를 으쓱하고는 창에서 물러났다. 봄이 시작되려면 아직 보름이나 남았는데도, 그는 순간적으로 공기 속에서 은은한 향기를 맡은 것 같았다. 마치 첫 꽃들이 하룻밤 사이에 활짝 피어난 것처럼. 하지만 그가 착각한 것인지도 몰랐다. 이제는 더이상 아무것도 느낄 수 없었다. 빙판과 눈이 그들을 가두고 있었다.

그 여자아이는 햄처럼 차가웠고, 살갗은 거의 회색으로 변해 있었다. 그는 심호흡을 한 번 하고 나서, 그 불운한 여학생의 옷가지를 주워모으기 시작했다.

그런 다음 그녀에게 옷을 입혀나갔다. 약간 지린내를 풍기는 하얀 면 팬티를 그대로 입혀야 하나 한순간 망설이다가, 그녀가 끝까지 벗지 않았던 브래지어를 고쳐 입히고 스타킹을 신겼다. 그리고 그는 이 호숫가의 통나무집으로 오기 전에 그녀와 함께 보낸 저녁 시간의 몇몇 장면들을 떠올렸다. 두 사람 다 누가 더하고 말고 할 것 없이 술에 취해 흐트러져 있었고 의식도 거의 나가 있는 상태였다.

이제 해가 맞은편 기슭을 핥기 시작했고, 숲들은 길게 이어진 산불처럼 어둠 속에서 모습을 드러내고 있었다. 그 여학생의 몸은 털이라고는 한 오라기도 없이 매끈했다. 그렇게 누운 채로, 뻣뻣하게 굳은 쓸모없는 몸뚱이가 되어 영원히 저세상으로 가버린 그녀를 보는 건 정말로 슬픈 일이었다. 그에게 겨우 몸을 한번 주고서는.

그의 노동과 상념들을 보상해주려는 듯, 그의 물건이 갑자기 발기하기 시작했다. 하지만 시간이 너무 빠듯했기 때문에 그는 여자의 벌려진 다리를 다시 오므렸다. 방금 아래층에서 커피기계 소리가 들려왔다. 십여 분 후면 길은 텅 비어 있을 터였다. 그는 머리가 터질 징조를 보이기 전에, 재빨리 아스피린을 한 움큼 삼켰다.

그리고 빠뜨린 게 없는지 확인했다. 열쇠들, 휴대폰, 카드들, 현금, 서류가방, 모자, 돋보기안경, 기타 등등. 그러고 나서 그 음산한 짐을 어깨에 짊어진 채 발끝으로 조심조심 아래층으로 내려왔다.

그가 나이에 비해 아직 건강한 편인 건 정말로 다행한 일이었다. 그 여학생은 60킬로는 족히 나감직했고, 게다가 그다지 협조적이지도 않았으니까. 특히나 발을 헛디디지 않고 계단을 내려가는 건 정말 힘들었다.

부엌을 지나가면서 그는 아침식사를 대신할 요량으로 사과 한 알을 집어들었다. 밖에는 햇살이 빛나고 있었고, 발아래 눈은 뽀드득 소리를 내면서 설탕처럼 바스러졌다. 날씨는 화창하고 추웠다. 그는 여자를 차문에 기대어놓고, 토탈*에서 사은품으로 받은 성에 제거 끌로 성에에 갇힌 피아트를 구출하기 시작했다. 그는 학생들에게 강의할 예정인 존 가드너의 초상을 생각하려 애썼다. 그 작가는 프랑스 문학을 배신한 극단적인 미국 문학 예찬론자라는 비난을 듣고 있었다.

하지만 진정한 배신자들은 누구일까? 진실을 감추고 있는 건 누구일까? 여자를 차에 실으려 하자 골치 아픈 일들이 일어나기 시작했다. 다리가 차 안으로 들어가지 않았다. 차가 워낙 작아서 공간이 별로 없었다. 억지로 쑤셔넣어야 했다. 관절들을 부러뜨리다시피 하면서 뒤틀어야 했다. 언제라도 마리안이 나타나서 그에게 지금 뭘 하고 있느냐고 물을 수 있었다. 그러면 대체 뭐라고 대답해야 할까? 언제라도 부근에 사는 사람들이 그의 집 앞

---

* 동명의 석유회사에서 운영하는 주유소 체인점.

도로로 지나갈 수도 있었고, 조깅하던 사람들이 멈춰 서서 그에게 말을 걸 수도 있었다.

그럼에도 끈기 있게 계속하면서 노력을 배가하고 힘을 쓴 덕분에, 무엇인가가 마침내 꺾였다—그는 그 무엇의 실체를 명확하게 분석하지 않으려 했다. 어쨌든 그렇게 해서 그는 마침내 여학생을 피아트 안에 실을 수 있었다. 손목시계를 흘끗 들여다본 그는 더이상 시간을 지체해서는 안 된다고 생각했다. 그는 경적을 짧게 두 번 울리고 나서 출발했다. 그것은 그의 누이 마리안과 그가 흐르는 세월과 함께 정립해놓은 습관, 서로를 똑같이 난처하게 만들지만 여전히 계속되어오고 있는 그런 어정쩡한 습관들 중 하나였다. 마리안은 오래전부터 더이상 창가에 모습을 나타내지 않았고, 그 역시 이제는 더이상 그녀의 모습을 조금이라도 더 보려고 백미러에 눈길을 던지지 않았음에도 불구하고.

며칠 전부터 그는 머플러에 뭔가 이상이 생긴 게 아닌가 싶었다. 어쩌면 머플러를 통째로 갈아야 할지도 몰랐다. 확실히, 피아트 500은 섬세함과는 거리가 먼 차였다. 그는 언젠가는 아우디를, 기왕이면 A8 모델을, 무슨 수를 써서든 살 수 있으리라는 생각을 애저녁에 접어두었다. 하지만 지금 이 차는 마치 트랙터, 혹은 소음기를 제거한 오토바이, 또는 근방에서 날아오르는 제트비행기 같은 굉음을 냈다. 당장 뭔가 조치를 취해야 할 것 같

있다. 뭔가를 고치긴 고쳐야 할 터였다. 최근에 그가 차를 몰고 시내를 지나갈 때면 사람들이 고개를 들고 쳐다보기 시작했다. 그가 체포되어 관자놀이에 총구가 겨눠진 채 수갑을 차고 경찰서로 끌려갈 날이 멀지 않은 것 같았다―불과 사십팔 시간 전에도, 어떤 영문과 교수가 운전면허증을 소지하지 않았다는 이유로 거리 한복판에서 경찰에게 거칠게 떠밀려 길바닥에 납작 엎드려야 하는 수모를 당했었다. 게다가 요즈음에는 국제인권감시기구조차 개인의 사소한 일에는 더이상 관여하지 않으려 했고, 이제 그 정도 일에 관심을 기울이는 사람은 아무도 없었다. 그게 아니면, 조만간 마리안이 이제 진절머리가 난다고, 이제 더이상 참고 봐줄 수가 없다고 그에게 최후통첩을 해올지도 몰랐다. 그걸 예상해둘 필요가 있었다. 그녀는 그가 매일 밤 차를 몰고 돌아다니는 것을 그리 오래 참아주지는 않을 터였다. 그가 체인에 정기적으로 기름칠을 해주며 자전거를 타고 다니지 않는 한.

차를 몰고 가던 도중 그는 갓길로 접어들어 눈으로 뒤덮인 덤불숲 뒤쪽에 차를 세웠다. 공기는 살을 에는 듯했고, 숨을 쉴 때마다 하얀 입김이 뿜어져나와 햇빛 속에서 소용돌이쳤다. 그는 천천히 바짓단을 걷어올렸다. 두 뺨은 이미 빨개져 있었다. 하지만 그의 차에 타고 있는 여자의 뺨도 그렇다고 말할 수는 없었다. 그녀를 처리하기 전에, 그는 자신에게 온 메시지들을 살펴보았다. 그리고 세상의 일부가 밤사이에 무너져내리지도, 어떤 바이러스에 감염되지도 않았다는 것을 확인했다. 하지만 신문들은 그런 것들을 전혀 알려주지 않았다. 차갑고 메마른, 화창한 날씨 얘기. 여기저기서 항상 일어나는 잔혹한 사건들.

그는 짧게 고개를 까딱하고는, 산에 오를 마음의 준비를 했다. 산길은 깎아지른 듯 가팔라서 간신히 오를 수 있을 정도였고, 어떤 구간들에서는 거의 곡예를 하다시피 해야 했다. 그는 땀에 흠뻑 젖어 꼭대기까지 올라갈 작정이었다. 숨이 턱에 차고 온몸이 차갑게 얼어붙은 땀으로 범벅이 될 게 분명했다. 생각했던 것보다 옷이 좀더 구겨지고 흐트러진 차림새로 학생들 앞에 모습을 나타내게 될 터였다. 하지만 사건들은 원래 예상과 다르게 결말이 나기 쉽고, 인간은 거기에 순응해야 했다.

여학생은 푸르딩딩한 잿빛으로 변해 있었다. 날씨가 특별히 추워서가 아니었다. '아, 이럴 수가.' 슬픔에 가슴이 메어, 허리를 굽혀 그녀의 양쪽 겨드랑이에 손을 집어넣으며 그는 생각했다. 따지고 보면 이건 정말 비극이었다. 새파랗게 젊은 나이에 저세상으로 가버린 여자. 얼마나 어처구니없는 일인가. 이 얼마나 원통한 일인가. 그리고 나, 나까지 골탕을 먹이다니, 얼마나 고약한 일인가. 이 가련한 여자아이를 내 집 지붕 아래, 내 침대 속에서 죽게 만들어 나를 고약한 함정에 빠뜨리다니! 차라리 내 손에

칼까지 쥐여주지 그랬나? 이건 너무 가혹하다. 그는 얼굴을 찌푸렸다. 그러고는 여자를 어깨에 들쳐멨다.

아주 오래전 어느 날 마리안과 그는 우연히 그 동굴을 발견했다. 그날 그는 그곳을 지나가다가 느닷없이 발이 미끄러져 밑으로 굴러떨어질 뻔했는데, 그때 거기에 동굴이 있다는 것을 알게 되었다. 그 깎아지른 경사면은 이끼와 나뭇가지로 뒤덮여 있어서 거기에 그처럼 크게 입을 벌리고 있는 구멍이 있다는 건 그 누구도 쉽게 알아차릴 수 없었다. 그는 그 까마득한 구멍 위의 허공에 대롱대롱 매달려 있었다. 그가 목숨을 건질 수 있었던 건 사력을 다해 그를 붙잡고 끌어올려준 누이 덕분이었다. 두 사람은 한숨을 돌린 후, 말이나 황소라도 한순간에 사라져버릴 수 있을 것 같은 그 커다랗게 벌어진 구멍 쪽을 부들부들 떨면서 돌아보았다.

이내 차가운 땀줄기가 그의 견갑골 사이에서 조금씩 흘러내리기 시작했다. 확실히, 그는 담배를 너무 많이 피웠다. 이 문제를 더이상 피하지 말고 심각하게 생각해봐야만 한다는 건 이제 의심의 여지가 없었다. 폐가 불에 탄 듯 화끈거렸다. 장딴지가 타들어가는 것 같았다. 이런 식으로 몇 년 더 가다가는, 혀를 빼물고 무릎으로 엉금엉금 기어다녀야 할 게 분명했다.

어쨌건 그가 그곳에 도착해서 제일 먼저 한 일은, 그 젊은 여자의 시신을 가장자리에서 떠밀고─그리고 공연히 귀를 기울이고─난 후에 담배에 불을 붙이는 것이었다. '윈스턴'은 그의 인생에서 최고의 벗이었다. 눈으로 뒤덮인 무성한 풀냄새 속에서 그 신선한 공기와 함께 담배를 피우고 있노라면 거의 지복에 도달한 것 같은 기분이 들었다. 그는 희미한 미소를 지으며 불그스름한 담배 끄트머리를 살펴보았다. 이제 그를 둘러싼 정적이 너무도 깊어서, 담배가 가볍게 지글거리며 타들어가는 소리마저 들을 수 있었다. 겨울이면 주변 산들을 뒤덮고 있는 이 숲의 정적은 거의 믿을 수 없을 정도였고, 감동적이었다.

갈리비에 표 등산화를 신고 있긴 했지만 그의 양말은 흠뻑 젖어 있었고, 밝은 베이지색 바지의 아랫부분은 짙은 밤색으로 변해 있었다. 게다가 산길을 올라오는 동안 온몸이 상당히 더러워져 있었다. 얼음판 위에서 두 번이나 미끄러진데다, 무거운 짐을 짊어진 채 바위 사이의 좁은 틈이나 나지막한 나뭇가지들을 헤치면서 힘들게 빠져나온 탓이었다. 하지만 옷을 갈아입으러 집으로 되돌아갈 시간은 없었다. 그건 멍청한 짓이었다. 그는 자기가 여자아이를 어깨에 짊어진 채 산꼭대기까지 기어올라갔다가 갓 피어난 백합처럼 새하얗고 산뜻한 모습으로 내려올 수 있을 거라고는 생각도 하지 않았다. 오히려 그는 흙먼지로 뒤범벅이 된 반바지 차림의, 어린 사내아이 티를 가까스로 벗은 시절의

자기 모습을 떠올렸다. 마리안과 그. 그들은 욕실로 곧장 끌려갔다. 그 끔찍한 여자가 사정없이 그들의 몸에 물을 끼얹었다.

*

바르바라. 그는 이틀이 지난 뒤에야 그 여학생의 이름을 알게 되었다. 그때부터 뭔가가 꿈틀대기 시작했었다. 바르바라. 그가 그 여학생을 대수롭지 않게 생각했기 때문에 듣고서도 금세 잊어버렸던 정말 멍청해 보이는 그 이름. 하지만 그녀는 얼마 지나지 않아 상당히 바람직한 수업 태도를 보여주었고 글솜씨도 그리 나쁘지 않았다. 그의 눈에 그녀가 들어오기 시작했다. 얌전하고 수줍은 표정이지만 가슴속에는 한줌의 잉걸불이 활활 타오르고 있는 그런 금발머리 여자. 그는 일어나서 서재의 창으로 밖을 힐끗 내다보았다. 그는 바르바라에 대해 어떤 감동적인 추억을 간직하고 있었다. 장래가 촉망되는 학생은 드물었다. 오랜 세월 동안 아주 많은 학생들이 그를 거쳐갔지만, 견고한 작품을 써낼 만한 학생들은 겨우 한 손으로 꼽을 정도밖에 되지 않았다. 최소한의 재능이 필요했다. 이 세상에는 재능을 갖고 태어난 사람들과 그렇지 못한 사람들이 있었다. 그 역시 재능이 없는 부류에 속했다. 그는 자기 자신이 마치 저편 기슭의 단단한 땅 위로 올라가려 안간힘을 쓰지만 아무것도 잡을 게 없어 물속에서 계속 허우적대고 있는 망아지 같다는 생각이 들었다. 하지만 처음 태어날 때부터 최소한의 재능도 부여받지 못했다면, 아무리 물고 늘어져봐야 부질없는 일이었다. 연초마다 첫 강의에서 그가 어김없이 늘어놓는 연설의 요지는, 소수의 선택받은 자들에게나 해당할 지나친 낙관주의와 자신감을 경계하라는 거였다. 이류 작가만 될 수 있어도 상당히 훌륭한 거였다. 제대로 된 시나리오 작가조차 드물었다. 십오 년 동안 그는 자신의 수업에서 빛을 발한 학생들, 선택받은 학생들을 불과 두세 명밖에 만나보지 못했다. 드넓은 대양의 작은 물방울 몇 개. 그것은 그만큼 엄청나게 희귀한 것이었고, 그래서 글쓰기를 가르치는 것을 직업으로 삼고 있는 사람으로서 어떤 보석을 우연히 발견했을 때 그 희소성은 그를 한없이 겸허하고 초라하게 만들었다.

그는 방금 막 자신에게 명함을 건네주고는 정교수와 장애인 전용 주차장을 가로질러가고 있는 경찰관을 눈으로 좇았다. 유혹은 강렬했었다. 짧은 한순간, 사실대로 말하고 싶은 욕망이, 그날 저녁 자기가 그 여학생과 함께 자리를 떴고 자기 집 침대 속에서 밤을 보냈다고 말해버리고 싶은 유혹이 그를 스치고 지나갔다. 하지만 그는 늦지 않게 정신을 차렸다. 모든 걸 다 까발려서는 안 될 터였다.

나무들이 싹을 틔우기 시작하고 있었다. 경찰관이 뭔가 의심스러운 듯 사이렌을 울리며 주차장으로 되돌아왔다가, 시속 80킬로로 캠퍼스를 다시 가로질러갔다. 그는 그 경찰관이 자신과의 면담 때문에 화가 난 건 아닐 거라고 생각했다. 오히려 그들은 서로 잘 통하는 편이었다. 아마도 그 경찰관은 마구잡이로 달리던 차량 한 대가 시내 중심가에서 두 발짝 떨어진 곳에 위치한 보석가게로 돌진해 진열창에 처박혔다는 무전을 방금 막 받았을 것이다. 수백만 유로가 날아갔다.

이 얼마나 재미있는 직업인가. 다가오고 있는 봄, 날씨는 분명히 그 직업을 훨씬 더 기분좋게 수행할 수 있게 해주고 있었다—창문턱에 팔꿈치를 올려놓은 채 운전을 하고 가다가 차를 멈추고 아무한테도 보고할 필요 없이 술을 한 잔 마실 수도 있고, 예쁜 여자들을 미행할 수도 있고, 활동비로 점심을 먹을 수도 있으며, 무기를 소지할 수도 있고, 기타 등등을 할 수 있다고 그 경찰관은 말했다. 실외에서 활동하는 스릴 넘치는 직업.

어쨌든, 그날 저녁 그들, 그 바르바라라는 여학생과 그가 함께 나가는 걸 본 사람은 아무도 없었다. 그건 그가 이런 종류의 관계가 시작될 때면 철저하게 지켜온 안전 수칙이었다. 여학생과 잠자리를 하는 건 예나 지금이나 아주 좋지 않게 인식되고 있었고, 그걸로 재수없게 징계위원회에 회부되어 실업자 신세가 된

이들도 드물지 않았다. 그래서 그는 대체로 그런 복잡한 일들이 일어나기 전에, 자신들이 얼싸안고 있는 현장을 들키기 전에, 신경이 느슨해져서 자칫 조심성을 잃어버리기 전에 재빨리 관계를 끊어버렸다. 그는 그것에 대해 엄격한 원칙을 갖고 있었다. 심심풀이나 말초적인 여흥거리라고 여기는 것 때문에 자신의 직위를 위험에 빠뜨리고 싶은 생각은 추호도 없었다.

하늘은 빛을 발하고 있었다. 해가 절정에 달하고 있는 동안 그는 소지품을 정돈한 후, 겨드랑이에 복사물 꾸러미를 끼고 입구 쪽으로 걸어갔다. 그리고 카페테리아로 가서 샌드위치를 대충 삼켰다. 마리안이 포토푀*를 만들어놓았을 가능성이 거의 없었기 때문이었다. 바르바라의 죽음은 그의 식욕을 완전히 달아나게 했다. 하지만 오늘 아침 그는 기분이 괜찮았다. 그가 경찰관 앞에서 보여준 그 담담한 태도, 그 침착함, 그 완전무결한 연기는 상을 받아 마땅했다. 그가 자신의 영역인 교수 연구실의 책상 앞에 앉아 있었고, 그래서 그 경찰관은 스스로 낮은 위치에 있다고 느끼고 있었기 때문에 그 시험 자체가 그리 어려운 것은 아니었지만. 주기적으로 마리안은 그가 설명할 수 없는 어떤 이유 때문에 오로지 지방 함량 0퍼센트 생치즈만 먹고 살았는데, 요즘이

---

* 고기와 야채로 만든 스튜.

바로 그런 시기였다. 하기야 그녀 자신도 자신의 그런 행동에 그럴듯한 이유를 댈 수 없을 터였다. 사실 이유 같은 건 별로 중요하지도 않았다.

그는 동전 몇 개를 챙겨들고 커피기계 쪽으로 걸어갔다. 그리고 담배에 불을 붙였다. 공공장소에서의 흡연 때문에 벌금을 물게 한두 번이 아니었지만, 달리 어쩔 도리가 없었다. 세상이 그를 중독시켜놓았다. 세상은 그에게 가장 강력한 마약, 가장 의존성이 강한 마약을 주었다. 사람들이 비난하는 그 인간들, 그 담배제조인들, 그 악의 대리인들, 그 진정한 개자식들은 완벽한 천재, 환상적인 화학자들이었다.

커피기계가 커피를 준비하는 동안 그는 강의실 쪽으로 등을 돌려 호수 위를 날고 있는 갈매기를 바라보았다. 일회용 컵에 이어 티스푼 대용으로 아이스바 손잡이 같은 막대가 나왔다. 그리고 바로 그때 손 하나가 그의 어깨를 짚었다.

스무 살짜리 여자애가 몹시 불만족스러운 표정으로 눈알을 굴리면서 그 때문에 후두암에 걸리고 싶지 않다고 눈치 주는 일 없이 그가 담배 한 개비를 마음 편하게 다 피운 적은 거의 없었다. 그는 한숨을 내쉬고 희미한 미소를 머금은 채 돌아보았다. 자기가 모범을 보이지 못했다는 것을 정확히 인식하면서. 그렇지만 머리부터 발끝까지 값비싼 니코틴에 흠뻑 잠긴 채. 그의 눈앞에는 한 쉰 살 가까이 되어 보이는 아주 아름다운 여자가 있었다. 캠퍼스 안에서 이런 일은 드물었다. 하지만 여하튼 기분은 아주 좋았다. 잔주름 하나 없이 매끈거리는 얼굴들을 지나치게 상대한 결과가 마침내 드러나고 있었다.

"저는 바르바라의 엄마 되는 사람입니다." 그 여자가 말했다.

"아, 정말 가슴 아픈 일이에요, 만나 뵙게 되어 반갑습니다." 그는 즉시 악수를 청하며 말했다.

참지 못하고 자기 엄마에게 비밀을 털어놓는 여학생들은 많았다—그가 제발 입을 다물어달라고 간곡하게 부탁했음에도 불구하고. 비밀을 지킨다는 건 여자애들에게는 대체로 도저히 감당할 수 없는 일인 것 같았다. 그를 스쳐지나갔던 그 난처한 일들은 다른 데서 비롯된 게 아니었다. 그는 즉시 경계태세에 들어갔다. 어느 날 그가 선착장 근처에서 조용히 점심을 먹고 있을 때 어떤 여학생의 어머니가 잔에 든 내용물을 그의 얼굴에 뿌린 적도 있었으니까.

그 여자는 그의 팔을 살짝 짚으며 말했다. "죄송하지만 자리에 앉아서 말씀 좀 나눌 수 있을까요?"

그는 고개를 들고 여자를 잠시 쳐다보았다. 카페테리아 안에 사람들이 많지 않았는데도, 그녀는 가장 구석진 테이블로 그를 데려갔다. 밖에는 차가운 바람이 불고 있었지만 통유리가 둘러져 있는 그곳은 더웠다. "교수님을 귀찮게 해드리는 건 아닌지 모르겠네요." 그녀가 말했다.

"전혀." 그가 말했다. "전혀 아닙니다. 뭘 드시겠습니까?"

그는 커피 두 잔을 주문했다. "교수님은 그애를 가르치셨죠. 그애가 교수님 얘기를 했어요."

그는 여자의 시선을 읽으려 애썼다. 이 여자가 뭘 원하는 걸까? 뭘 알고 있는 걸까? 그는 그녀의 머릿속을 꿰뚫어보려 애썼지만 아무것도 알아낼 수 없었다. 하지만 그 와중에도 그녀의 턱선이 아름다운 타원형을 이루고 있다는 것을 알아차렸다. 요즘에는 여자들이 정말이지 깜짝 놀랄 정도로 근사한 몸매를 유지하고 있었다. 보이는 여자들마다 하나같이 샤론 스톤이었다.

"그애에 대해 말씀해주세요. 제 딸, 바르바라에 대해."

"저더러 따님 얘기를 하라고요?"

"네, 그애 얘기를 좀 해주세요, 부탁드려요."

그후, 안전하게 차를 몰면서—교통 단속 장비들을 쳐다보며 미소를 짓고, 그의 차를 앞질러가는 씩씩한 오토바이 교통경찰 두 명에게 가벼운 눈인사까지 하면서—집으로 돌아가는 동안, 그는 바르바라의 엄마와 나눴던 대화를 떠올렸다. 그 가련한 여자는 몹시 괴로워하고 있었다. 그녀는 뭔가 불행한 일이 일어난

게 아닌지 걱정하고 있었다.

그는 그녀를 안심시키려 애썼다. 하지만 그녀가 지나친 희망에 잠기지 않도록 신중하게 위로했다. 괴로운 일이지만 항상 최악의 경우를 생각해야 한다고, 그는 아주 가늘고 하얀 그녀의 손목을 잡으면서 넌지시 말했다. "가르치는 입장에서 만족스러울 만큼 그애는 아주 잘해왔습니다." 그는 서둘러 덧붙였다. "어머님을 뵙고 말씀드릴 기회가 생겨서 아주 기쁩니다. 저는 따님에 대해 대단히 만족합니다. 기대가 아주 큽니다."

그가 달리 무슨 말을 할 수 있었을까? 그는 아직 얼어붙어 있는 비탈 뒤에 차를 세우고 주위를 살펴보고 나서, 이틀 전 바르바라의 시신을 어깨에 둘러메고 갔던 길을 되짚어보기 시작했다. 그는 그 장면을 떠올리면서 살짝 인상을 찌푸렸다. 하지만 운명이 달려드는데 저항해봐야 무슨 소용이 있겠는가? 하고 그는 속으로 중얼거렸다. 운명이 달려드는데.

날은 그때보다 약간 덜 추웠다. 봄이 성큼 다가오고 있는 것 같았다. 여기저기에서 고개를 내민 스노드롭이 눈에 띄었다.

"저더러 따님에 대해 말하라고요?" 그는 그렇게 되물었었다. "저보다는 분명히 따님을 훨씬 더 잘 아실 텐데요. 아아. 아아, 네, 틀림없이 그럴 겁니다." 그러면서 그는 냉소를 지었다. 대부분의 사람들이 그렇게 생각할 것이다. 어지간한 교수보다는 엄마가 자기 딸을 더 잘 안다고 말이다. 커피가 잔 속에서 마치 비행물체처럼 반짝이면서 김을 피워 올리고 있었다.

"아, 꼭 그런 것만은 아니에요. 꼭 그런 건. 저는 그앨 잘 모릅니다." 그녀가 말했다.

"하기야 그애들을 안다고 자부할 수 있는 사람이 누가 있겠습니까?"

"저기요…… 제가 바르바라를 알게 된 건 불과 몇 달 전이에요."

그는 잠시 멈칫했다. "그런 경우라면, 문제가 다르지요." 그는 농담처럼 말했다.

그는 서둘러 자신을 소개한 그 미리암 아무개라는 여자의 당혹스러운 말에 유머러스한 어조로 대답하려 했다. 하지만 그 여자는 자기 할말만 할 뿐 다른 것에는 전혀 관심이 없다는 사실을 그는 곧 깨달았다.

"이런 경우도 있을 수 있잖아요. 그런 식으로 절 쳐다보지 말아주세요." 그녀는 자신을 변호했다.

가벼운 산행이었지만, 이번에는 숨을 헐떡이면서 정상까지 올라갔다. 그건 사람들의 발길이 닿지 않는 고요한 곳에 다다르기 위해 치러야 할 대가였다. 그는 잠시 앉기로 했다. 그리고 담배를 한 대 피웠다. 신선한 공기 속에서 얼음이 뒤덮인 전나무를 배경으로, 담배는 완벽할 만큼 감미로웠다. 긴장이 풀리면서 마음이 평온해지는 것을 느꼈다. 몹시 바쁜 하루였다. 그는 자신을 둘러싸고 커져갈 수도 있었을 의혹들을 따돌렸다고 자부할 수 있었다. 그의 걱정거리들은 이제 하나도 남김없이 사라졌다. 바르바라와 그가 함께 있는 걸 본 사람은 아무도 없었다. 그들의 관계가 어떤 것인지 아는 사람은 아무도 없었다. 심지어 바르바라의 어머니조차. 바르바라는 확실하게 비밀을 지킨 것 같았다. 그는 안도의 한숨을 내쉬면서, 환상적인 연한 담배의 쾌락에 몸을 맡길 수 있었다.

그의 심장이 뛰고 있었다. 그는 이끼로 뒤덮인 시커먼 구멍에서 몇 미터 떨어진 곳에 서 있었다. 차갑게 얼어붙은, 고요한 어둠 속에 아귀를 벌리고 있는 틈. 휴우, 어쨌든 정말 안심이었다. 그는 그동안 자기가 항상 엄격한 규율에 따라 행동하면서 여학생들과의 관계에서 몇 가지 기본적인 안전 수칙을 지켜오길 잘했다고 생각했다. 이제 안도의 한숨을 내쉴 수 있었다. 방어 시스템이 제 기능을 발휘했다. 안전 수칙이 제몫을 해냈다.

가장자리에 다가가서 아래쪽, 그 캄캄한 미지의 구덩이 속을 한 번 들여다보고 싶다면 배를 깔고 납작하게 엎드려야 했다. 옛날에 그 속으로 떨어질 뻔했던 기억을 떠올리자, 그의 살갗에 소름이 돋았다. 언젠가 그의 누이와 그는 좁은 골짜기 아래로 굴러떨어지다가 돌출된 부분에 걸려 있는 노루 시체를 본 적이 있었다. 노루는 아마도 그곳에 부딪혀 등뼈가 부러진 것 같았다. 그런데 그다음해 여름, 노루 시체는 자취도 없었다. 뼛조각 하나조차 남아 있지 않았다.

바르바라의 시신도 그 노루와 똑같은 신세였다. 시신은 저 아래쪽 깊은 어둠 속에 있었지만, 그럼에도 확연히 알아볼 수 있었다. 아래로 추락하다가 길쭉한 문손잡이처럼 비죽 불거져나온 축축한 바위에 걸려 있는 그 시신을.

그는 잠시 그대로 엎드린 채 허공을 내려다보면서 앞으로 어떻게 해야 할 것인지 생각했다. 아마도 사냥꾼이나 등산객, 아니면 누구건 간에 그 여학생의 주검을 우연히 보게 될 가능성은 희박했다. 그렇다고 가능성이 전혀 없는 건 아니었지만. 파란 하늘에 까마귀들이 맴을 돌며 날고 있었다. 한순간 까마귀떼에 정신이 팔렸던 그는 얼근히 취해서 길을 잃고 헤매는 사람이나 야생 버섯을 채취하던 어떤 밉살스러운 인간이 시신을 우연히 발견할 수도 있다는 생각이 들기 시작했다.

시신이 있는 곳까지 내려갈 방법이 없는 건 아니었다. 발을 디딜 곳을 제대로 찾기만 한다면—그가 잘 기억하고 있는 만큼—구덩이 속으로 내려가서 바르바라의 시신에 다다를 방도가 있었다. 조심하면서, 발을 디딜 지점들을 확인하고, 천천히 여유를 갖고 내려가기만 하면 되었다. 다시 올라오는 것도 마찬가지였다. 그런 수고를 할 만한 가치는 충분히 있었다.

깔끔하게 처리해야 했다. 그는 본능적으로 시신을 치워야 한다고 생각했다. 그리고 시신을 치운다는 건 시신을 완전히 사라져버리게 만드는 것을 의미했다. 있을 수 없는 일이 혹시라도 일어날 경우를 대비해 시신을 시야에서 보이지 않게 해야 했다. 그런데, 그가 방금 깨달은 것처럼, 그리고 우려했던 것처럼, 일은 말끔하게 처리되지 못했다. 그는 안경을 벗어 다시 주머니에 넣었다. 일을 서두르다보면 꼭 이런 일이 벌어진단 말이야, 그는 생각했다. 아마도 그는 그날 아침 아주 많이 늦었고, 그래서 그 여자아이를 재빨리 구덩이 속에 내던지고는, 존 가드너와 도덕문학에 관한 강의를 위해 뒤도 돌아보지 않고 그 자리를 떠났었다. 하지만 스스로 변명거리를 찾아서는 안 되었다. 어쨌든 그는 깔끔하게 일을 처리하지 못했다, 그뿐이었다. 그리고 인간은 자기가 저지른 실수에 대한 대가를 결국에는 치르기 마련이었다.

구멍 속의 암벽은 가파르고 미끄러웠다. 하지만 다행히 그는 좋은 신발을 신고 있었고—그는 등산화를 즐겨 신었다—그런 곳에서 어떻게 행동해야 하는지도 대략 알고 있었다. 그가 딛고 있던 벽이 조금 허물어지면서 부서진 돌들이 허공으로 떨어져 내렸다. 가능한 한 위험을 줄이기 위해 그는 암벽에 최대한 몸을 바짝 붙이고 조심스럽게 내려갔다. 나이가 드니 겁도 많아지는 군, 그는 바르바라의 시신을 향해 다가가면서 생각했다. 죽음을 의식하기 때문에 겁이 생기는 거지.

절벽 중간의 불룩 튀어나온 부분에 발을 딛는 순간, 그는 그게 바위가 아니라 물컹한 진흙더미라는 것을 알아차렸다. 큰일날 뻔했다. 그는 얼굴을 찌푸리고는 검보랏빛으로 변한 여학생의 시신 쪽을 돌아보았다. 그녀는 돌출부에 몸을 걸친 채 균형을 잡고 있는 것 같았다.

그는 다리를 쭉 뻗어 가까스로 시신에 발끝이 닿을 수 있었다. 그는 그녀를 밀었다. 발끝으로. 그녀가 더 깊은 어둠 속으로 떨어져내려갈 수 있도록 흔들어주어야 했다. 하지만 그건 생각처럼 간단하지 않았다. 뭔가가 계속 방해를 했다. 뭔가에 자꾸 걸리곤 했다. 화가 치밀어오른 그가 시신을 구멍 한복판으로 떨어뜨리려 애쓰면서 거친 숨을 몰아쉬며 온갖 욕을 퍼부어대고 낑낑대고 있는 동안, 그의 허리에 차가운 땀이 흘러내렸다. 그리고 그 모든 동작이 멀리서 들려오는 새소리나 살랑거리는 나뭇잎 소리 이외에는 그 무엇으로도 깨지지 않았던 숲의 정적을 깨뜨리고 있었다. 지금, 메아리 울리는 방으로 변한 이 깊은 동굴 밑바닥에서 솟아오르는 다양한 투덜거림과 한탄 소리에 비하면 새소리나 나뭇잎 소리는 하잘것없는 것에 지나지 않았다.

이윽고 헛수고로 완전히 진이 빠져버린 그가 손끝으로 간신히 나무뿌리를 붙잡아가며 그 전투에서 마지막 남은 힘을 다하던 순간, 뭔가가 찢어지는 소리가 크게 나면서 여자의 시신이 허공에서 시소를 타듯 대롱거렸다.

"여보세요?" 그의 머리 위에서 어떤 목소리가 들려왔다. "여보세요?"

그의 온몸이 굳었고, 심장은 박동을 멈추었다.

"여보세요?" 목소리가 다시 들려왔다. "거기 누구 있어요? 괜찮습니까?"

그는 암벽의 그림자 속에 바짝 달라붙어서 입술을 깨물었다. 어떻게든 유리한 방향으로 결정을 내려야만 했다.

"이봐요, 내 말 들려요? 괜찮습니까?"

그는 이내 자기가 어떤 부류의 인간과 엮이게 되었는지 알아차렸다. 더 오래 몸을 숨기고 있어봐야 아무런 소용이 없었다. 도움을 청하지도 않는 장님을 억지로 도와 길을 건너게 해주는 부류, 자신과 상관없는 일에 끼어들기 좋아하는 그런 인간. 대부분의 좌파 교수들이 바로 그런 부류에 속했다. "이상 무! 괜찮습니다." 그는 빛 속으로 나오면서 그렇게 말했다.

"정말로 괜찮은 겁니까?"

*

리샤르 올소는 문예창작학과 학과장이었지만, 그에게 결여된
건 바로 문학적 감성이었다. 리샤르가 이 일에 조금이라도 얽혀
들지 않기를. 제발 그것만은 아니기를.

그가 뭔가를 봤을까? 그가 뭔가를 눈치챘을까?

"마르크? 도대체 거기서 뭘 하고 있어요? 그 구덩이 속에다
뭘 쑤셔넣은 겁니까?"

그 인간은 평소에도 의심의 눈초리로 사람들을 관찰하며 시간
을 보내고 있었다.

"저도 같은 생각이었어요." 그는 바위틈에서 올라오면서 대답
했다. "나도 무슨 비명인지 뭔가 소리를 들은 듯해서, 밑으로 내
려가본 겁니다. 하지만 확인해보니 내가 착각한 거였어요. 아무
것도 없더라고요. 그런데 올라오다가 어딘가에 발이 끼어서 움
직일 수가 없었어요. 어쨌든 아무 문제 없는 것 같군요."

"그럼 그건 분명히 당신이었군요."

"나요?"

"내가 들은 게 당신 목소리였군요. 나는 당신 차를 보고 멈췄
는데, 누군가가 시끄럽게 떠드는 소리가 들리더라고요."

"난 이 부근을 산책하는 걸 아주 좋아합니다." 그는 햇살을 받

아 꼭대기가 오렌지빛으로 반짝이고 있는 숲 쪽으로 돌아서면서 대답했다. "여긴 한때 우리 땅이었어요. 마리안과 나는 이곳을 구석구석 들쑤시고 다녔죠. 우리 부모님은 전원생활을 몹시 원하셨고, 특히 어머니는 채식주의자셨어요. 나는 봄기운이 돌기 시작하면 이곳에 자주 놀러옵니다. 특정 시각에 햇빛이 아주 사랑스러워지지요."

리샤르가 문예창작학과 학과장 자리를 차지한 건 그야말로 치욕스러운 일이었다. 리샤르는 그보다 나이도 어렸고 재직 연수도 적은데다, 맡고 있는 강의도 비교문학 같은 허접한 것들이었다. 그럼에도 학과장으로 임명된 건 마르크가 아니라 바로 리샤르였다. 그가 아무리 못마땅해한다 하더라도, 그건 기정사실이었다.

그들의 공존을 그나마 받아들일 만하게 해주고 힘의 균형을 회복시켜 평형관계를 유지하게 해주는 건, 그가 리샤르와는 달리 여학생들에게 인기가 많다는 사실 하나뿐이었다. 여학생들은 리샤르를 노골적으로 싫어했다. "특히 수염을 기르기 시작한 후로는 더 꼴불견이야. 수염을 그런 식으로 기르니까 턱이 더 뾰족하고 작아 보여. 킥킥." 여학생들은 그를 비웃었다. 사실 턱수염을 짧게 기른 그 얼굴은 정말 빙충맞아 보였다. 여학생들의 눈은 누구보다 정확했다. 그는 그녀들의 생각에 전적으로 동감했다.

"젊은 시절 동굴탐사에 심취했던 적이 있습니다. 아직도 내게 그런 취미가 남아 있는 것 같군요." 리샤르와 함께 차를 세워둔 곳으로 내려오는 동안 그가 말했다. 지하 창고에 갇혔던 덕분이지, 그는 길 여기저기에 생긴 빙판을 피하면서 생각했다. 아니면, 다른 가족들은 오래전부터 전기나 가스불에 몸을 녹이고 있는 동안 석탄과 감자가 쌓여 있는 세탁실 안에 갇혀 있었던 덕분이거나. 그는 몸을 떨었다.

마리안은 아래층에 향을 잔뜩 피워놓았다. 그곳이 그녀의 영역인 이상 그녀가 그곳에서 뭘 하건 상관할 바가 아니었다. 하지만 시간이 흐름에 따라, 머스크향 대신 강렬한 성당 냄새가 들어차기 시작했다. 그가 아주 미온적으로 그 문제를 지적했을 때 그녀는 콧방귀를 뀌었다. 아니 오히려 그녀는 그의 방이 있는 2층까지, 일부러 집 전체에 고약한 냄새가 배어들게 하면서 그걸 은근히 즐기고 있는 것 같았다. 집안은 연기로 가득차 있었다. 집안에 들어선 그는 흙으로 더럽혀진 다운파카를 벗어 걸기도 전에 홀에서부터 기침을 해댔다.

그녀는 거실에 있었다. 오후가 막바지에 다다르고 있었고, 햇빛이 금빛으로 물들면서 소용돌이 무늬 장식들 안에서 춤을 추고 있었다. 마리안은 그의 셔츠를 입고 있었다. 마르크의 셔츠

중 하나를. 그가 열심히 찾았지만 결국 찾아내지 못했던 줄무늬 셔츠.

"목구멍이 따갑지 않아?" 그가 물었다.

그녀는 경기관총을 쏘아대듯 빠른 속도로 서류들을 검토하면서 간략 서명을 하는 일에 몰두한 채로 애매하게 어깨를 으쓱했다.

"우연히 리샤르를 만났어." 그가 말했다. "그 멍청이가 숲속에서 뭘 하고 있었는지 모르겠지만, 어쨌든 우연히 만났어. 그 녀석이 날 따라다니면서 감시하는 것 같아."

"정말? 왜 그러는 건데?"

"뭐? 그걸 내가 어떻게 알아? 아마 날 쫓아내려는 꿍꿍이가 아닐까? 내가 뭐 잘못하는 거 없나 빌미를 잡으려는 거 아니겠어? 내가 얼마나 더 버틸 수 있을지 모르겠군. 사실 학교측에서는 어떻게든 교직원 수를 줄이려고 혈안이 되어 있으니까. 그건 누구나 다 아는 사실이지, 안 그래? 세상이 온통 그런 식으로 돌아가고 있는데, 염병할, 대학이라고 왜 시류를 거스르려 하겠어? 미안. 거칠게 말해서 미안해. 하지만 내 말 무슨 말인지 알잖아. 지난해 부임한 우리 학장, 그 양아치 같은 작자는 리샤르 말이라면 무턱대고 동조하거든. 함부로 말해서 미안. 리샤르는 쉽게 내 목을 자를 수 있을 거야. 누나가 있으니까 그러지 않을 뿐이지. 그뿐이라고. 난 현실을 정확하게 파악하고 있어, 전혀 망상이 아니라고."

그는 매운 공기 때문에 얼굴을 찌푸렸다. "누나도 이미 알고 있다는 거 알아. 모르는 척하지 마."

"내가 뭘 어떻게 했으면 좋겠어?" 그녀가 고개를 들지도 않고 대꾸했다. "그런 건 내 소관이 아니야."

그의 입가에 희미한 냉소가 번졌다. "그래 제발. 힘든데 신경 쓰지 마." 그가 말했다.

그녀가 한숨을 내쉬었다. "정말, 날 허수아비로 생각하는 거야?" 그녀는 펜을 내려놓으며 대꾸했다. "네가 하고 다니는 짓거리들에 대해 어디 한번 말해볼까? 내가 귀머거리에 장님이라고 생각하는 거야?"

그는 몇 초 동안 그녀를 주시했다. 길고 풍성한 검은 머리, 단호하고 빛나는 시선, 창백한 입술. 먼저 칼자루를 쥐어보겠다고 섣불리 나서선 안 되었다. 몇 시간 전에 그는 바르바라 어머니의 여리고 하얀 손목을 잡았었다. 그런데 그 장면이 느닷없이 머릿속에서 다시 펼쳐지면서 그는 대화의 끈을 놓쳐버렸다. 마치 발을 헛디뎌 심연 속으로 곤두박질치는 것처럼, 스스로 깜짝 놀라면서.

그사이에 마리안은 모래에 꽂힌 막대기들이 천장을 향해 피워 올리는 미르라*향의 연기구름 속에서 다시 서명하는 일에 몰두하고 있었다. "난 내가 뭘 하는지 알아." 그녀가 말했다. "나도 생각이 있어."

한때 그는 지붕 위에 그 어떤 나쁜 정령도 떠돌지 않는다는 것을 보여주기 위해 그녀를 데리고 집밖으로 나가곤 했었지만, 이제 더이상 그런 수고를 하지 않았다. 마리안은 이제 다 큰 어른이었다.

그 사실을 알아본 건 그 혼자만이 아니었다. 이 년 전에 이 대학으로 온 리샤르는 얼마 지나지 않아 머릿속에 오직 한 가지 염원만을 품게 되었다. 마리안의 연인이 되는 것, 그녀를 소유하는 것. 그래서 그는 그때부터 그녀의 주위를 끊임없이 맴돌았다. 그 형편없는 수법으로.

그가 짐작하는 바로는, 마리안은 리샤르를 거부하고 있는 듯했다. 그 반대의 증거가 나타난다면 모를까, 그의 추측은 빗나가지 않을 터였다. 그리 대단한 전문가가 아니라 해도 그 작자가 쭉정이 같은 인간이라는 사실은 누구나 쉽게 알아차릴 수 있었다. 하지만 여자들은 가끔씩 이해할 수 없는, 어디로 튈지 모르는 기이한 반응을 보이곤 했다. 그런 반응들은 경계하는 게 좋았다.

그는 대화 내용을 다른 데로 돌리기로 마음먹었다. 그 주제는

---

* 아프리카산 감람과 식물에서 채취한 고무 수지. '몰약'이라고도 한다.

화약에 불을 붙이기 십상일 테니까. 그래서 그는 수수께끼처럼 사라진 그 여학생 사건을 수사하고 있는 경찰관과 자신의 연구실에서 면담한 일을 이야기했다.

"내 생각에, 경찰 수사가 미궁에 빠져 있는 것 같아. 내 느낌이 그래, 어쨌든. 그 바르바라라는 여학생은 분명히, 음…… 증발해버린 것 같아."

그녀가 눈을 들어 그를 쳐다보았다. 그는 의연함을 유지했다. 그 여학생이 사망한 이후로 사십팔 시간 동안 초긴장 상태의 연속이었지만, 지금은 사정이 다르게 돌아가고 있었다. 상황이 요구한 순간부터 그는 침착성을 되찾았고, 안면근육을 아주 미세한 부분까지 조절해서 노력하지 않고도 쉽게 견고한 가면을 만들어냈다. "그런 학교 홍보 광고 같은 건 하지 않아도 됐을 거야." 그가 말을 이었다. "그렇게 생각하지 않아? 우리 학교의 이미지를 위해. 난 태풍이 캠퍼스를 한번 확 휩쓸고 지나가는 게 차라리 더 낫지 않았을까 싶어."

그녀는 자신의 소지품을 정리했다. 그녀는 마르티넬리와 면담이 있었다. 그녀는 교직원 수를 줄이려 한다는 그 소문에 관해 더 많은 것을 알아내려 애쓸 것이었다. 그가 거치적거리지 않고 그녀가 알아서 하게 내버려두기만 한다면. 그래도 그는 그녀의 방문 앞까지 그녀를 뒤따라갔다. 하지만 문턱에서 갑자기 멈취 섰다. "노조 대표를 만나 한번 얘기를 해봐." 그가 말을 이었다. "그게 헛소문인지 아닌지 말해줄 테니까. 그가 하는 말을 귀담아들어. 은근히 쓸 만한 정보를 얻어들을 수도 있을 테니까." 그녀는 바닥에 흘려보내듯 바지를 툭 벗은 후 치마를 꿰어 입었다. "그들이 양심의 가책을 느낄 거라고는 기대하지 마." 정신이 딴 데 팔린 채로 그가 말했다.

*

그녀는 6개월 전인 9월 중순경에 바르바라의 아버지와 결혼했다. 바르바라의 아버지는 크리스마스를 그녀와 함께 보낸 뒤 아프가니스탄으로 떠났고, 그후로 그곳에서 이따금 연락을 해오고 있었다. 그녀는 바르바라와 잘 지내기가 그리 쉽지 않다고 말했다. 하지만 두 사람 다 서로 노력을 했기 때문에 둘 사이가 그렇게 비관적이지만은 않았다. 매일 조금씩 발전이 있었고, 그런 것들이 하루하루 쌓이면서 사이가 날로 좋아져가고 있었다.

"이봐요, 미리암, 무슨 말을 하시고 싶은지 잘 압니다." 마르크는 자신 있게 말했다. "당신 심정이 어떨지 충분히 짐작이 갑니다. 얼마나 상심이 크실지도." 카페테리아 안은 사람들로 발 디딜 틈이 없는데다 벌집처럼 붕붕거렸다. "어쨌든, 외람된 말씀입니다만······" 그가 말을 이었다. "따님은 분명히 뛰어난 작가가 될 겁니다. 저는 확신합니다. 진심으로 하는 말이에요. 저는 당신에게 이 말을 해야 할 의무가 있습니다. 우리가 뭔가를 못 보고 지나칠 수도 있습니다."

그는 자신이 가르치는 학생에 대해 그런 말을 하는 것에 익숙하지 않았다. 사실 그럴 기회들은 아주 드물어서, 그런 말을 해야 할 때가 있다는 것조차 아예 잊고 살 정도였다. 하지만 그 가련한 여인은 위로에 굶주린 것 같았고, 바르바라는 정말로 작가로서의 자질을 보여주었었다. 그것도 상당히 훌륭한 작가가 될 자질을. "당신을 위로하려고 드리는 말씀이 아닙니다." 그는 그렇게 덧붙이면서 다시 그녀의 손목을 살짝 짚었다. "그걸 꼭 프린트해드려야겠군요. 읽어보시면 얼마나 엄청난 작품인지 아실 겁니다. 그 아이의 잠재력을 확인하실 수 있을 겁니다. 그 작품이 얼마나 대단한지."

미리암은 호수 쪽의 시내에 살고 있었다. 그다음날 아침 그는 그녀의 집 앞을 지나가면서 우체통 안에 스무 장의 종이를 찔러 넣었다. 그건 바르바라가 그에게 마지막으로 제출한 작품이었는데, 나이 어린 여자애가 쓴 것치고는 꽤 수준 높은 글이었다. 인도 위에 늘어선 나무들이 싹을 틔우고 있었고, 수국을 비롯해 몇몇 꽃들의 꽃가루가 공중에서 맴을 돌고 있었다. 2020년쯤이면 그 여자아이는 위대한 작가가 될 터였다. 그는 장담했었다. 그 아이가 무르익기까지는 십 년도 채 걸리지 않을 것이었다. 아마 오륙 년 정도면 충분할 것이다. 서른 살이 되기 전에 훌륭한 작가가 된다는 것, 보기 드문 몇몇 예외적인 경우를 제외하고는 그런 일은 그야말로 픽션에서나 가능한 일이었다. 서른 살, 아무리 적게 잡아도 서른 살은 넘어야 한다고 그는 학생들에게 딱 부러지게 말해왔다. 인간이 단 하루 만에, 또는 백일 만에 단어들을 가지고 노는 법을 배울 수 있다고 생각하는가? 재능이란 게 하늘에서 자네들 머리 위로 어느 날 갑자기 툭 하고 떨어질 거라고 믿는가? 내가 솔직하게 말하지, 난 이십 년을 예상해. 자네들 자신의 목소리를 낼 수 있으려면 앞으로 이십 년은 족히 지나야 한다고. 그것도 자네들이 어떤 식으로 하느냐에 따라 달라질 테고. 그러므로 간단히 말해서, 여러분 가운데 혹시라도 막연한 환상을 키우고 있는 사람들이 있다면, 그들을 안심시킬 수 있어서 뿌듯한데, 난 그들에게 이렇게 말해주겠어. 이봐 친구들, 진지한 글을 써내겠다는 생각은 애저녁에 포기해. 굉장한 걸 써보겠다는 생각은 아예 하지도 마. 세상을 깜짝 놀라게 하겠다는 건 꿈조차 꾸지 마. 마지막으로, 스무 살 이전에 제대로 된 글을 써보겠다는 생각은 머릿속에 아예 떠올리지도 마. 내 말 명심해. 내 말은, 앞으로 적어도 이십 년은 걸릴 거라는 얘기야. 잘 들어, 그 정도 세월을 투자할 각오가 되어 있지 않은 사람이라면 지금 당장 포기해. 자, 내가 칠판 위에 내 이름을 썼어. 하지만 위키백과에서 내 이름을 찾아봤자 헛수고야. 나는 미셸 우엘벡이 아니니까. 애석하게도.

그는 자기 책상 위에서 리샤르의 메모를 발견했다. 그건 있지도 않은 것을 억지로 만들어낸 춘계 평가와 관련한, 완전히 비공식적인 메모였다. 리샤르는 그런 너절한 메모를 그에게 정기적으로 보냈는데, 자신을 거부하는 여자의 그 가증스러운 남동생에게 가하는 벌이자 작은 복수인 셈이었다. 참으로 애처로웠다.

그는 담배를 피우면서 곧 겪게 될 고역에 대비해 몇 가지 메모를 했다. 현대문학에 관한 리샤르 올소의 취향은 형편없었다. 믿을 수 없는 일이지만 그건 사실이었다. 공인된 사실. 문예창작학과 학과장이라는 직함을 갖고 있는 작자가.

어떻게 그런 멍청이를 그런 자리에 앉혀놓을 수 있을까? 그 사실에 어떻게 의문이 들지 않을 수 있겠는가? "담배를 피워도 되겠습니까?" 그렇게 묻는 그에게 리샤르는 고개를 가로저으면서 의자를 가리켜 보였다. 흡연이 금지되어 있음에도 불구하고 그는 담배에 불을 붙였다. 리샤르는 경비원들을 불러 자기 연구실에서 그를 내쫓을 수도 있었겠지만 그러지 않았다—그리고 그렇게 꾹꾹 눌러 참는 건 그의 위장에 나쁜 영향을 미치는 듯했

다. 그의 주변에 나뒹구는 40밀리그램짜리 이니퐁프*의 찌그러
진 빈 껍데기 개수로 미루어보건대.

하지만 리샤르는 이번 호출의 목적은 바로 그런 힘을 행사하
려는 것이 아닌 다른 데에 있다는 것을 아주 빠르게 드러냈다.
"그래, 그 여자는 대체 누굽니까?" 리샤르가 물었다. "카페테리
아에서의 그 빨간 머리 여자."

"그 빨간 머리 여자? 당신 눈에는 그게 빨간 머리로 보이던가
요? 바르바라의 계모입니다. 바르바라, 실종된 그 여학생 말입
니다."

"바르바라가 누군지는 나도 압니다. 나는 학교 안에서 일어나
는 일들은 뭐든 전부 알고 있을걸요? 그 여자가 뭘 원하는 겁니
까? 그 여자가 원하는 게 뭔지 말해주세요……"

"그녀의 남편은 현재 아프가니스탄에 파병 나가 있답니다. 우
리 나라가 그곳에 군인들을 보냈지요. 탈레반이 그 나라를 완전
히 장악하고 있습니다."

"내 말 좀 들어보세요. 새겨들으시라고요. 그 여자와 거리를
뒀으면 좋겠어요. 조심하자고요. 당신은 상상도 못하겠지만, 설
령 계모라 할지라도 어쨌든 상대가 학부모면 문제가 아주 심각

---

* 위궤양 치료제.

해질 수 있어요. 그 여자가 벌컥 화가 나서 소동을 일으키기만 해도, 우리 학교의 평판이 완전히 바닥으로 곤두박질칠 수 있단 말입니다. 그게 입시생 지원율에 어떤 영향을 미치는지 당신도 아시잖습니까. 지금 상황은 별로 이로울 게 없을 것 같군요. 학교를 위해 우리 모두 힘을 합쳐 노력해야 합니다."

"예, 나도 아주 잘 알고 있습니다. 잘해봅시다, 리샤르. 그런데 나에 관해 어떻게 소문이 나 있는지 모르겠지만, 그건 과장된 겁니다."

"이봐요, 마르크, 당신은 매력적인 사람이에요. 당신이 엄청난 매력덩어리라서 그런 것뿐입니다. 아니라고는 말하지 마세요."

두 사람은 서로를 쳐다보았다. 그는 어깨를 으쓱하고는 담배를 눌러 껐다. 인생에서 모든 걸 다 가질 수는 없었다. 물론, 학과장이 받는 봉급은 평교수의 봉급보다 많았고, 그 직위가 누리는 권한은 특히 요즘처럼 모든 게 불확실한 시대에는 확실히 매우 매력적인 것이었다. 하지만 여자들의 호감을 사는 것, 미망인이나 여학생, 또는 유부녀의 머리를 멍하게 만드는 것, 그런 타고난 능력을 갖고 있는 것, 손 하나 까딱하지도 않고 입을 열기도 전에 그 엄청난 여자들의 마음을 사로잡는 것, 그건 깊이 생각해볼 문제지, 그는 속으로 중얼거렸다.

그는 리샤르의 처지와 자신의 처지를 바꾸지 않을 터였다. 그건 몇 시간 동안 곰곰이 생각해볼 필요도 없는 일이었다. 십 년 전부터 그의 인생은 달라졌다. 사람들이 어렵고 복잡하다고 생각하는 그것이 사실은 아주 쉽고 간단하다는 것을 알아차리게 된 그날부터, 그의 인생은 백팔십도로 달라졌다. 그의 눈에 모든 게 달라 보였다. 그리고 그건 정말로 큰 위안이 되었다. 정확하게 말해서, 그건 제2의 탄생이었다.

그리고 리샤르는 그가 가정주부들과 학부모들에게까지 사냥 영역을 넓혀나가는 것을 대범하게 받아들일 만한 인물이 못 되었다. 하지만 리샤르가 어떻게 생각하건 그건 별로 중요하지 않았다. 그는 분명히 욕구불만 때문에 신경이 날카로워진 리샤르 올소와 절대로 처지를 바꾸지 않을 테니까.

"당신에겐 여자들이 파리떼처럼 꼬여들죠, 안 그래요?" 리샤르가 히죽거렸다. "아니라고 하지 마세요. 당신은 닥치는 대로 여자들을 유혹해요, 안 그래요?"

햇살이 반짝이긴 했지만, 매섭게 추운 봄날이었다. 작은 만 너머로 보이는 풍경, 어마어마하게 커다란 전나무들, 호수 위로 반사되는 빛, 언덕들을 덮고 있는 때늦은 눈, 그런 것들을 떠올리면서, 그는 학과장의 얼굴을 마주보고 있으니 은빛 찬란한 물결 위를 달리는 날렵한 요트, 구명용 고무보트, 모터보트 들을 바라보고 싶었다.

"리샤르……" 그가 어색한 미소를 지으며 말했다. "리샤르, 언젠가 나는 당신을 명예훼손으로 고소할 겁니다. 아시겠어요? 그럼 답이 나오겠죠."

"뭐라고요?" 리샤르는 어이가 없다는 표정을 짓고는 킥킥거렸다. "내가 뭐 없는 말을 했나요? 네? 그럼 어디 그게 사실이 아니라고 말해보시죠."

다시 담배를 피워 물어야 할 시점이었다. 윈스턴 한 개비를 피울 수만 있다면 바닥을 떼굴떼굴 구를 수도 있을 것 같았다.

"제발." 리샤르가 말렸다. "일 분 내로 놔드릴 테니까. 그때까지만 제발 참으세요."

그는 양보하고 담뱃갑을 도로 주머니에 넣었다. 아직 몇 분은 더 참을 수 있었다. 일자리를 다시 찾는 건 결코 쉬운 일이 아니었다. 그리고 실직이라는 조난을 당한 사람들의 물결을 더 불어나게 할 생각이 아니라면 리샤르 앞에서 넘어서는 안 될 선이 있다는 사실을 알고 있었다. 불쾌하기 짝이 없는 노릇이지만.

"어쨌든 우리, 성가신 일은 만들지 말자고요. 남 씹어대기 좋아하는 사람들은 사방에 널려 있어요. 내가 더이상 당신 편이 되어드리지 못할 순간이 올 겁니다. 마리안도 그걸 알고 있어요. 예를 들어, 학생의 어머니한테 수작 부리는 건 삼가세요. 특히 그 사라진 여학생의 모친은 말할 것도 없고요. 그런 경우라면 내

48

가 전혀 손을 쓸 수가 없을 겁니다. 그건 선처를 호소할 여지가 전혀 없는 일이니까. 그리고 당신은 조만간 꼬리가 밟힐 겁니다. 그건 확실해요. 나는 압니다. 학교에서는 어떤 한 가지 규율을 엄격히 준수하고 있습니다. 사실 나도 그 점에 대해서는 다소 지나친 바가 있다고 생각해요. 하지만 학교측에서는 지금까지 검증된 학교 방침을 바꿀 의사가 전혀 없습니다. 그 점을 유념하세요. 그리고 잘 아시겠지만, 우리는 모든 교수들이 모범을 보이기를 바라고 있습니다."

"내가 무슨 비난받을 만한 짓이라도 했습니까? 여자한테 커피 한 잔 마시자고 한 게 징계위원회에 불려갈 일입니까?"

"마르크, 그래요, 당신은 나쁜 사람이 아닙니다. 하지만 나는 당신이 생각하는 것보다 훨씬 더 당신을 잘 알고 있어요. 나는 당신을 엄중히 감시하려 애쓰고 있습니다. 당신에게 미리 경고하지 않았다고 마리안에게 비난받고 싶지 않으니까요. 당신의 적은 바로 당신 자신이에요. 네, 맞아요, 내가 장담합니다."

그 순간 마리안이 차를 세우고 양쪽 팔 아래 서류뭉치들을 낀 채 빠른 걸음으로 주차장을 가로질렀다. 리샤르와 그는 눈으로 그녀를 따라갔다. 그녀는 행정처 건물 쪽으로 곧장 걸어갔다.

그는 리샤르가 마리안을 향해 고개를 가볍게 끄덕이고 있는 틈에 재빨리 그에게서 벗어났다. 교수들끼리의 육체관계는 묵인

되었다. 그건 전혀 문제될 게 없었고, 실제로 그런 일은 주변에서 빈번하게 일어나고 있었을 뿐만 아니라 권장되기까지 했다. 하지만 교수가 학생이나 학부모와 성관계를 갖는 건 용납되지 않았다. 그건 불문율이었다. 문제가 생기는 것을 원하는 사람은 아무도 없었다. 그런 부류들과 성관계를 갖는 건 그 누구도 꿈도 꾸지 않았다. 공동체의 구성원으로서 분별력이 있는 사람이라면 누구라도.

한낮에 그는 카페테리아에서 수프를 먹었다. 그리고 그가 눈을 들었을 때, 그녀가 거기에, 그의 바로 앞에 앉아 있었다. 옅은 미소를 띤 그녀의 얼굴을 바라보며 그는 한동안 입을 다물 수 없었다. "전혀 아니에요. 전혀 방해되지 않습니다. 제가 좀 도와드릴까요? 뭘 드시겠어요? 호박 수프를 추천합니다. 아주 맛있어요." 그가 말했다. 그는 그녀가 양철 쟁반에 받쳐져 있는 그 노르스름한 음식 쪽으로 가볍게 걸음을 옮기는 모습을 바라보았다. 대체로 이 카페테리아에서 바로 그 호박 수프처럼 순식간에 먹어치울 수 있는 몇몇 메뉴들을 제외하고 식사다운 식사를 하려면 새벽같이 일어나 출근을 해야 했다. 그는 이 점에 대해 대학 행정처에 몇 번이나 건의를 했지만 번번이 묵살되었다.

미리암은 호박 수프를 대접에 담았다. 바깥 날씨가 아주 추웠기 때문에 수프는 탁월한 선택이었다. 그녀는 결혼 전까지 오래,

아주 오랫동안 기다렸다고 말했다. 그리고 오십이 가까운 나이가 되어 마침내 결혼하기로 결심했을 때, 마침내 용단을 내렸을 때, 그녀의 남편은 세상 저 끝으로 파병되어야만 했다. 결혼한지 겨우 석 달 만에. 그리고 그게 다였다. 그녀가 이렇게 말을 하고 있는 이 순간에도 그녀의 남편은 빗발치는 총알을 뚫고 달려야 했다. 그녀는 이 상황을 일종의 형벌로 받아들여야 할 것인지 자문했다.

"이해하시겠지요?" 그녀가 수프 그릇에서 눈을 떼지 않고 말했다.

"예, 저라도 그런 생각이 들 겁니다. 저라면 사람들을 못살게 들볶을 겁니다, 그럼요. 정말이지, 그건 아주 당연한 겁니다." 그가 몸을 숙이며 그녀의 손목을 짚었다. 그녀가 눈을 들었다. "따님이 쓴 글을 읽어보셨습니까?" 그는 말을 이었다. "깜짝 놀랄 만한 작품이에요. 느림과 빠름의 적절한 배분. 선명함과 흐릿함의 적절한 조화. 다른 학생들을 완전히 주눅들게 만드는 작품이에요. 저는 따님에게 B+를 줄 생각이었습니다. 우리 사이에 전류가 아주 빠르게 흘렀지요. 저는 이따금 다른 학생들에게 이렇게 말했어요. '바르바라를 본받아라, 글을 쓸 때 청력을 약간 발휘해라. 아무리 바보 멍텅구리라도 소설 한 편 정도는 쓸 수 있다. 문제는 오로지 리듬, 색채, 울림이다. 여러분의 친구를 본받아라. 목표를 착각하지 마라. 무엇보다도 먼저 훌륭한 화가이자 훌륭한 음악가가 되어라.' 안타깝게도, 귀가 따갑게 그런 얘기를 들려줘봐야 학생들은 꾸벅꾸벅 졸고 있을 뿐이죠."

그는 첫술을 뜨는 그녀의 모습을 바라보았다. 그녀는 머뭇거리다가 입을 열었다.

"당신은 지금 이렇게 생각하고 계실 거예요. '이 여자는 달리 아무 할 일이 없는 걸까?' 그리고 이렇게 생각하시겠죠. '이 여자가 무슨 생각으로 이러는 거지?' 하지만 대답할 수 없네요."

그가 다시 그녀의 손목에 손을 갖다대려 했다. 그녀에게 손이 닿는 순간 그의 어깨까지 전달되던 아주 놀랍고 기분좋은 그 전류가 그녀에게서 나오는 게 확실한지 다시 한번 확인하고 싶었다.

"제가 좀 외로움을 타고 있는 것 같아요." 그녀가 마침내 한숨을 내쉬며 말했다. "아마 저를 한심한 여자라고 생각하시겠죠."

"뿐만 아니라, 육군 부사관과 결혼하다니, 하는 생각도요. 도대체 무슨 생각으로 그런 겁니까, 말씀해보세요. 부사관이라. 세상이 총성과 피로 가득한 이 마당에, 그렇지 않습니까? 요즘 같은 세상에 저라면 절대로 군대에 들어가지 않을 겁니다. 그건 생각도 할 수 없는 일이에요. 설사 제가 스무 살이라 해도. 아니, 스무 살이라면 더더구나 군인 따윈 되지 않을 겁니다. 물론 직업적인 측면에서 그만큼 안정된 직장도 없죠. 그건 저도 잘 압니다. 확실하게 보장된 직장, 그건 상당한 메리트죠, 저도 알아요. 그걸 모르는 사람은 아무도 없을 겁니다. 자동차 산업이 지금 어떤 상태인지만 봐도 알 수 있죠. 우리 모두가 언제 직장에서 쫓겨날지 모르는 불안을 안고 하루하루 살아가고 있어요, 아무도 정년퇴직을 장담할 수 없어요."

"저는 요즘 들어 혼자 중얼거리곤 해요. 아니면 라디오를 켜놓고 있죠. 제 남편 얼굴이 기억 속에서 희미해지고 있다는 거 아세요? 그런 걸 상상하실 수 있어요? 단 일 분이라도 믿을 수 있겠어요? 그런데 바르바라가 그걸 막아줬던 것 같아요. 남편이 제 머릿속에서 완전히 증발해버리는 것을요. 망각의 과정이 완전히 끝에 다다르는 것을요. 그애가 그 끈을 이어주고 있었어요."

*

군인과 결혼한 여자가 남편이 남들처럼 정시에 일을 마치고 돌아오지 않는다고 불평할 수는 없는 일이지. 저물어가는 해가 호수 위에서 떨고 있는 동안, 마리안은 그렇게 자기 생각을 말했다. 그들은 식탁을 치웠다. 마리안이 다시 일을 하러 가야 한다고 해서 저녁을 일찍 먹었다. 그리고 설거지를 했다. 마리안이 그릇을 씻고 그가 헹궜다. 그러고 나서 두 사람은 샤르도네*를 마저 마시기 위해 거실로 나왔다. 마리안이 향을 몇 개 다시 꽂았다.

"너희 두 사람이 카페테리아에 있는 걸 사람들이 다 봤어."

"그거야 당연하지. 우리는 숨어 있었던 게 아니니까."

자리에 앉기 전에 마리안은 소파 위의 쿠션 몇 개를 손으로 탁탁 두드렸다. 아주 세게. 자리에 앉은 그녀가 손을 내밀었다. 그가 그녀에게 잔을 건네주었다. 그는 벽난로에 불을 붙이면서 미리암과 만난 이야기를 그녀에게 들려주었다. 불꽃이 타닥타닥 소리를 내고 있었다.

"그래서, 그게 뭐 어쨌다는 건데?" 그가 그녀 옆에 자리를 잡으면서 한숨을 내쉬었다. "내가 여자에게 말만 붙여도 누나는 뭔가 이상한 걸 상상하지. 도가 지나치다고 생각하지 않아?"

그녀는 대답 대신 그를 향해 두 발을 뻗었다. 새벽부터 서 있어서 발목이 부었다고 했다─그녀의 발은 바닥 난방에 약했다. 그는 그녀의 발을 마사지해주었다. 마리안의 긴장이 풀리고 있는 게 느껴졌을 때 그는 그 여자의 몹시 안쓰러운 처지에 대해 환기했다.

"나는 그 여자가 이야기를 나누고 싶어하는 게 당연하다고 생

---

*백포도주를 만드는 대표적인 청포도 품종. 이 품종으로 만든 포도주.

각했어. 단 일 초도 이상하다는 생각이 들지 않았어. 분명히 그 여자는 지금 제정신이 아닐 거야. 그녀는 뭘 바라고 나를 찾아온 게 아니라, 그저 바르바라에 대해 말하고 싶었던 거야. 나는 그게 그녀에게 도움이 된다고 생각했어. 그저 그 얘기를 하는 것만으로도. 그뿐이야. 그런 그녀를 매몰차게 돌려보냈어야 해? 그녀를 외면했어야 하는 거야? 어떻게 그럴 수 있어? 잠시만 내 입장이 되어서 생각해봐."

그가 발목을 주물러주고 있을 때 그녀가 불만을 표시하는 경우는 드물었다. 그녀는 눈을 감고 있었다. 그녀의 얼굴은 평소보다 훨씬 더 부드러운 표정을 짓고 있어서 전혀 딴 사람처럼 보였다. 거의 언제나 침울하고 긴장한 것처럼 보였던 만큼. 지금 그녀는 둥둥 떠 있었다. 그녀의 만족감은 컸다. 그래서 지금으로서는 더이상 싸우려 하지 않고 그의 마사지에 몸을 맡기고 있었다―그의 마사지 솜씨는 정말 훌륭했다. 밖에는 은빛 어둠 속에서 바람이 불고 호수 위로 별이 반짝이고 있었다.

그는 장작을 가지러 나왔다. 한기에 몸이 떨렸다. 허파 가득 차가운 공기를 들이마셨다. 오랫동안. 저멀리, 산 아래 도시 서쪽으로 캠퍼스 불빛에 이어 스위스 쪽 공항의 불빛이 보이고, 그 너머로 완전한 어둠에 잠겨 있는 무밭이 보였다. 그리고 그 너머로 어두운 밤을 배경으로 드러나는 능선, 아직 얼어붙어 있는 하얀 산잔등이 눈에 들어왔다. 그는 담배에 불을 붙였다. 밤이 찾아왔을 때 맑은 공기와 뒤섞인 니코틴 냄새는 은은하면서도 강렬하게 후각을 파고든다는 점에서 비할 바가 없었다. 때때로 우리는 얼마나 호화로운 집에서 살고 있는가, 그는 생각했다.

다행히 마리안도 담배를 피웠다. 니코틴 미립자가 들러붙어 있지 않은 곳이 한 군데도 없는 이 집안에서 잠을 깨며 둘 중 누구도 차갑게 식은 담배 냄새를 불쾌해하지 않았다. 특히 겨울철에도. 창문을 열어 집안을 환기시키느니 마느니 하는 일로 서로 다툰 적이 한 번도 없었으니까. 더욱이 작년과 재작년 겨울에는 경제적인 이유로 더더욱 창문을 꽁꽁 닫고 살았었다. 이제 얼마 지나지 않아, 난방을 한다는 건 사치가 될 터였다. 단 한 가지 사소한 골칫거리가 있다면, 그녀가 흑갈색 담뱃잎으로 만든 독한 담배를 피운다는 점이었다. 그녀가 뿜어내는 연기구름들은 아주 두텁고 매끄러운 베개 같은 형태와 밀도를 갖고 있어서, 공중에서 해체되기까지 몇 시간이 걸렸다. 하지만 이 문제에 관해 그는 괜히 꼬투리를 잡고 물고 늘어지거나 좀스럽게 굴지 않으려 했다. 두 사람은 함께 집안에 악취가 풍기게 만들고 있었다. 누가 더 심하고 말고 할 것 없이.

그는 으레 쉰 살을 넘긴 남자들을 위협하고 그 나이의 가장 건강한 남자들조차 한순간에 힘을 못 쓰게 만들어놓을 수 있는 허리 디스크를 조심하면서 장작을 어깨에 멨다. 바르바라를 그녀의 마지막 거처로 옮겨놓은 다음날, 그는 위험 징후를 몇 번 느꼈다. 화살 몇 발이 그의 허리를 꿰뚫고 지나가는 듯했다. 처음에는 침대 밖으로 첫 발을 내딛는 순간, 그리고 두번째는 차를 운전하던 도중에, 그다음에는 칠판에 글을 쓰고 있는 동안, 그리고 저녁때 갑자기 오작동을 일으키는 세탁기를 살펴보려 했을 때. 둥근 유리문을 열고 세탁조 안으로 머리를 넣었다 빼내면서 낮은 비명을 내질렀었다.

그는 현관 앞에서 흙을 털어내기 위해 두 발을 흔들어댔다. 마리안은 안경을 쓴 채 담배를 입에 물고 뭔가를 쓰느라 열중해 있었다. 그는 벽난로에 장작을 넣고 불길을 일으켰다. 그리고 뒤돌아서서 불꽃의 열기에 허리를 들이댔다. 전자레인지에 넣고 삼분 동안 데운 뜨거운 물수건으로 찜질을 하면 확실히 효과가 있겠지만, 아직은 그러고 싶지 않았다. 병마가 그의 주위를 맴돌고 있었지만 아직 그를 건드리지는 않았다—볼타렌, 디안탈빅, 테트라제팜*은 정말 위급한 경우에 그가 믿고 의지하는 세 가지 신앙이었다. 그리고 샤르도네 역시.

그가 이때다, 라고 생각하면서 자기 방으로 가는 계단 쪽으로

---

* 경구용 진통·소염제 및 근육 이완제 상표명들.

걸음을 떼려는 순간, 그녀가 고개를 들고 그를 쳐다보았다. 발길을 돌리려는 그를 그녀가 멈춰 세우는 건 자주 있는 일이었다. 항상 그런 식이었던 건 아니지만, 나이가 들었다고 달라지지도 않았다.

그녀는 놀란 표정을 지었다. "굿나잇 키스도 해주지 않고 가는 거야?" 그녀가 말했다.

그가 다가가 몸을 숙였다. 그녀는 그에게서 낯선 향수 냄새가 나는지 확인하는 데 그보다 더 좋은 방법은 없다고 생각했다. 색다른 향수 냄새가 그의 몸에 배어 있다면 굿나잇 키스를 하는 동안 금방 맡을 수 있을 테니까. 하지만 그는 몰래 코를 킁킁거리며 냄새를 맡는 그녀의 행동을 눈치채지 못하는 척했다.

그녀가 그에게 막연히 의심을 품은 것 말고 달리 물증을 잡은 적은 한 번도 없지 않았던가? 그가 현장을 들킨 적은 한 번도 없지 않았던가? 그는 신중하게 행동하는 법을 터득하고 있었다. 게다가 자신의 계속적인 성공에 도취하지 않도록 각별히 조심하면서 항상 주의를 게을리하지 않았다. 그의 마지막 모험이 그걸 입증해주고 있었다. 그는 끝까지 극도로 신중한 태도를 보였기 때문에 그 무엇도 그에게까지 거슬러올라올 수 없었다. 그리고 그렇게 노력한 결과가 바로 여기에 있었다. 그에게까지 추적해 올 일은 전혀 없었다. 사실, 한 가지 훌륭한 규범을 준수하고 몇몇 기본적인 규칙을 따르는 것보다 더 간단한 건 아무것도 없었다. 사소한 실수로 인해 피해를 보거나 문제가 생기기를 바랄 사람은 아무도 없었다. 그는 그 상황에서 할 수밖에 없는 일을 했을 뿐이며, 따라서 그 문제에 대해 눈곱만큼의 죄책감도 느끼고 싶지 않았다. 그는 아무것도 후회하지 않았다. 그 상황을 세심하게 분석해보았지만 아무 문제도 발견하지 못했다. 그는 반사적으로 행동했다. 어떤 수를 쓴다 해도 이미 죽은 사람을 되살릴 수는 없는 일이었다. 특히 이번 경우에는 죽은 여자를.

때때로 바람이 벼룩으로 뒤덮인 개처럼 벽난로 속에서 으르렁거리고, 유리창이 가볍게 떨고 있었다. 그는 그녀의 관자놀이에 입을 맞췄다. 그녀는 허공에 펜을 든 채로 삼 초 동안 그대로 꼼짝도 하지 않았다.

그는 그 틈을 이용해 자기 방으로 올라왔다. 거의 자정이 다 되어 있었다. 돌풍에 휘어지는 가장 가까이에 있는 전나무들, 채찍처럼 떨고 있는 전선들, 거칠게 두들겨맞은 장미나무들, 경련하는 울타리, 그리고 메기처럼 생긴 팽팽한 바람자루가 방의 불빛에 윤곽을 드러내고 있었다. 누군가가 인터넷으로 주문한 것이 실수로 그에게 잘못 배달되어 온 것이었다. 그래서 그는 처음에는 수령하지 않으려 했다. 하지만 박스를 풀어 내용물을 살펴보고는 아주 마음에 들어 곧바로 그 물건을 받아들였다.

그는 마지막 담배에 불을 붙이면서, 다음날 아침에 피우려 했지만 벌써 피우고 싶은 욕망을 불러일으키는 그 담배에 대해 생각했다. 인간에게는 몇 가지 나쁜 버릇이 있을 수 있다, 따라서 그런 버릇들 때문에 얼굴을 붉힐 필요는 없다, 그는 생각했다. 인생을 살아가는 동안 겪는 시련들은 분명히 그만한 가치가 있었다.

〈더 퍼플 보틀〉의 마지막 삼분의 일 부분이 헤드폰 속에서 울리고 있는 동안, 그는 몇 분 정도 그대로 꼼짝도 하지 않고 불어오는 바람결을 바라보며 서 있었다.

이윽고 전화벨이 울렸다. 그녀였다. 미리암. 바르바라에 대해 이야기를 나누기에는 좀 늦은 시각인데? 그런 생각이 들었지만, 그는 그녀의 입장에서 생각해보려 했다. 게다가 이튿날 강의가 없어서 아침 일찍 일어나야 할 이유도 없었다. 그는 전화벨이 울리게 내버려두었다. 그리고 숨을 한껏 끌어모아 멈추었다. 손목시계를 들여다보았다. 일 분 이십 초 후, 폐가 터지기 직전에, 그는 수화기를 들었다.

정말 놀랍고 당혹스러운 한 가지 사실이 있었다. 몇 시간 전에 리샤르는 그가 매력적인 남자라고 말했었는데, 아닌 게 아니라 그건 인정하지 않을 수 없는 명백한 사실이었다. 그는 여자들에게 점점 더 인기가 많아져가고 있었다. 서투르고 소극적이고 속내를 숨길 줄 몰라 일 년 동안 겨우 한 여학생과 잘 수 있었던 시절과, 지금 이렇게 비공식적으로 고작 세 번 만났을 뿐인 여자가 한밤중에 속삭이는 목소리로 전화를 걸어오는 현재 사이에는 엄청난 차이가 있었다.

그는 자신에게서 달라진 점들을 거울 속에서 누차 찾아보았었다. 하지만 눈에 보이는 건 그다지 고무적이지 않았다. 머리숱은 점점 줄어들고 있었고, 턱에서는 희끄무레한 털이 자라나기 시작했으며, 주름이 점점 더 깊이 패고 있었고, 추위 때문에 눈에서는 진물 같은 것이 흐르고 있었다. 그건 불가피한 일이었고, 그래서 모든 게 나쁜 방향으로 흘러가고 있는 것 같아 보였다. 그런데 신기하게도 실제로는 전혀 그렇지 않았다. 오히려 모든 게 이전보다 훨씬 더 수월해지는 것 같았다. 그는 그 방면으로 확실한 보험에 가입되어 있는 셈이었다. 그래서인지 때때로 거의 시들한 기분이 들기까지 했다.

"아닙니다, 미리암, 전혀 방해되지 않습니다." 그는 그렇게 말하고는, 희미한 어둠 속에서 전화기를 귀에 댄 채 쿠션으로 허리를 받치고 침대 위에 앉았다. 그리고 그사이에 안경을 닦았다. 그녀의 목소리는 밝았고 아주 나지막했다. 그녀는 지금, 그러니까 바로 지금 이 순간 뭔가 특별한 일을 하고 있었느냐고 물었고, 그는 그렇다고 대답했다. 그 대답은 전화선에 긴 공백을 불러일으켰고, 그 공백 사이사이에 숨소리가 끼어들었다. 이윽고 그녀가 속삭였다. "그렇군요. 그럼, 좋은 저녁 보내세요." 그리고 그녀는 전화를 끊었다.

*

그는 캠퍼스를 지날 때나 시내의 공공장소 여기저기에서 때때로 그녀를 보곤 했지만, 그녀는 늘 거리를 두었다. 슈퍼마켓에서 그의 모습을 발견한 그녀는 자기가 골라놓은 물건이 가득 든 카트를 계산대로 가져가는 대신 한구석에 그냥 처박아놓고 사라졌고, 심지어 한번은 버스에서 중간에 내려버리기까지 했다. 그들은 은밀한 눈짓만 주고받을 뿐이었다. 한 사람이 애매모호한 미소를 지으면, 다른 한 사람은 반응을 보이지 않았다.

그는 자신에게 성적 매력이 있다고 생각한 건 착각이었다고 믿기에 이르렀고, 그건 그를 슬픔과 뒤섞인 심각한 혼란에 빠뜨렸다.

어느 날 아침, 리샤르 올소가 그의 강의실로 들어와 그의 귀에 대고 몇 마디 소곤거렸다. 그 말을 듣자마자 그는 밖으로 뛰쳐나가 유럽연합기와 대학교 문장이 펄럭이고 있는 중앙 건물을 향해 돌진했다. 소란은 도서관에서 벌어지고 있었다.

소방관들이 출동해 있었다. 그들은 장비를 정리하고 있었다. 알루미늄 호일처럼 생긴 담요로 몸을 감싼 마리안이 마치 죽은 것처럼 창백한 모습으로 의자 위에 웅크리고 앉아 있었다. 기절했던 걸까? 당연했다. 달리 뭐겠는가. 지방 함량 0퍼센트 생치즈만 먹고 사는 사람에게 달리 어떤 일이 일어날 수 있겠는가? 마침내 정신을 잃고 도서관 사다리에서 거꾸로 떨어져 머리가 깨질 뻔한 건 당연하지 않은가?

　그는 그녀의 어깨를 움켜잡았다. 그녀가 다른 걸 전혀 삼키지 못한다 해도, 그건 그녀로서도 어쩔 수 없는 일이었다. 그녀를 닦달해봐야 소용없었다. 그는 구조대원들에게 감사를 표했다. "이분에게 질 좋은 스테이크를 드시게 하세요." 가장 젊은 구조대원이 구조 장비들을 정리하면서 말했다. 그는 고개를 끄덕였다. 그가 잡고 있는 마리안의 손은 여전히 차가웠다. 그래서 어린 시절 자신들이 숲속에서 길을 잃었던 그 우울한 사건들이 그의 머릿속에 떠올랐다. "이 정도로 끝났으니 다행입니다." 리샤르가 그녀의 눈을 지그시 바라보면서 말했다. "하지만 마리안, 당신 때문에 우리가 얼마나 놀랐는지 알아요? 이 말만큼은 하고 싶군요. 오, 제발 말 좀 들어요, 이런 일이 다시 일어나면 안 돼요, 알았죠?"

　여전히 기력을 차리지 못한 마리안이 어쩔 줄 몰라하면서 창백한 손으로 걱정하지 말라는 손짓을 하는 동안, 그녀의 남동생은 그녀의 입술에 담배를 물려주고는 주차장 쪽으로 단호하게 그녀를 데려갔다. 이삼일 전부터 봄이 자리를 잡아가고 있었다. 미모사, 수국이 꽃을 피우기 시작했다.

"별거 아니니까 걱정할 필요 없어." 차가 도로로 접어드는 동안 그녀가 말했다. "그리고 제발, 엉뚱한 상상은 하지 말아줘."

"난 너희 두 사람이 도서관에서 뭘 하고 있었는지 궁금한데?" 그가 이죽거렸다.

"순전히 우연이었어. 바보 같은 소리 하지 마."

그가 속도를 줄이고 엔진을 부르릉거리게 하고 나서 가드레일이 없는 좁은 커브길을 돌 때, 완충기가 끼이익 소리를 냈다. 해는 이미 높이 떠 있었고, 마치 행진중인 군대 앞에서 흩어져 달아나는 것처럼 새 몇 마리가 그들이 가는 길 위에서 짹짹거리면서 날고 있었다.

"멀미가 날 것 같아." 그녀가 말했다.

"뭐? 뭐라고?"

"계속 그렇게 빠른 속도로 운전하니까. 토할 것 같잖아."

"뭐?"

그는 갓길에 즉시 차를 세우고 재빨리 내려서 단 세 걸음 만에 그녀가 앉아 있는 쪽으로 가서 차문을 열었다. "마리안, 제발. 차

안에다가는 토하지 마. 부탁이야. 어떻게든 참아봐, 이번만큼은. 몸을 내밀어봐. 내가 도와줄까?"

그녀는 그의 손을 뿌리쳤다. 그녀의 관자놀이 위쪽에 아주 보기 흉한 혹이 튀어나와 있었다. 그녀는 괜찮다는 손짓을 해 보였다. "정말?" 그는 목소리에 희미한 기대감을 담고 말했다. "이제 괜찮아진 거야? 지금은 어때? 정말 괜찮은 거 맞아? 정말로 괜찮은 거야?" 구급 담요를 두르고 있는 그녀의 모습은 마치 술에 취해 길가에 쓰러져 있던 쉰 살 먹은 사람을 일으켜 앉혀놓은 것 같아 보였다.

주위의 숲은 고요했고, 엔진이 식어가며 해골처럼 달달거리는 소리를 내고 있었다. 그는 그녀가 잠시 한숨 돌리도록 내버려두기로 했다. 공기를 좀 들이마시면 멀미가 가라앉을 수도 있었다. 휘몰아치는 바람이 눈에 띄게 허약해져 있는 그녀를 날려버릴 수도 있었지만. 그는 그동안 자기가 그녀에게 별로 신경을 쓰지 않았고 그래서 그녀의 건강 상태가 이 정도로 나빠져 있었는지 모르고 있었다는 게 약간 부끄러웠다. 그 지방 함량 0퍼센트가 이런 사태를 예고해주는 적절한 증거, 적절한 표지였는지는 확실치 않았지만, 어쨌든 그는 눈뜬 장님이었고, 그런 것에는 관심이 없었다.

그는 그녀의 안색이 창백하다는 것을, 그녀가 평소보다 더 자주 자리에 주저앉는다는 것을, 전보다 말을 덜 한다는 것을, 그 모든 것을 진작 알아차렸어야 했다. 하지만 그는 정신이 완전히 딴 데 팔려 있었다.

"괜찮아? 괜찮아질 것 같아?" 그가 물었다.

"물론이지." 그녀가 짜증난 어조로 말했다. "담배나 하나 줘."

그가 담배 두 대에 불을 붙여 하나를 그녀에게 내밀었다. 공기는 차가웠지만 해는 빛나고 있었다. 장난감처럼 작아 보이는 보트들이 호수 위에서 서로 앞을 다투며 경주를 벌이고 있었다. "일본 음식 시킬 건데, 괜찮지?" 그는 그녀의 대답을 기다리지도 않고 일본 음식점의 전화번호를 눌렀다.

집에 도착한 후, 그는 그녀가 피아트의 조수석에서 내려 거실의 소파까지 가는 동안 팔을 잡고 부축했다. 그리고 그녀가 몸을 누일 수 있도록 즉시 잡지들과 텔레비전 프로그램 책자, 문학서적 나부랭이들을 소파에서 쓸어냈다.

그녀는 이제 웬만큼 괜찮아진 것 같고 도움은 전혀 필요 없으며, 아직은 잠자리에 들 시간이 아니라고 말했다. 그는 그녀가 오늘 하루종일 너무 지쳤기 때문에 아무것도 하지 말고 저녁까지 무조건 푹 쉬어야 하며, 그 문제에 관해서는 더이상 여지가 없으니 그냥 얌전히 따르라고 했다.

"날생선을 먹으면 기운이 좀 날 거야." 그는 쿠션들 가운데 그녀를 앉히면서 말했다. "날고기도 좋고." 그들은 담배부터 한 대 피우기로 했다. 어두운 능선 너머로 해가 저물고 수평선이 황금 빛 안개에 잠기는 동안 그들은 침묵을 지키고 있었다.

"난 약국에 좀 다녀와야겠어. 오는 길에 영화도 몇 편 빌려다 줄게. 어떤 게 좋겠어?" 그들은 지금과 비슷한 상황에서 〈트윈 픽스〉를 함께 본 적이 있었다. 그녀의 몸이 쇠약해지고 병색이 완연해져서 자비를 들여 라볼*에서 장기간 해수요법 치료를 받고 토스카나에서 조용히 산책을 하며 지내야 했던 어느 해 여름. 그 위기는 모든 것을 앗아갔다. 그런데 마리안의 건강이 또다시 그때처럼 위태로워져서 그런 식으로 요양을 해야 한다면 그 비용을 어떻게 충당할지 막막하기만 했다. 그들이 가진 신용카드의 수는 현저하게 줄어들었다—다이너스클럽은 최근에 그들의 신용카드 사용을 정지시켰고, HSBC는 경기가 좋던 시절에 그들에게 내줬던 신용카드를 더이상 연장해주지 않으려 했다.

그런 것들을 생각하자 머릿속이 지끈거렸다. 이윽고 '마쓰리'의 배달원이 초인종을 눌렀고, 그는 그렇게 그런 생각들을 떨쳐냈다. 앞으로 일본 음식을 먹는 건 자신들에게 사치가 될 거라는 생각에 그는 고개를 주억이며 음식값을 지불했다.

---

* 프랑스의 세계적인 휴양지.

"내가 돌아왔을 때 내 눈에 이 음식들이 하나도 안 보였으면 좋겠어. 부스러기 하나도 보고 싶지 않아." 그가 다운파카를 다시 입으며 말했다. "다 먹기 전에는 자리에서 일어날 생각도 하지 마. 그냥 얌전히 앉아 있어. 또다시 머리를 깨지 말라고."

그녀는 어깨를 으쓱하며 말했다. "참 나, 바보 같긴. 봐, 난 멀쩡해……" 그녀는 봉지 안에 든 음식을 곁눈질로 슬쩍 살펴보면서 한숨을 내쉬었다. 그들에게 배달된 참치(눈다랑어의 한 품종)와 연어(노르웨이산 양식)로 만든 앙증맞은 것들, 그것들은 그녀를 유혹하는 동시에 속을 울렁거리게 했다. 어쨌든, 그녀는 소파에서 발을 내려놓지 않도록 조심했다. 그걸 보면서, 고분고분해진 그녀를 보면서, 그는 자신의 파카를 내려다보았다. 이제 집을 나서야 할 시간이었다. 저녁에는 기온이 빠르게 떨어지기 때문에 그는 파카 지퍼를 단번에 끌어올렸다.

문을 지나 달빛에 반짝이기 시작하는 피아트가 있는 곳으로 다시 돌아왔을 때 그의 입에서 입김이 뿜어져나왔다. 그의 휴대전화가 울렸다. "다른 것보다, 담배 좀 사다줘." 마리안이 말했다. "절대로, 잊지 마." 그는 집 쪽을 돌아보았다. 창문들에 불이 밝혀져 있었지만, 그녀는 보이지 않았다. "지금은 담배 피우는 것보다 음식 먹는 걸 보고 싶은데." 그는 그렇게 대답하고는, 엔진브레이크만 사용하면서 시내로 다시 내려갔다.

십 분 후, 그는 상점가의 주차장에 차를 세우고 약국으로 들어가서 붕대와 조피클론*, 생강 성분이 들어간 비옹3**를 바구니에 가득 채워넣었다. 상점들은 문을 닫기 시작했다. 경비원들이 무척 사나워 보이는 엄청나게 큰 개들을 데리고 통로를 돌아다니기 시작했다.

비오템 매대에서 노화방지 크림—올리브잎 추출 농축 성분의 에이지 피트니스 파워2—을 살펴보던 그는 건너편 안경점에 있는 미리암을 발견했다. 그의 바로 맞은편이었다. 저 여자는 정말로 사람을 깜짝 놀라게 하는 재주가 있단 말이야, 그는 생각했다. 그는 며칠째 그녀를 보지 못했었다. 그리고 그 순간, 그는 자신이 그녀를 어느 정도 보고 싶어했다는 것을 깨달았다.

하지만 말다툼 소리가 그의 시선을 끌었다. 경비원들이 휴대폰 매장 옆에서 밤을 보낼 생각으로 침낭 속에 벌써 들어가 있는 어느 텁수룩한 젊은 백인남자를 쫓아내려 하고 있었다. 그리고 몇 초도 지나지 않아, 꼭 그래야만 한다면 그 부사관의 소식을 물어볼 각오까지 하면서 미소 지은 얼굴로 그가 그녀에게로 다시 눈길을 돌렸을 때, 그녀는 더이상 그곳에 없었다. 감쪽같이

---

* 수면제.
** 비타민 함유 건강 보조제.

사라졌다. 헛것을 본 걸까?

그는 그런 느닷없는 출현들에 좀처럼 익숙해지지는 못했지만, 그래도 어린 시절 어머니가 불쑥불쑥 나타나 그들을 놀래주던 지긋지긋한 경험이 있었기 때문에 이제 그런 것에는 당황하지 않았다.

그는 침착하게 장보기를 끝냈다. 슈퍼마켓은 텅 비어 있어서 한적한 진열대 사이를 걸어다니며 상품들의 라벨을 읽고 가격을 비교하는 일 등을 하는 데 전혀 불쾌하지 않았다. 그는 미리암의 출현에 조금도 동요하지 않고 잠시 거기서 꾸물거렸다. 그녀의 환영幻影에 전혀 당황한 기색을 보이지 않으면서.

무엇보다 담배를 잊지 않아야 했다. 중요한 건 상처 부위를 소독할 것들을 사 가는 거였다. 그의 누이는 쓰러지면서 도서관 포석에 관자놀이를 부딪혔고, 그래서 그 부위가 약간 찢어지고 비둘기 알처럼 부풀어올라 있었다. 그는 환영에 사로잡히지 않고 계속 정신을 집중해야 했다. 마치 경주용 자동차를 모는 것처럼, 마치 잠시라도 한눈을 팔다가는 차가 뱅글뱅글 돌며 절벽 아래로 굴러떨어질 수도 있는 것처럼 행동해야 했다. 인생은 일종의 레이스 같은 거라고 생각하고 도로에서 계속 눈을 떼지 않는 것, 그게 그가 선택한 프로그램이었고, 그 프로그램을 실행하는 데 한 치의 탈선도 용납될 수 없었다.

슈퍼마켓 청소부가 그를 몽상에서 끌어냈다. 희끄무레한 액체가 가득 담긴 바퀴 달린 우묵한 용기를 끌면서 2미터 너비의 대걸레를 밀던 그 남자는 그에게 이제 곧 가게 문을 닫으니까 말썽 피우지 말고 빨리 집으로 돌아가라고 말했다.

말썽을 피우다니? 무슨 말인지 알아듣지 못하고 잠시 멍해 있던 그는 그 직원의 눈길을 따라가다가 자기가 담배를 피우고 있었다는 사실을 마침내 알아차렸다.

담배를 끊으려고 시도했을 때마다 그는 매번 전보다 더 심하게 담배를 다시 피워대면서 자신의 추락에 마리안을 끌어들였다. 그래서 지금도 이렇게, 또다시 새 둑이 터지고 있는 거였다. 그건 분명히 확인된 사실이었다. 이제 곧 사람들은 교회 안에서, 또는 병원이나 결핵 요양소 안에서 담배를 피우고 있는 그를 발견하게 될 터였다. 그는 기차, 비행기, 엘리베이터 안에서 최악의 경우에 대해 생각하거나 사람들이 성가시게 굴 것을 전혀 염려하지 않고 담배를 피울 수 있었던 시절을 그리워하며 회상했다.

그는 사과했다. 그 슈퍼마켓 사람들은 그를 알고 있었다. 그는 그곳에다 자기 봉급의 상당 부분을 갖다 바쳤고, 아무것도 훔치지 않았으며, 아무것도 파손하지 않았다. 그래서 그는 경찰서로 곧바로 끌려가거나 아니면 더 간단하게, 흠씬 두들겨맞고 나서 공공질서를 존중하는 법을 배우기 위해 다음날까지 독방에 갇혀 있지 않고 출구로 나올 수 있었다.

그는 마지막 손님들 가운데 하나였다. 이제 열어놓은 계산대는 단 한 군데뿐이었고, 가련한 계산원 여자는 턱이 빠질 정도로 크게 하품을 하고 있었다. 주위에는 판매원 여자들이 매장을 정리하고 마치 임무를 부여받은 군인들처럼 어두운 거리로 뿔뿔이 흩어지고 있었다. 그는 엘리베이터를 탈까 말까 망설였다. 하지만 마침내 올라탔다. 요즘은 고장에 대한 불안이 거의 극복되었기 때문이었다. 심지어 엘리베이터가 낡은 가축운반차 같은 외관과 크기를 가지고 있어서 조금도 신뢰를 불러일으키지 않았음에도. 자기 자신을 조금이라도 극복하는 건 가혹한 투쟁의 대가로만 얻을 수 있다고 그는 생각했다. 누가 그것에 반대 의견을 주장할 수 있을까? 모든 게 주어진 안락한 세상으로부터 뭘 얼마나 상속받았는가?

주차장은 맨 위층 테라스에 위치해 있었다. 엘리베이터는 도중에 고장이 나서 요동을 치더니 그대로 꼼짝도 하지 않았고, 불빛마저 거친 숨결 속에 꺼져버렸다. 그는 총알이 방금 가슴 한복판을 뚫고 지나가거나 번개가 몸에 내리꽂힌 것 같은 기분이었다. 두 다리가 한순간 후들거렸고, 숨이 막히고, 입도 석고를 씹은 것처럼 바짝 말랐다. 하지만 그는 이 난관을 극복할 방법을 이리저리 궁리했다. 우선 휴대폰을 손전등처럼 이용해 엘리베이터 안의 버튼들, 특히 경보 버튼이 어디에 붙어 있는지 살펴보았다. 그리고 도움을 요청하기 위해 그것을 눌렀다. 하지만 아무 일도 일어나지 않았다. 살려달라고 고함을 질렀지만 아무 소용이 없었다.

그는 두 손을 무릎에 갖다댄 채 몸을 앞으로 숙이고 심호흡을 했다. 그러고 나서 다시 몸을 일으키고 버튼 쪽으로 돌아서서 열심히, 미친듯이 버튼들을 눌러댔다. 그가 여전히 주먹을 들어올린 채 한바탕 욕을 퍼붓고 있을 때, 느닷없이 불이 들어오더니 엘리베이터가 다시 작동하기 시작했다.

그가 재수없게 올라탄 그 통조림 통 같은 것이 옥상 테라스 쪽으로 그를 끌어올리는 동안, 그는 안경을 닦고 이마를 훔쳤다. 그리고 금연 표지판에도 불구하고, 윈스턴에 불을 붙였다.

문이 열리자, 달빛이 주차장을 적시고 있었고, 차가운 공기가 훅 달려들었다. 그 시각 그곳에는 개미 한 마리 보이지 않았다. 그곳은 텅 비어 있었다. 그는 자신의 피아트를 향해 걸어갔다. 하늘은 맑고 별이 총총히 떠 있었다. 그는 살을 에는 듯한 공기 속에서 얼굴을 찌푸렸다.

그러고 나서 그는 또다시 그 환영의 제물이 되었다. 그날 저녁 두번째로 미리암을 본 것이다. 뿐만 아니라 그녀는 그에게로 곧장 걸어오고 있었다.

"열쇠를 잃어버렸어요." 그녀가 그의 시선을 피하며 말했다. "바보 멍청이같이 열쇠를 잃어버렸어요."

"열쇠를요? 아. 몹시 추워 보이는군요."

"온몸이 꽁꽁 얼어붙었어요. 한참 동안 당신을 기다렸어요. 당신 차를 봤거든요."

"아, 엘리베이터 안에 갇혀서 꼼짝도 못하고 있었어요."

"저어, 당신이 데려다주실지도 모른다고 생각했어요. '그를 기다렸다가 데려다달라고 부탁해봐야겠다.' 그렇게 생각했죠."

"물론 태워드려야죠. 타세요. 도와드릴 수 있어서 기분이 아주 좋네요. 다시 추워진대요, 이번주 내내. 그렇게 들었어요. 고기 압권이 자리를 잡지 못하고 있다더군요. 나쁜 징조일까요? 두고 보면 알겠죠……" 그는 그녀에게 차문을 열어주면서 말했다.

주차요금을 지불하는 동안—주차요금 정산 기계는 그의 카드를 고집스럽게 거부했다. 그는 멀리서 그녀를 관찰하면서, 그녀가 거기 있다는 사실에 조바심이 나면서도 한편으로 기분이 좋았다. 지난 몇 년간 함께 어울렸던 온갖 여학생들과는 완전히 다른 느낌이었다. 전혀 새로운 느낌, 비교할 수조차 없는 느낌. 추위에도 불구하고 그녀는 차창을 내려놓고—비좁은 자동차 안에 찌든 강렬하고 쌉쌀한 담배 냄새를 좋게 생각할 수 있는 사람은 드물었다—단정한 옆모습을 보이며 엄청나게 강렬한 무언가를 그에게 불러일으키고 있었다.

그에게 넘어온 여자들 가운데 가장 나이가 많은 여자는 그와 헤어지던 날 스물여섯 살이었다. 미리암은 그 여자보다 스무 살이 더 많았다. 그 분야에 관해 그는 갓난아기만큼밖에 몰랐지만, 손쉽게 얻을 수 있는 건 아무것도 없다는 것, 어떻든 간에 확실하게 손에 넣을 수 있는 것—특히 여자들의 마음에 관해서—은 아무것도 없다는 것 정도는 본능적으로 알고 있었다.

아무것도 기대하지 않는 사람은 결코 실망하지 않는 법이었다. 낙관주의라는 결함이 없는 사람은 결코 높은 곳에서 떨어지지 않았다. 인내를 가지고 겸손하게 산에 오르는 사람은 결국 정상에 도달하게 되어 있었다. 자신의 힘을 속단하지 않는 사람이야말로 가장 상대하기 힘든 적수이기 마련이었다. 그는 마침내 주차티켓을 돌려받았다. 세상 반대편 끝에서 한창 전쟁중인 부사관의 아내가 느끼는 좌절감이 어떤 것일지 잠시 생각해보는 것만으로도 뇌충혈을 일으킬 것 같군, 그런 생각을 하며 그는 모호한 미소를 짓고 있는 자신의 승객에게로 돌아왔다.

짐 없이 여행하는 사람은 녹초가 되는 법이 없다. 희망으로 배불린 적 없는 사람은 굶어 죽지 않는다.

밤이 거대한 종처럼 그들 주위의 세상을 뒤덮고 있었다. 주차장은 깎아지른 산봉우리의 독수리 둥지만큼이나 까마득히 높은 곳에 있는 것처럼 보였다. "음악이라도 틀죠." 잠시 후, 그녀가 말했다. 그는 안경을 접어 주머니에 넣었다. "캐런 돌턴*, 어때요?" 그가 제안했다.

글러브박스를 열기 위해 옆으로 몸을 기울이던 그는 비단처럼 부드러운 크림색 팬티스타킹 때문에 더욱 강조된 미리암의 허벅지를 힐끗 쳐다보았다. 수영복을 입은 그녀를 쉽게 상상할 수 있었다. 아니 한발 더 나아가, 속옷만 입은 그녀를. 마흔다섯 살을 갓 넘긴 여자. 그 나이에 환상적인 몸매를 가진 여자. 게다가 정신적으로도 성숙한 여자. 달리 무슨 말을 더 보탤까? 이보다 더 완벽한 창조물, 이보다 더 놀라운 동행을 상상할 수 있을까?

그런 여자에게 관심의 대상이 된다는 건 결코 불쾌해할 일이 아니었다. 아니, 오히려 그건 자신의 가치를 올리는 일이라고 그는 생각했다. 사려 깊고, 센스 있고, 인생 경험이 풍부한 그런 여자. 그동안 유지해왔던 여학생들과의 관계가 갑자기 한없이 초라하게 느껴졌다. 섹스를 한다고 해서 관계가 더 깊어지는 건 아니었다. 대부분은 소질이 있고 아주 적극적인 훌륭한 섹스 파트너였다. 하지만 진정한 대화나 진정한 결합은 실제로 조금도 이루어지지 않았다. 그는 이제 그 이유를 이해했다.

---

* 미국 체로키계 인디언 출신의 포크 블루스 여가수.

그의 내면에서 뭔가가 벌어져 가슴속에서 깨어나면서—어린아이에서 어른으로의 통과 과정이 예컨대 그런 감각을 불러일으켰다—서서히 무르익었다. 그리고 그 은밀한 부화 과정으로부터 바로 그날 저녁 새로운 인간이 태어났다. '내가 그럴 수 있을까?' 그는 그 애절한 목소리를 찾아 재생 버튼을 누르며 자문했다. '앞으로 내가 여자아이들에게로 다시 돌아갈 수 있을까? 이제 나는 그런 여자애들에게 완전히 흥미를 잃게 될까?' 교수로서, 무엇보다도 자신의 가장 찬란한 시간을 그녀들과 함께 보내는 사람으로서 그는 그렇게 되는 건 절대로 바라지 않았다. 하지만 그건 그가 결정할 수 있는 게 아니었다. 그런 것들은 마음대로 되는 게 아니었다.

그녀가 그의 팔에 손을 얹었다. "상황 참 이상하네요, 그렇게 생각하지 않으세요?" 그녀가 말했다. "하지만 그건 저 때문인 게 틀림없어요. 잠을 제대로 못 자서 굉장히 피곤하거든요. 그래서 머릿속이 좀 흐리멍덩해요."

"전류가 흐르는 것 같군요. 그러니까 당신 손이 내게 닿을 때 말입니다. 당신은 안 그런가요?"

"네. 전 모르겠는데요."

"남편에게서는 소식이 있어요?"

그녀가 고개를 저었다. 그는 시동을 걸기 위해 차에 꽂힌 열쇠

쪽으로 손을 뻗었다. 하지만 그녀는 다시 한번 그를 멈춰 세웠다.

"저는 이제 그 사람 이름조차 기억나지 않아요." 그녀가 초점 없는 시선으로 말했다. "오늘 아침에는 머릿속이 새하얬어요. 몇 초가 지난 다음에야 겨우 그 이름을 발음할 수 있었죠…… 내가 그래서는 안 되는 건데, 가증스러운 것 같아요. 그래서는 안 되는 건데, 정말 가증스러운 것 같아. 난 정말 못됐어요."

"아니에요. 결코 그렇지 않아요. 내 말 들어요, 미리암, 절대로 그렇지 않아요. 그에게 군인이 되라고 강요한 사람은 아무도 없잖아요. 그가 거기 가 있는 건 순전히 그 사람 탓이에요."

"그런데, 당신이 말한 그 전류란 건 뭐죠?"

"내가 말한 전류?"

"네."

"내가 말한 전류라고요?"

"네."

그는 입이 바싹 타들어가는 것을 느꼈다. 바깥 기온은 차가워져 있었다. 하지만 그가 아직 시동을 걸지 않았기 때문에 피아트 내부 역시 바깥만큼 추웠다. 그의 코끝이 얼음처럼 차가웠다.

"우리가 이대로 이곳에 갇혀 있게 되지나 않을까 불안하네요." 그가 말했다. "여기서 더 시간을 끌지 말아야 할 것 같아요. 언젠가 한번 그랬던 적이 있었습니다. 다행히 그때는 여름이었지만."

"난 하루빨리 여름이 왔으면 좋겠어요. 마르크. 내가 얼마나 간절히 여름을 기다리고 있는지 모르실 거예요."

"걱정 말아요. 이미 싹이 트고 있으니까. 눈 깜짝할 사이에 초록으로 변할 걸요."

만남은 비현실적이 되어가고 있었다. 그들은 우주 한가운데에서, 절대적인 암흑 한가운데에서, 무無 한가운데에서 길을 잃은 채 떠다닐 수도 있을 터였다. 무슨 차이가 있으랴?

이제 그의 심장이 한적한 호숫가에서 달리기 시작할 때처럼 뛰고 있었다. 그 어떤 여학생도 그에게 이런 증상을 불러일으킨 적이 없었다. 캐런 돌턴이 〈에브리 타임 아이 싱크 오브 프리덤〉을 노래하고 있었다.

"난 이 여자의 목소리가 정말 마음에 들어요." 그가 말했다.

그녀가 고개를 끄덕였다. 그러고 나서 그의 손을 잡고 자기 뺨에 갖다댔다.

그는 가죽 시트가 장착된 아우디 A8의 주인이 아닌 것을 후회하게 만드는 건 바로 이런 순간이라고 생각했다.

지금, 마치 뭔가에 쫓겨 달아나고 있는 것처럼 그의 맥박이 거의 백사십에 육박할 정도로 쿵쿵 뛰고 있었다. 그가 계속 꼼짝도 않고 있는데도. 그의 몸속에서 일어나는 놀라운 현상.

그녀가 그의 손에 입술을 스치고는 눈을 들어 그를 바라보았다. "내가 당신을 난처하게 하는 건가요?" 그녀가 속삭였다. 그는 천천히 고개를 저었다. 그녀는 그의 어머니도 누이도 아니었다. 그녀는 계속해도 되었다. 그는 단지 이 피아트가 자신들에게 제공해줄 불편함이 아쉬웠고, 이 여자가 자기한테 과분하다고 생각했을 뿐이었다. 하지만 물론, 원하는 것을 선택할 수 있는 기회가 항상 주어지는 건 아니었고, 게다가 많은 관계들이 부적절한 출발이나 기타 등등의 원인 때문에 궤도에 오르기도 전에 시들어버리곤 했었다. 거기서 손을 쓸 방도는 별로 없었다. 그건 엄청난 제비뽑기였다.

그는 바위투성이의 사막에서 함정에 걸려들지 않고 계속 살아남기를 빌면서 바위 사이를 헤매고 다니는 부사관에 대해 잠시 생각했다.

그는 늦게 집으로 돌아왔다. 새벽 두시경이었다. 한밤중에 오토바이 소리를 내는 차를 몰고 고요한 숲길을 거슬러올라갈 때면, 그는 엄청나게 큰 전기톱으로 세상을 반으로 가르는 것 같은 기분이 들곤 했다. 지나가는 길에 아주 작은 들쥐, 아주 작은 생쥐, 아주 작은 까마귀, 아주 작은 벌레를 깨우면서. 그가 머플러 소음이 나지 않게 하려고 차의 시동을 끄고 거의 기다시피 하면서 조심스럽게 집으로 돌아와도, 그녀는 적어도 두 번 중 한 번 은 그가 도착하는 소리를 들었다. 아니면 몹시 초조해하면서 그 를 기다리고 있거나. 그것도 아니면 선잠을 자고 있거나.

"몇신지 알아?" 그가 자기 방으로 곧장 올라가려는 순간, 그녀 의 말소리가 들려왔다.

그녀가 이내 리모컨으로 현관의 불을 켰다. 한 손을 난간에 얹 고 한 발을 허공에 둔 그의 모습이 드러났다.

그녀가 이번에는 거실 불을 밝혔다. 그리고 같은 방법으로 램 프의 조도를 낮췄다. "도대체 어디 갔다 이제 들어오는 거야?"

그는 그녀의 눈앞에 담배와 약들을 흔들어 보였다. "이것 때문 이야. 누나가 원하는 걸 전부 사 갖고 왔어." 그가 말했다.

그녀는 담배 보루에 달려들어 거칠게 포장을 뜯으며 말을 늘 어놓았다. "응? 지금이 몇신지 아냐고! 이 빌어먹을 집구석에 그 빌어먹을 담배가 한 개비도 없어. 하지만 넌 그렇건 말건 관심도 없는 것 같군. 어쨌거나, 고작 이걸 사 갖고 오는 데 겨우 일고여 덟 시간밖에 안 걸렸으니까 말이야."

"진정하고 내 말 들어봐. 난 슈퍼마켓 주차장에 꼼짝 못하고 처박혀 있었어. 한번 상상해보라고. 어떻게 된 일이냐 하면, 출 입 차단 장치가 내려가질 않아 꼼짝없이 주차장에 갇혀버렸어. 그대로 몇 시간을 그 높은 곳에 처박혀 있었다고. 이게 사건의 전말이야."

"정말 감동적이네." 그녀가 이를 가는 것 같은 목소리로 말했다. "방금 들려준 그 얘기, 정말 감동적이라고."

"게다가 전화기도 안 가지고 갔었어. 안 그랬으면 전화를 했을 텐데. 누나가 날 기다리고 있다는 건 물론 잘 알고 있었어. 나도 담배를 피우는 사람이야. 말 안 해도 잘 안다고. 그런 내가 누나를 모른 척할 수 있었을 거라고 생각해? 누나가 미친 것처럼 집 안을 서성거리고 있을 거라는 걸 내가 몰랐을 거라고 생각해? 나도 시간이 흘러가고 있다는 걸 잘 알고 있었어. 그래서 미칠 지경이었다고. 하지만 정말로 직원들이 모두 잠들어 있어서, 그 빌어먹을 주차장에 내가 밤새도록 갇혀 있었을 수도 있었단 말이야."

"너한테서 땀냄새가 나. 여기서도 그 냄새를 맡을 수 있어."

"그거야 당연하지. 허공에 처박혀 있는 게 어디 그렇게 편안한 줄 알아? 난 화가 나서 새파랗게 질려 있었어, 누나도 생각해보면 이해가 갈 거야. 유효하지 않은 주차티켓이라는 말만 진저리가 날 정도로 되풀이하는 그놈의 기계 때문에 돌아버릴 뻔했다고. 어쨌든, 그 빌어먹을 테크놀로지라는 것들은 시도 때도 없이 우릴 열받게 만들잖아, 안 그래?"

그런 말들이 자기 입에서 술술 흘러나오면서 이 대화를 쉽게 이끌어가고 있다는 사실에 그는 스스로 놀라고 있었다. 좀전에 그가 품에 안았던 그 여자는 지금도 여전히 그의 품속에 있었다. 그녀가 지금 이 순간에도 그의 머릿속을 가득 채우고 있는 터에 그가 이런 말들을 늘어놓는 건 거의 기적에 가까운 일이었다.

그다음날도 마찬가지였다. 눈을 뜨자마자 가장 먼저 그의 뇌리를 스치는 건 미리암의 얼굴이었다.

그는 죽은듯이 깊은 잠을 잤다. 그러고 나서 아래층으로 내려가 오렌지를 눌러 짜고, 토스트를 구워 버터와 잼을 바른 뒤, 메이플 시럽을 뿌린 오트밀 플레이크 한 그릇을 준비했다. 그는 마리안의 건강에 신경을 쓰면서 봄이 찾아왔을 때 그녀가 조금이나마 혈색을 되찾을 수 있도록 온 정성을 기울였다. 그는 쟁반에 그 모든 걸 담아 콧노래를 약간 흥얼거리면서 마리안의 방으로 가져갔다. 그녀는 아직도 자고 있었다. 아니면 자는 척하는 건지도 몰랐다.

그는 희미한 어둠 속에서 쟁반을 내려놓고 그녀 옆에 앉기로 했다. 그 방의 냄새는 정말로 관능을 자극했다. 그녀의 방은 늘 그랬다. 마리안이 아직 깨어나지 않은 이른 아침 그녀의 방에서 나는 냄새는 마치 그녀의 몸의 일부가 밤새 증발해서 미지근한 공기 속을 떠돌고 있는 것 같은 그런 냄새였다.

그녀에게 해야 할 충고는 한두 가지가 아니었다. 하지만 말을 꺼내려고 입을 벌린 채 잠시 그대로 멈춰 있다가 그냥 다시 입을 닫고 말았다. 그는 담배에 불을 붙이고 나서 주머니에서 수첩을 꺼내어 급히 몇 자 휘갈겨 썼다. 서늘하고 화창한 하루가 예상되었다. 크리스털 모서리처럼 날카롭고 투명한 햇살들이 커튼 사이로 비쳐들고 있었다. 그 두세 문장을 쓰면서, 한 자 한 자 적어나가는 동안에도 그는 지난밤 아주 협소하고 불편한 차 안에서 나눴던 미리암과의 정사 장면을 떠올렸을 뿐만 아니라, 그 장면들이 그를 은밀하게 자극하고 있었다.

조심성 없이 모험에 몸을 맡긴 것을 후회하는 건 아니었지만―그는 이번 모험을 성적인 측면에서 지금까지 최고의 연애에 속한다고 주저 없이 분류했다―이 연애가 얼마나 위험한 것인지도 가늠하고 있었다. 아니, 더 정확히 말하자면 그는 아무것도 계산하지 않고 있었다. 그는 깊이를 알 수 없는 심연 앞에 서 있었다. 이 상황을 어떻게 생각해야 할지 판단이 서지 않은 채로. 그가 발을 내딛긴 했지만 조금도 알 수 없는 그 미지의 영역에 대해 뭘 어떻게 해야 할지 모르는 채로―그가 아는 것이라고는 오로지 여학생들, 만만한 부류들뿐이었고, 그 범주를 넘어서는 여자들에 대해서는 거의 무지했다. 방심해서는 안 되었다. 미리암은 돌이킬 수 없는, 엄청난 격변들을 불러일으킬 수도 있었다. 그의 직관은 그것을 분명하게 알아차렸다. 그의 몸은 그 미묘한 떨림이 전달하는 메시지를 완전하게 이해하고 있었다. 하지만 그의 정신은 경계 태세를 취하기를 거부하는 듯했다.

강의실에 들어가기 직전에 리샤르 올소가 홀에서 그를 멈춰 세웠다. 마리안의 소식을 얻어들으려는 거였다. "나는 당신이 마리안에게 필요한 조치를 취하고 있는지 알고 싶습니다. 확인하고 싶어요." 리샤르는 오늘 자기가 직접 그의 집으로 찾아가겠다고 덧붙였다. 마르크가 불편해하지 않는다면. 그들은 동시에 냉소를 날렸다.

학과에서는 할리우드에서 활동하고 있는 전문 시나리오작가들과 만나 대화하는 자리를 마련했다. 학과 학생들은 누구나 수백만 달러를 벌어들이고 스티븐 스필버그와 한 테이블에서 저녁을 먹고 나서 니콜 키드먼과 커피를 마시러 가는 특권을 안겨줄 수 있는 거라면 그게 뭐든 간에 배우고 싶어했다. 그는 학생들이 그 강연을 들으러 간 틈을 이용해 자동차 머플러를 교체하러 갔다. 사람들 눈에 띄지 않게 다녀야 할 경우를 대비해서였다. 물론 가장 현명한 방법은, 그에게 아직도 신중함이 조금이라도 남아 있다면 그녀를 두 번 다시 만나지 않고 가능한 한 빨리 잊어버리는 것이겠지만.

아니 에그바움은 특별히 매력적이지는 않았지만, 그가 안정을 되찾으려 마음먹을 경우 도움이 될 수 있는 여자였다. 그녀는 별로 호감 가지 않는 얼굴에다가 끌리는 구석도 전혀 없었다. 거기다 글재주도 형편없었고 독창성조차 찾아볼 수 없었다. 그렇지만 몸매 하나는 근사했는데, 날이 갈수록 점점 더 가슴이 훤히 드러나는 옷을 입고 다녔다.

머플러를 교체하고 나서 그는 자신의 연구실로 돌아와 몇몇 학생들이 제출한 원고들을 살펴보고 있었다. 그때, 그녀가 그를 향해 몸을 숙이고는 가슴을 들이밀며, 자기가 너무도 간절하게 원하는 특별 강의를 해달라고 다시 한번 애원했다. 사실 글쓰기에 관한 한, 그렇게 애원하는 그녀의 태도는 전혀 과장된 게 아니었다. 그 가련한 여자애는 자기 혼자 힘으로는 단 한 줄도 써낼 수 없을 게 분명했으니까.

"이봐요, 아니, 뭐라고 말해야 할지 모르겠군요. 제발 날 괴롭히지 말아요. 사실 그런 강의를 들어봤자 아무 소용 없을 겁니다. 아무리 말해도 말귀를 못 알아듣는군요. 이거 정말 입장 곤란하게 만드는군. 왜 그렇게 고집을 부리는 거지?"

"노력할게요. 두 배로 열심히 노력하겠어요. 글쓰는 건 얼마나 많이 습작을 하느냐의 문제라면서요. 그건 99퍼센트의 노력이라면서요. 선생님이 늘 그렇게 말씀하셨잖아요."

"아니, 그런데 나는 그 남은 1퍼센트에 대해 말하지 않을 수 없어요. 우리는 그걸 외면할 순 없을 겁니다. 그리고 그건 아니 당신에게도 나에게도 결코 유쾌하지 않을 거예요."

그는 그녀에게 담배 한 개비를 건네주었다. 자기가 직접 권하지 않을 때에도 누구든 담배를 피우려 하면 막지 않는 그의 태도도 학생들 사이에서의 그의 인기에 크게 한몫을 했다.

"가장 힘든 건, 자신에게 재능이 없다는 것을 인정하는 거예요." 그는 어깨를 으쓱하고는 책상에서 비켜나면서 말했다. "그건 아주 힘든 거지요…… 하지만 모든 건 마음먹기 달렸습니다. 안 그런가요? 어떤 사람들은 목표를 너무 높게 잡지 않지요, 더 확실한 것을 위해서 말입니다. 아니, 당신이 원하는 게 바로 그겁니까? 날 봐요. 내가 불행해 보입니까? 내 말 잘 들어요. 그냥 때려치워요, 아니. 부끄러워할 필요 없어요. 자신을 불행하게 만들지 말아요. 내 나이가 되어서야 현실을 직시하는 그런 어리석은 짓은 하지 말아요. 당신은 젊어요, 당신은 아직 망가지지 않았어요. 냉철하게 생각해요."

그는 그녀가 자기 책상 위에 앉을 것인지 궁금했다. 상황이 그렇게 접어들고 있다는 생각이 들었다. 분위기는 그러기에 적합했다. 복도는 고요했고, 아침햇살 속에서 캠퍼스 동쪽 가장자리를 따라 늘어서 있는 나무들 사이로 빛이 반짝이고 있었다. 날씨는 아직 쌀쌀했지만 대부분의 여학생들은 벌써부터 미니스커트를 다시 꺼내 입고 있었다. 아니라고 긴 치마를 고집할 리 만무

했다. 몇몇 교수들이 그런 풍조에 대해 불평했고, 그들의 아내들은 정기적으로 차 모임 시간에 둘러앉아, 봄이 찾아오자마자 도저히 용납할 수 없는 선정적인 차림새로 돌아다니는 대다수 여학생들의 행태를 규탄하곤 했다.

마리안 역시 손수건보다 크지 않은 조그만 천조각을 대담하게 걸치고 다니는 여학생들에 대해 다른 여자들 못지않게 화를 냈다. 그녀는 매년 그 문제에 민감하게 반응하면서 해가 갈수록 점점 더 신랄해져갔다. 그리고 그에게도 불똥이 튀었다. 그는 미니스커트의 잠재적인 제물—위선적이고 무기력하게 그 천조각을 암묵적으로 지지하는—이자, 바람이 조금만 불어도 훅 하고 날아가는 허접한 호두 껍데기 같은 존재로 매도되었다. 바로 그것, 마리안의 그 신랄한 말본새에서, 그 비난의 어조에서, 그는 그녀가 늙어가고 있음을, 자신들 둘 모두가 늙어가고 있음을 발견했다. 그녀 자신은 실제로 한 번도 그렇게 생각한 적이 없었지만.

"강의 시간까지 십 분도 안 남았어요." 그가 말했다.

"그 정도면 충분해요." 그녀가 대답했다. "우리 아버지가 부자라 해도, 나로서는 어쩔 수 없는 일이에요. 그건 내가 선택한 게 아니니까요."

"곰곰이 생각해보니, 우리 아버지도 부자였으면 좋았을 것 같군."

"사실, 십 분이 아니에요. 이십 분은 남았어요. 최소한. 애들은 그 작자들에게 정신이 나가 있어요."

"물론 정신이 팔려 있겠죠. 정신 차리고 메모를 해야 할 텐데. 우리 중에 대서양 건너편을 선망하지 않는 사람이 누가 있겠어요. 적어도 한 번쯤은. 당신은 마틴 스코세이지에게 매료되지 않았어요? 그의 머리를 이용해 시나리오를 한 편이라도 멋지게 써보고 싶은 생각이 들지 않아요?"

"그가 여기 와 있어요?"

"물론 아니에요, 여기 오지 않았어요. 마틴 스코세이지는. 정신 차려요. 아니. 마틴 스코세이지가 여기에? 대체 무슨 돈으로? 문화부에서 지원하는 돈으로? 지원금은 한 푼도 없어요, 때때로 이 나라는 날 부끄럽게 만들어."

그녀의 가슴은 주근깨로 수놓여 있었다.

"이봐요 아니, 정말로 이런 얘기를 나누고 싶다면 다음번에 다시 이야기합시다. 학생들이 정신이 팔려 있건 아니건 간에 어쨌든 지금 당신 친구들의 말소리가 내 귀에 들리니까. 이제 그만 내 책상에서 일어나는 게 좋겠군. 내 말 들어요. 아니를 돕기 위해 내가 뭘 할 수 있을지 한번 생각해보겠어요. 어떻게 할까? 일주일에 한 번? 두 번?"

그는 할리우드에서 온 그 친구들—아마도 블록버스터 영화와

베스트셀러, 성공적인 연작물의 저자들—중 하나가 불러일으킨
열기를 누그러뜨리느라 그날 오후의 일부를 허비했다. 수영장이
딸린 저택들과 레드카펫, 터무니없을 정도로 엄청난 저작권료,
트로피와 상금. 마르크는 그 황금기가 끝나가고 있다고 말했지만
아무도 그의 말을 들으려 하지 않았다. 그는 완전히 흥을 깨는
사람, 순조로운 분위기를 방해하는 인간, 곧 퇴물이 될 사람으로
치부되었다. 그는 여유를 찾을 생각으로 학생들에게 영화 〈닥터
스트레인지러브〉에 나온 짧은 대사에 관한 문제를 풀게 해놓고
담배를 피워 물었다.

하지만 그런 식으로 미리암이 자신의 머릿속에서 나갈 거라고
생각했다면, 그건 그의 오산이었다.

강의가 끝나고 나서 그는 카페테리아에 들렀다. 날이 저물기
시작하면서 창문들 주위가 금빛으로 물들고 있었다. 카페테리아
안은 거의 비어 있었다. 그는 테이블 위에 놓여 있는 작은 겨자
병들을 채우는 일에 몰두하고 있는 여종업원과 몇 마디 말을 주
고받았다. 하지만 그녀는 미리암을 못 봤다고 했다. 그녀는 그날
하루종일 미리암을 본 적이 없었다. 그는 자리에서 일어나 말없
이 커피를 또 한 잔 따랐다.

그가 막 카페테리아를 나서려는 순간, 아니 에그바움이 다시
나타났다.

"무엇보다도, 난 그 영화가 싫었어요." 그녀가 말했다.

그녀의 아주, 아주 나쁜 점. 하지만 그녀는 뻔뻔했다. 그렇게 말하고 나서 그녀는 결국 그 영화를 그렇게 싫어하는 건 아니라고 고백했다. 그는 테이블 아래에서 그녀의 무릎이 닿는 것을 느꼈다. 그렇다고 해서 미리암이 그의 머리에서 지워지지는 않았다.

그는 주위를 힐끗 쳐다보았다. 여종업원밖에 없었다. 그녀는 이제 소금병들을 채워넣고 있었다. 황혼이 자리를 잡아가고 있었다. 아니 에그바움은 뭔지 알 수 없는 것을 꿀꺽 삼켰지만, 눈으로는 그를 게걸스럽게 삼키고 싶어하는 것 같았다. 그리고 그녀는 조심성이라고는 전혀 없이, 거의 화가 난 것처럼 집요하게 그에게 무릎을 비벼대고 있었다.

그것은 분명히 일종의 게임 같은 것이었다. 아니면 과도한 비타민 섭취 때문이거나. 여자애가 무슨 꿍꿍이짓을 꾸미고 있을지 무슨 수로 알겠는가?

"차를 갖고 왔어요?" 그가 낮은 목소리로 물었다. 그녀는 고개를 저었다. 그는 그녀를 노려보았다. "주차장 앞에서 기다려요." 그는 잠시 머뭇거린 후에 말을 이었다. "내가 오 분 내로 그리로 갈 테니까."

단지 그녀와 동행하는 게 문제로 인식될 정도는 아니었지만 어쨌든 그를 급히 서두르게 만드는 일은 이미 일어나고 있었다.

그리고 이런 유의 신중한 태도가 절대적으로 필요하다는 사실이 최근 바르바라의 경우에서 다시 한번 입증되었다. 국제인권감시 기구와 그 이해 관계자들의 숨통을 조이는 경찰의 수법을 잘 알고 있는 만큼, 그가 조심하지 않고 괜히 잘못 얽혀들었더라면 쓸데없는 근심 걱정과 골칫거리만 잔뜩 생겼을 터였다.

아니는 그가 있는 쪽을 마지막으로 슬쩍 쳐다보았다. 그리고 그녀 뒤로 입구의 문이 닫혔다. 후끈한 열기가 그의 몸을 훑고 지나갔다. 그는 재생지로 만든 냅킨으로 이마를 닦고 나서 여종업원에게 담배 한 대를 건넸다. 그녀는 담배를 받아 귀에 꽂았다. "좀 있다 피우려고요." 그녀가 말했다. 그들은 잠시 말을 나눴다. 그러고 나서 그는 그녀에게 인사를 했다.

이제 달이 빛나고 있었다. 밖으로 나온 그는 몸을 완전히 숙인 채 곧장 피아트 쪽으로 달려갔다. 축축하게 젖어 있던 이마가 이내 차갑게 식으면서, 몸이 으슬으슬 춥고 떨렸다.

그는 운전석에 앉았다. 아니는 노란 가로등 불빛이 밝혀진 카페테리아 뒷문에서 몇 미터 떨어진 인도에 서 있었다. 그리고 그 광경, 인내심 있게 그를 기다리고 있는 그 젊은 여자의 모습에 그의 숨결이 점점 더 빨라졌다. 그는 시동을 걸었다. 아니가 그를 뒤죽박죽으로 만들어놓았다. 물론, 그는 그녀를 모른 척할 생각은 없었다. 아니가 갑자기 그에게 저돌적으로 다가왔다. 그러나 그는 그게 자신에게 크게 나쁠 건 없다고 생각했다. 만일 훨씬 더 끔찍하고 훨씬 더 위험한 위협을 피하기 위해 거쳐야 하는 일이라면 그는 기꺼이 그럴 각오가 되어 있었다. 요 몇 년 동안 그의 생존 본능은 상당히 발달해 있었다.

그는 인도를 따라 그녀가 있는 곳에 차를 댔다. 그 여학생에게 다가가는 동안, 그녀의 훌륭한 몸매를 감탄의 눈으로 다시 한번 감상했다. 부자 아버지를 두었고, 세상에서 가장 작은 차를 소유한 남자가 장차 애인이 될 여자. 그녀에게 차문을 열어주기 위해 조수석 쪽으로 몸을 길게 빼며 기울이는 순간, 서두르는 아니 뒤로 담배를 피우려고 밖으로 나오는 카페테리아 여종업원의 모습이 보였다.

그는 이를 악물었다. 그리고 눈 깜짝할 사이에 손잡이 쪽으로 손을 뻗어 버튼을 눌러 차문을 잠그면서 차창 밑으로 납작하게 엎드렸다. 하지만 그의 시선이 라이터로 담배에 불을 붙이고 있는 여종업원과 마주쳤다. 그동안 아니는 바로 코앞에서 인상을 심하게 구기고 있었다.

그는 몸을 일으키고 액셀러레이터를 밟았다. 그리고 즉시 전속력으로 달아났다. 백미러에 눈길 한 번 주지 않고. 아니가 미소를 짓고 있지 않아야 하는데, 그는 급하게 기어를 바꾸면서 생각했다.

그녀 때문에 기분이 영 찜찜했다. 그녀에게 했던 어처구니없는 행동에 대해 납득할 만한 해명을 하는 건 쉽지 않을 터였다. 아마도 그걸 만회하기 위해 특강에 관해 뭔가 성의를 보이지 않으면 안 될 터였다.

무슨 일이든 치밀해야 한다. 계획을 완벽하게 세워서 행동해야 한다. 그는 그런 식으로 엉뚱한 실수를 저지를 의도가 전혀 없었다. 교수는 여학생과 잠자리를 같이해서는 안 된다는 그 납득할 수 없는 정신 나간 불문율 때문에, 어쩔 수 없이 어둠 속에 숨어 있어야 했다. 그래서 그렇게 행동한 거였다. 그에게 그것보다 더 중요한 건 아무것도 없었다. 무슨 일이든 치밀해야 한다. 절대로 어둠 속에서 나와서는 안 되었다. 모든 인간들은 저마다 자신의 안전을 신경써야 하니까.

그는 전속력으로 차를 몰아 호숫가의 집으로 올라가면서 라디오를 들었다. 아프가니스탄에서 새로운 교전들이 일어났고, 추가로 파병된 군인들이 모호한 국경 부근의 새로운 함정들에 빠져들고 있었다. 그 뉴스를 듣는 즉시 그는 미리암을 떠올렸다.

그는 스물여섯 살이 넘은 여자와는 한 번도 관계를 가져본 적이 없었다. 정말 멍청한 일이었다. 일부러 그런 위업을 달성하려던 것은 결코 아니었다. 단지 나이든 여자와 관계를 가질 기회가 생기지 않았을 뿐이다. 그리고 그도 굳이 그런 기회들을 찾지 않았다. 그의 삶을 끔찍할 정도로 힘들게 만드는 것은 그의 누이만으로도 충분했다. 상황을 복잡하게 만드는 건 마리안 하나만으로 충분했다.

미리암이 그의 기대에 못 미쳐서가 아니라, 오히려 그 반대였다. 파트너에게 감정을 느낄 때 더 큰 육체의 쾌락을 느끼는 건 비단 여자들만이 아니었다. 그리고 아마도 그는 아직 그녀를 향한 감정 같은 건 대수롭지 않게 여기고 있는지도 몰랐다. 아무것도 과장해서는 안 되었다. 그렇지만 그들이 그의 비좁은 차 뒷좌석에서 가졌던 관계는 그 힘든 곡예에도 불구하고 말 그대로 그를 매료시켰고, 그래서 아직도 그때를 생각하면 아주 격렬한 흥분을 느꼈다. 사정은 특별히 길었고, 특별히 의미심장했으며, 심지어 평소의 그것과는 완전히 달랐다.

피아트는 그 무렵의 노란 등불들이 비추는 희미한 빛 속에서 전나무와 밤나무 사이로 올라가고 있었다. 이제 마지막 눈의 흔적들은 사라지고, 목초지, 집들, 양과 소를 키우는 작은 사유지들, 쓰러진 나무 더미들, 들판들, 도로를 따라 나 있는 미개간지, 호수 쪽으로 가면서 점점 더 어두워지는 비탈들, 나무들이 사라진 그 지대들 위로 가벼운 안개가 떠돌기 시작했다.

도시 밖에서 사는 것은 축복이었다. 물위로 간신히 고개를 내놓고 숨을 쉬며 살아갈 수 있는 방법. 마리안과 그는 이 집에서 태어났다. 그들의 아버지는 이 대학의 교수였다. 그는 오십 년대 초반에 이 집을 구입했다. 부동산 가격이 아직 초자연적인 액수에 달하지 않아서 보통 사람들도 쉽게 집을 살 수 있던 시절이었다. 그들의 어머니는 이 집에서 그녀의 가장 아름다운 시절을 보냈다. 들리는 말에 의하면 그랬다. 마리안을 임신하고, 그후에 곧 그를 임신하게 된 그 순간까지. 그들의 아버지는 그녀가 언제나 그들 눈앞에 있던 그 여인이 아니라는 사실을 그들이 알기를 바랐다. 자신의 양 무릎에 마르크와 마리안을 각각 앉힌 채로. 그러고 나서 그는 자기가 개입하지 못했다는 이유로, 자기가 몇 번이나 그렇게 무기력했다는 이유로, 자신이 완벽하게 불행한 남자라는 이유로 뜨거운 눈물을 흘리기 시작했다.

리샤르 올소의 차가 진입로에 세워져 있었다. 빨간색 알파 로메오였다. 그 차는 그 인물과 완벽하게 맞아떨어졌다. 아침 첫 햇살에 그는 오픈카 덮개를 걷고서 머리에는 그가 가진 형편없는 모자들 중 하나를 눌러 쓰고 있었다. 그가 지나가는 길에 여자들이 터져나오는 웃음을 간신히 참고 있었다. 차문에 팔을 기댄 채 미소를 지으면서 캠퍼스를 느릿느릿 지나가는 그 문예창작학과 학과장에게 밉보이고 싶어하는 사람은 아무도 없었다.

문 앞에 주차된 그 기계 덩어리가 현관 불빛 아래 흐리멍덩하게 번쩍거렸다. 약간이라도 매너가 있는 사람이라면 좀더 멀찌

감치 차를 세웠겠지만, 리샤르 올소는 그런 세세한 것에 신경을 쓸 위인이 아니었다. 안타깝게도 아니었다. 마르크는 한순간, 마리안이 백기를 들 경우 리샤르 올소가 이를테면 자신의 매형이 된다는 상상을 하고는 다시 한번 몸서리를 쳤다. 그는 시동을 껐다. 한숨을 내쉬었다.

하지만 아직까지는 아무 일도 일어나지 않았다.

그런 녀석이 자신들의 지붕 아래 있다는 사실을 그가 과연 얼마나 참고 견딜 수 있을지 의문이었다.

거실 벽난로 옆에서 초콜릿을 조금씩 갉아먹고 있는 두 사람의 모습이 보였다. 그걸 본 순간 그는 두통이 즉시 되살아나는 것 같았다. 당혹스럽게도 두통은 점점 더 심해지고 있었다. 그는 집안으로 들어갔다. 다운파카를 벗어 홀 입구에 걸었다. 그 집에 살고 있는 사람들 중 누구의 것도 아닌 낙타털 외투 옆에.

"마리안, 단것 먹으면 안 돼. 리샤르, 마리안은 당분을 조심해야 합니다. 당신도 잘 아시겠지만."

"하지만 기력을 좀 회복하게 놔두세요. 걱정 마시고요. 우리가 알아서 잘 컨트롤하고 있으니까요."

"초콜릿이든 뭐든 내가 먹고 싶으면 얼마든지 마음대로 먹을 수 있어." 마리안이 엄지와 검지로 가나슈 초콜릿을 집으면서 말했다.

그녀는 그를 벌주려고 리샤르에게 노골적으로 다정하게 대해 그를 불쾌하게 만들려는 심사가 분명했다. 리샤르의 얼굴에 흡족해하는 기색이 역력했다.

문예창작학과의 운명을 손에 쥐기 전에 리샤르 올소는 유럽의 한 변방에서 문화 담당관으로 근무했었다. 그는 그곳에서 라임병*에 걸렸었다. 그의 가벼운―하지만 안색이 납빛으로 변하는―안면 마비증세는 거기서 비롯된 것이었다. 제대로 치료가되지 않은 그 보렐리아균 하나가 남긴 가혹한 후유증은 그의 관절에도 이런저런 문제들을 불러일으켰고, 그의 거동마저 뻣뻣하게 만들고 있었다. 그런 신체로 리샤르 올소가 사람들의 시선을 끌려고 얼마나 애를 쓰고 있을지 어렵지 않게 짐작할 수 있었다. 일부러 못되게 굴려 하지 않고도.

그런데 마리안, 그녀는 도대체 어떻게 그를 좋게 생각할 수 있는 걸까? 왜 그의 그 구역질나는 아첨을 받아들이는 걸까? 그 이면에 어떤 도착증 같은 게 있는 걸까? 어떤 정신적 이상이?

그는 그들 곁에 머물러 있기로 마음먹었다. 어쨌든 그는 자기 집에 있는 것이고, 지금은 휴식을 취할 시간이라는 것을 리샤르

---

* 진드기가 옮기는 세균성 감염 질환. 발열, 두통과 함께 특징적인 피부 병변이
나타난다.

에게 상기시켜야 할 때였다. 이제 곧 이 집에 사는 사람들이 문을 걸어 잠그고 잠자리에 들어야 하니까. 그는 소파에 앉아 하품을 하면서 리샤르가 주는 초콜릿을 거절했다.

"고맙지만 됐어요. 그걸 먹으면 잠드는 데 방해가 됩니다." 그가 말했다.

밖에는 서늘한 공기 속에서 달이 도자기 접시처럼 빛나고 있었다.

"어쨌든, 들러주셔서 고맙습니다. 리샤르. 당신이 차를 빼는 데 방해가 되지 않게 내 차를 주차해놓긴 했지만, 혹시 조금이라도 문제가 있으면 언제든지 나를 부르세요. 즉시 달려나가 도와드리겠습니다. 와주셔서 다시 한번 감사드립니다. 나는 지금 완전히 기진맥진한 상태예요. 두통도 있고. 그리고 누나, 누나도 아직 안색이 썩 좋아진 것 같진 않아. 좀 쉬어야 해. 내가 돌아올 때까지만이라도 자리에 누워 휴식을 취하고 있었어야지. 조금 전까지 누나는 제대로 서 있지도 못했어. 건강 상태를 과대평가하지 마. 난 바닥에 쓰러져 있는 누나를 데려왔어, 명심해."

다시 한번 의문이 들었다. 어떻게 마리안 같은 여자가 그런 남자에게 넘어갈 수 있는 걸까? 그녀가 주장하는 것처럼 별것 아니라 해도 여하간 조금이라도 말이다. 평소에 분별력과 높은 안목과 엄격함, 지성을 보여주던 여자가. 그건 리샤르가 문예창작학과를 쥐고 흔드는 자리에 있고 마르크가 그의 수하에 있다는 사실과 상관이 있는 것일까? 그게 즐거울까? 나보코프에게 미친듯이 열광하는 그녀가 리샤르의 형편없는 시나리오에 맞춰 살아갈 수 있는 걸까?

그녀가 아무리 그의 누나지만 그의 입장도 존중해줘야 하지 않는가? 그는 모욕을 당하지 않을 자격이 있지 않은가? 그동안 그가 사심 없이 너그러운 마음으로 그녀 대신 체벌을 그만큼 받아주었으니, 이제 이용만 당하고 배신당하는 일은 면해도 되지 않을까? 그의 머리카락이 몇 움큼이나 빠졌으며, 케이오 상태가 된 적은 또 몇 번이었던가? 완전히 정신을 잃지는 않았지만 그 여자의 손길에 떠밀려 계단 아래로 굴러떨어진 채 가만히 흙바닥을 노려보고 있어야 했던 경우까지 친다면, 무려 세 번이었다. 한참 동안 식물인간처럼 손가락 하나 까딱하지 못하고 숨도 거의 쉬지 못한 채 어찌할 도리 없이 바지에 오줌을 지리면서.

그는 존중을 받을 충분한 자격이 있었다. 마리안이 그에게 계속 그런 식으로 심한 장난을 쳐서는 안 되었다. 그는 그녀를 뚫어져라 노려보았다. 그녀는 결국 눈을 내리깔고는 담배 쪽으로 손을 뻗었다. "마르크 말이 맞아요." 그녀가 말했다. "시간이 늦었어요. 초콜릿을 먹으니까 힘이 나는 것 같아요. 리샤르. 찾아와주셔서 고마워요. 신경써주셔서 고마워요."

"에이, 그거야 당연한 것 아닙니까. 마리안. 당신도 잘 알잖아요. 원하는 게 있으면 뭐든 말해요."

"리샤르, 당신은 너무 친절해요. 하지만 안심하세요. 나는 곧 회복될 거니까. 날이 풀리면 한결 좋아질 거예요. 체조도 다시 시작하겠어요. 체육관에 등록할 거예요."

"원하신다면, 내가 다니는 체육관 주소를 알려드릴게요. 내 생각엔 그곳이 최고예요. 알아봐드릴까요?"

그들의 대화는 한참 동안 그런 식으로 계속되고 있었다. 웃기지도 않는 녀석. 그는 리샤르가 그놈의 알파 로메오를 타고 집에서 철수해 창백한 어둠 속으로 휩쓸려들어간 후에도 한참 동안 피식거리며 웃었다. 웃기지도 않는 녀석. 가소로운 녀석.

"둘이 노는 꼴을 찍어뒀어야 하는 건데." 그가 빈정거렸다. "그 장면을 두고두고 감상할 수도 있었는데."

"완전히 잘못 짚었어. 넌 상상력이 지나치게 풍부해."

그는 그녀가 던지는 담뱃갑을 공중에서 낚아챘다.

*

다음날, 그는 일찍 일어나서 숲속을 오랫동안 걸었다. 혹시라도 미리암을 우연히 만나게 되지나 않을까 하는 기대를 안고 시내로 다시 나가보거나 그녀의 집 주변을 서성이거나 창문 안쪽을 엿보거나 그 비슷한 행동들을 하고 싶은 유혹을 피하기 위해, 연한 초록빛으로 물든 근처 언덕들 안으로 깊숙이 들어갔다.

그렇게 머릿속이 온통 한 여자로 꽉 들어차 있는 건 그로서는 낯선 일이었다. 그의 어머니가 불러일으키는 두려움, 원한, 복수심, 또는 다른 애증의 감정들도, 누이가 그의 내면에 싹틔우는 음울하고 복잡한 감정들도 아닌, 오직 한 여자로 가득차 있는 것은. 그는 때때로 믿을 수 없을 정도로 위험한 급류처럼 휘몰아치기 시작하는 기분좋은 흐름에 침수당해 있었다. 그것은 믿을 수 없을 만큼 새로웠다.

그 어느 때보다도 걷는 게 필요할 것 같았다. 그 숲을 가로질러, 그 언덕들 한가운데로, 그 개울들과 갈라진 땅과 심연들 위로 지금까지 그가 걸어온 거리를 전부 합쳐본다면, 누구든 놀라서 눈이 휘둥그레질 터였다. 지금도 눈을 감으면, 11월의 어느 저녁 그 여자가 쇠스랑을 들고 뒤쫓아오던 그때 그의 얼굴을 휘갈기던 낙엽들, 미친듯이 달릴 때 떨어지던 비와 어둠을 아직도 느낄 수 있었다. 하지만 그가 아버지와 함께 아주 차가운 급류 속에 미역을 감으러 가던, 황금 조각보다 더 반짝이던, 나뭇가지 사이에서 반짝거리는 빛 때문에 눈을 깜빡이지 않을 수 없었던 그 경이로운 아침들 역시 느낄 수 있었다. 그때 그의 아버지는 물이 너무 차가워서 결국 아들이 이를 딱딱 부딪치지 않을 때까지 품에 꼭 끌어안아주어야 했다. 지금, 공기 속에서는 좋은 냄새가 풍기고 있었다. 차가운 흙냄새와 새로 돋아난 풀내음이 뒤섞인 냄새.

한순간 그는 생각했다. 그리고 잠에서 깨어나 처음으로 아니에그바움을 떠올렸고, 그가 캠퍼스에 다시 모습을 나타내는 그 순간부터 그를 기다리고 있을 성가신 일들을 생각했다. 그는 말라비틀어진 잿빛 낙엽들로 뒤덮인 비탈길을 급히 내려가서, 오솔길로 접어들어 도로로 빠져나왔다. 그는 자기가 그 여학생에게 그런 모욕감을 안긴 데 대해 만족할 만한 설명을 해줄 수도 명예로운 이유를 댈 수도 없었기 때문에, 그녀가 자신의 쓰라린 경험을 두고 그를 너그럽게 용서해주지 않으리라는 것을 확신할 수 있었다. 그녀의 입장이라면 누구라도 그녀처럼 행동할 것이다. 누구나 복수를 부르짖을 것이다.

그는 연초부터 그녀가 요구하는 특별 강의를 해줄 생각을 하고 있었다. 그는 그 문제에 관해 유연한 태도를 보일 수 있었고, 시간적인 여유도 충분했다. 우선 일주일 정도 개인 특강을 해주고 나서 그녀가 어떻게 반응하는지 지켜보면 될 것 같았다. 가끔씩 성적을 올려주어 그녀가 미소를 되찾게 해줄 수도 있었다.

그 동굴에 다가서면서 그는 주위를 한번 둘러보았다. 특별한 건 전혀 눈에 띄지 않았다. 아무것도 보이지 않았고, 축축하고 이끼로 뒤덮인, 땅 밑 깊숙한 어둠 속에서 올라올 법한 냄새는 전혀 포착되지 않았다. 바르바라의 잠은 깊은 침묵 속에 잠겨 있었다. 시신을 위해 다행이 아닐 수 없었다. 그 동굴은 분명히 궁극적인 무덤, 어떤 상황들에서 바랄 수 있는 최상의 묘지였다— 동굴의 깊이가 그곳을 절대적이고 완벽한 묘지로 만들어주고 있었다. 그는 오던 길에 꺾어온 사프란 몇 송이를 동굴 속에 던지고 담배를 피워 물었다. 여기서 담배를 피울 때마다 늘 전보다 훨씬 더 담배맛이 좋았다.

아마 아니 에그바움과 자지 않으면 안 될 것이다, 끝을 내려면. 그는 막연하게 생각했다. 그렇게 하지 않으면 그녀가 과격한 태도를 보이면서 그의 무례함에 대해 톡톡히 대가를 치르게 할 가능성이 있었다.

양다리를 걸쳐야 한다는 생각은 그를 몹시 불안하게 만들었다. 화창한 봄날 아침 탁 트인 야외에서 윈스턴 한 대를 피우는 동안에도 해소될 수 없는 불안이었다. 아마도 미지의 것, 그들이 그걸 뭐라고 부르든 간에 어쨌든 그 미지의 것에 과감히 맞서기를 즐기고 거기서 최고의 오르가슴을 느끼는 사람들도 분명히 있을 것이다. 하지만 그의 경우는 아니었다. 그는 그런 부류와 거리가 멀었다. 그는 모험, 스릴, 반전, 액션, 예상치 못한 일들, 고통, 희열, 기타 등등을 나름대로 겪을 만큼 겪었고, 그래서 이런 시련이 초조하게 손을 비벼대고 발을 구르면서 다가오는 것을 보지 못했다. 미지의 것은 그에게 아무런 매력도 되지 못했다. 아니, 오히려 그 반대였다. 미지의 것은 그에게 이끼처럼 두껍고 빛나는 안개의 형태로 나타나 상상할 수 있는 온갖 성가신 일들, 온갖 함정들을 안겨다줄 따름이었다. 그는 알고 있었다.

그는 오래전부터 안정된 삶을 갈구하고 있었다. 그가 자신은 결코 작가, 진정한 작가가 될 수 없다는 사실을 깨달은 그 순간부터 많은 것들이 해결되었다. 그 사실을 아는 편이 나았다. 그에게 그것은 일종의 엄청난 르네상스였다. 그는 자기가 짊어지고 있던 짐에서 풀려났음을 깨달았다. 아마도 내면의 뭔가가 부서지고 짓이겨졌겠지만, 그래도 결국 엄청난 안도감, 어마어마한 해방감을 느낄 수 있었다. 자기가 모면한 그 끔찍하기 이를 데 없는 수도사 같은 삶을 떠올리기만 해도 때때로 몸서리가 쳐졌다. 최종적인 결과를 두고 말하자면, 그것은 화상을 입을 때까지 맨손으로 방사성 물질을 만지작거리거나 석면을 들이마시는 것이나 마찬가지인 삶이었다. 말하자면 그건 천천히 독살당하는 삶이었다. 진정한 작가라면 그 누구도 그것을 피할 수 없었다. 그 어떤 예외도 없었다. 그런 인간들을 부러워할 사람은 아무도 없었다. 저항하지 않고 얌전히 자신의 심장을 뜯어먹히는 삶을 선택하는 인간을 이해할 수 있는 사람은 아무도 없었다. 그의 학생들 대부분은 그것을 다른 직업들처럼 하나의 직업이라고 생각하고 있었다. 그들이 그걸 포기하도록 애쓰는 건 쓸데없는 짓이었다.

아니 에그바움은 소설 한 편을 끝장낼 수 있는 확실한 비법들을 그에게서 전수받겠다는 일념으로 몇 달 전부터 계속 그를 성가시게 하고 있었다. 그리고 그 일들은 사람들의 눈을 피해 대체로 조용한 곳에서 아주 은밀하고 조심스럽게 끝을 맺곤 했다. 하지만 이번 시나리오는 더 복잡해 보였다. 그는 다시 걷기 시작했다. 피아트 안에서 그와 뒤엉키던 미리암에 대한 기억—사정에 이르지는 않은 채 반복했던 몇 번의 결합—이 간헐적으로 되살아나면서 매번 똑같은 강렬함으로 그를 사로잡곤 했다. 그걸로 뭘 어떻게 해야 할까, 그는 집으로 가는 길로 접어들면서 생각했다. 내 집 정원에 떨어진 이 운석으로 뭘 할 것인가? 그걸 농담조로 넘기는 건 상황을 더 악화시키기만 할 것이다.

집에 돌아온 그는 하마터면 심장마비로 쓰러질 뻔했다. 미리암이 그의 집 거실에서 누이와 함께 커피를 마시고 있었다. 마리안이 말했다.

"아, 지금 왔네요. 당신은 운이 좋군요, 마르크가 일찍 돌아와서 다행이에요. 훨씬 더 늦게까지 돌아오지 않을 때도 많은데,

안 그래, 마르크?"

그는 의자 하나를 자기 쪽으로 끌어당겼다.

"왜 아무 말도 하지 않아? 뭐라고 좀 말해봐." 마리안이 말했다.

"이분은 바르바라의 새어머니셔."

"알아. 우린 벌써 인사를 나눴어."

"내가 누나한테 전에 말했지."

"이걸 발견했어요." 미리암이 그에게 노트 몇 권을 내밀며 말했다. "이것들을 교수님에게 보여드리고 싶었어요. 하지만 제가 이렇게 찾아온 게 얼마나 예의 없는 짓인지 깨달았어요. 죄송해요, 하지만 교수님 전화번호를 몰라서."

그는 아주 잠깐 누이와 시선을 교환하고서 몸을 숙여 문제의 그 노트들을 집어들었다. 그리고 안경을 쓰고는 잠시 노트를 뒤적거렸다. 바르바라의 계모가 주장하는 만큼 작품이 흥미롭다 하더라도, 그 작품을 평가하기보다는 침착함을 되찾는 데 더 신경을 기울이면서. 그는 자기 이마가 번들거리지나 않는지, 미소가 찡그림으로 변하지나 않는지, 뭐든 간에 불쑥 집으로 찾아온 미리암 때문에 야기된 혼란과 동요를 겉으로 드러내고 있지는 않은지 속으로 점검했다.

"빨리 읽어보고 싶군요. 정말 감사합니다." 그가 말했다.

그녀와 시선을 마주치는 건 거의 불가능했다. 밖에는 해가 수

평선을 넘어가고 있었고, 까마귀들이 숲 위를 날고 있었다.

　그녀가 갑자기 자리에서 일어섰다. 그리고 마리안에게 커피를 잘 마셨다며 인사했다. 그는 눈을 내리깔고 노트들을 보았다. "전부 읽어보겠습니다." 그는 그 노트들을 어루만지면서 조용히 말했다. "정말 고맙습니다."

　"천천히 읽어보세요. 급할 건 전혀 없으니까요." 미리암이 말했다.

　그녀가 현관 쪽으로 걸어갔다. 마리안은 일어나 그녀를 배웅하지 않았다. 그리고 그 역시 의자에 못박힌 듯 꼼짝도 않고 앉아 있었다. 그 무엇도 그를 억지로 일어나게 할 수 없을 것이었다.

　그는 문이 닫히는 소리를 들었다. 몇 초 동안 침묵이 흘렀다. 그러고 나서 그녀는 차에 올라 부르릉거리며 시동을 걸더니 완전히 사라졌다. 마리안이 혀를 끌끌 찼다.

　"웃기는 여자야. 교양이라고는 전혀 찾아볼 수 없어. 하지만 속에서 열불이 나고 있는 게 확실해, 그런 것 같지 않니?" 마리안이 말했다.

　"어쨌든 좀 제정신이 아니야. 내가 학부모들을 상대하는 걸 얼마나 끔찍하게 싫어하는지 알잖아. 그건 별로 건전하지 않아."

　"그런 게 아니라면, 넌 그 여자를 어떻게 생각하는데?"

　그가 갑자기 웃음을 터뜨렸다. "정말 못 말리겠군." 그가 담배에 불을 붙이는 동안 마리안은 미소를 머금은 얼굴로 그를 주시하고 있었다. 그는 손목시계를 들여다보았다. "삼십 분 후에 나가자." 그가 말했다.

"괜찮아, 난 이제 완전히 나은 것 같아."

"삼십 분이야." 그가 되풀이했다. "늑장 부리지 마. 누나가 다시 운전을 할 수 있다고 판단되면 운전해도 된다고 내가 말해줄 테니까. 여하튼 오늘은 꿈도 꾸지 마. 기력을 회복하지 못한 채로는 절대로 안 돼. 정오에 데리러 갈게."

"그런데 너희 두 사람 다 뭔가 불편해 보이더라."

"그럼 그 여자가 느닷없이 집으로 쳐들어왔는데 누나는 난처하지 않았어? 난 그렇던데. 그 여자 때문에 다른 학부모들까지 자기 자식들 노트를 들고 아무때나 불쑥불쑥 우리집에 찾아올 생각을 할까봐 걱정이군. 더욱이 꼭두새벽에. 그 여자가 내 취향이냐고? 알고 싶은 게 그거야? 그게 궁금한 거야?"

마리안은 되돌아서서 자기 방으로 걸어갔다. 그는 그녀를 뒤따라가 문턱에서 멈춰 섰다.

"그런 말도 안 되는 의심들 못 들어주겠다." 그가 한숨을 내쉬며 말했다. "의붓딸은 느닷없이 사라지고 남편은 전쟁터에 나가 있는 여자의 심정이 어떨지 한번 곰곰이 생각해봐. 누나라면 그런 상황에서 아무라도 붙잡고 몇 마디 말이라도 주고받으면서 약간이나마 위안을 얻고 외로움을 달래고 싶지 않겠어? 좀 이해하려고 노력하면 안 돼? 공감해보려고 노력하면 안 돼? 누나의 고정관념을 버리면 안 돼? 마리안?"

그녀는 슬립 차림으로 화장대 서랍 위로 몸을 숙였다. 그가 그런 차림의 어머니를 깜짝 놀라게 했던 그날, 그의 어머니는 그의 멱살을 잡고 그를 현관문까지 질질 끌고 가, 겨우 여덟 살인 그를, 파자마 바람인 그를 밖으로 내쫓았다. 거센 북풍이 금방이라도 그를 뒤집어엎고 지푸라기처럼 휩쓸어가려 하는데도. 하지만 그는 창고의 어둠 속에 갇히는 것보다는 그게 차라리 나았다.

정오가 되어서도 미리암의 모습을 다시 볼 수 없었다. 오전 내내 그녀가 혹시나 보이는지 살펴보고, 모든 건물들을 하나하나 둘러보고, 카페테리아를 휘저으며 돌아다니고, 자신의 연구실 문을 계속 활짝 열어놓는 등등 갖은 노력을 하지 않아서가 아니었다. 몇 시간 전 그녀의 깜짝 방문, 그를 너무도 혼란스럽게 만든 그 일이 그녀를 보고 싶은 그의 욕망을 열 배로 부풀려놓았다. 그가 누이를 위해 주문해놓은 설익힌 스테이크를 오랫동안 살펴보던 마리안이 너무 안절부절못하는 것 같아 보이는 그에게 카페인을 지나치게 마신 게 아니냐고 물었을 정도였다. "넌 완전히 정신이 딴 데 가 있어. 네가 이런 모습을 보이다니 정말 의외야."

그가 아무리 아니라고 해봤자 아무 소용이 없었다. 그는 자신의 상태를 치유할 방법은 전혀 없었지만, 그래도 자기가 지금 어떤 상태인지는 정확하게 알고 있었다. 그걸 딱히 뭐라고 규정지을 수는 없다 하더라도.

몇 년 전 그는 몇몇 학생들의 복장 문제로 열린 교수회의 때 해산물인지 농어 안심인지를 먹고 식중독에 걸리고 나서 심한 열병을 앓았었는데, 그때 그 열병의 증세들이 그가 기억하는 바로는 지금의 이 증상과 다소 비슷했다. 최소한 떨리는 증세만큼은. 마치 미지의 세계에 발을 들여놓는 것처럼, 참을 수 없는 매혹으로 인한 현기증과 불안.

"먹어. 괜찮아질 거야." 그는 마리안에게 말했다.

"널 보면 아무도 그런 말 하지 못할걸. 너는 아무것도 안 먹어?"

사람들이 많았고, 마리안이 하는 말을 건성으로 들으면서 출입구 쪽에 계속 눈길을 주고 있었기 때문에 와글거리는 소리가 그의 귀에 아주 잘 들려왔다. 미리암이 말 그대로 꼭두새벽에 그들의 집에서 달아난 이후로, 그는 그녀에게 몇 마디 변명이라도 하고 싶어 견딜 수가 없었다. 상점가의 옥상 주차장에서 그녀가 부추긴 그 엄청난 결합 후 불과 얼마의 시간이 지나고서. 자기가 그처럼 소심한 태도로 그녀를 맞은 것에 대해 해명하고 그 행동을 만회하고 싶어 미칠 지경이었다.

그는 자신에게 무슨 일이 일어나고 있는지 몰랐다. 자기 몸에서 징후를 보이고 있는 증상에 관해 더는 알 수가 없었기 때문이다. 돌리프란 두세 알을 먹어둘 필요가 있었다. 부모를 너무 일찍 여읜 경우 폐단은 인생의 입문 수업이 계속 그 자리에 머무른 채 방기되어 있다는 것이었다. 많은 개념들이 전달되지 못하고, 많은 정보들이 결여되었다. 많은 감정들이 분류조차 되지 못했다.

저녁에 그는 기분이 정말 우울했다. 가슴이 답답했다. 그는 도저히 누이와 함께 오랜 시간을 보낼 수가 없어서, 서둘러 자기 방으로 올라와 처박혔다. 침대에 벌렁 누워 가슴팍에 팔짱을 긴 채 고요한 황혼 속에서 천장을 바라보고 있었다. 그러다가 갑자기 멋진 생각이 떠올라서 수첩을 꺼냈다. 그 수첩은 그가 몇 년 전부터 뭔가 적을 일이 생길 경우를 대비해 어딜 가든 늘 지니고 다니던 것이었지만, 지금까지 변변하게 기록한 건 하나도 없었다. 그에게 다시 희망의 끈을 이어줄 만한 건 아무것도.

그는 나선을 그리며 미끄러지는 만년필을 붙잡고, 날짜를 적을 준비를 했다. 하지만 아무것도 쓰지 못했다. 빠른 동작으로 종이 위에 여러 개의 원을 그려보았지만 역시 헛수고였다. 그 빌어먹을 만년필에 잉크가 떨어졌다. "제기랄! 젠장 맞을!" 그는 씩씩거리면서 뭔가 글을 쓸 만한 것을 찾아 방안을 사방으로 돌아다니기 시작했다. 그 감정은 순간적으로 포착해야 할 흔치 않은 것이었다―감정이 강렬할수록 지속 시간은 더 짧았다. 그것은 현실을 똑바로 직시하면서 작가로서 자기가 가치 있음을 확인할 수 있는 그런 기회에 속했다.

그는 숨을 헐떡거리면서 컴퓨터에 눈길을 던졌다. 차라리 죽자, 라는 생각이 들었다. 차라리 죽고 말지. 하지만 결국 포기하고 컴퓨터 화면 앞에 자리를 잡았다.

몇 개의 메시지가 와 있었다. 그중 하나는 미리암에게서 온 것이었다. "당신 거기 있나요?" 그녀가 묻고 있었다. 그는 그 메시지를 여러 번 다시 읽었다. 메시지는 하루의 마지막 섬광이 비추던 때, 한 시간 전쯤에 온 것이었다. "안녕하세요? 어떻게 지내세요?" 그는 답했다.

그리고 자리에서 일어나 창가로 가서, 생기를 되찾게 해주는 별이 빛나는 밤공기 속에서 담배를 피워 물었다―해마다 급경사를 이루는 주위의 숲에서부터 아무런 방해도 받지 않고 호수 쪽 언덕에 다다르는 봄 내음을 맡을 때면 그는 매번 깜짝 놀라곤 했다. 여기서 피우는 담배야말로 하루 중 최고의 담배야, 그는 손가락 사이에 끼워 들고 있는 그 작은 왕녀를 찬미하며 생각했다. 아래층에서 불빛이 반짝이고 있었다. 그건 그의 누이 역시 잠을 이루지 못하고 담배를 피우면서 그와 똑같은 풍경을 바라보고 있다는 것을 의미했다. 정원의 불빛은 도로까지 환하게 비추고 있었다.

집은 예전과 똑같아 보이긴 했지만, 그들은 그 집으로 되돌아오기 전에 수영장을 메워버리고, 정원을 갈아엎은 후 모든 것을 다시 심고, 모든 것을 완전히 바꾸어놓았다. 그래서 사십 년이 지난 지금, 거기서 일어났던 사건들은 더이상 흔적도 찾아볼 수 없었다. 나무들은 이제 굵다랗게 자라났고, 잡목들이 무성하게 우거지면서 그 사이로 오솔길들이 만들어졌고, 차양이 세워지고 온실이 생겨났으며, 잔디도 늘 깔끔하게 다듬어져 있었다—마르크는 이웃에서 잔디 깎는 기계를 정기적으로 빌렸고, 마리안은 우울증과 맞서 싸우기 위해 전지용 가위를 갖고 노는 것을 즐겼다. 그는 미리암이 컴퓨터 화면 앞에서 잠이 든 건 아닌지 궁금했다.

그녀의 뜻에 따라 문빗장을 풀어놓고, 그다음에 무슨 일이 일어나건 간에 그가 눈뜨게 해준 것에 대해 그는 그녀에게 진심으로 고마워했다. 정말로 고마운 일이었다. 그는 천사들이 잠든 그녀를 보살펴주기를 바랐고, 그녀의 매트리스에 섬세한 수가 놓이고 포근하기를 바랐다. 이제 여학생들은 모두 꺼져버려라. 무미함이여, 썩 꺼져라. 싱싱하지만 막연하고 음미할 만한 깊이가 없는 육체는 오늘부터 저리 꺼져라. 이제 과녁은 저 높은 곳, 꼭

대기로 옮겨갔다. 그리고 이전으로 돌아가는 건 이제 완전히 불가능했다.

아니 에그바움이 전화를 했다. 그녀는 시끄러운 장소에서 술에 취해 있는 듯했다. 메시지는 그다지 분명하지 않았다. 하지만 그녀가 그에게 화가 나 있다는 사실, 그것도 아주 많이 화가 나 있다는 사실만큼은 분명했다. 그녀는 아주 거친 목소리로, 당신이 도대체 뭔데 이러는 거냐고 따져 묻고 있었다.

그는 우선 사과부터 했다. 하지만 그녀가 아무 말도 들으려 하지 않았기 때문에 냉담한 말투로 신속하게 전화를 끊었다.

*

이틀 뒤, 리샤르가 그를 불러 그가 선을 넘어섰다고 지적했다.

"그건 해서는 안 될 일이었어요. 그런데 당신은 결국 일을 저질렀어요." 그는 감탄하는 어조로 말했다. "정말 존경하지 않을 수 없군요. 대단하십니다."

"난 그애를 건드리지 않았습니다."

리샤르는 마치 문에 손가락이 끼인 것처럼 깨갱거렸다. "그나마 다행이네요. 제기랄, 천만다행이에요. 아니 에그바움의 부친이 누군지 알아요? 딱한 사람 같으니라고. 토니 소프라노*가 누군지 알아요?" 거기에다가 고액 기부자들은 손가락으로 꼽을 수 있었다. "내가 미리 말해주지 않았어요? 조심하라고 경고하지 않았어요? 학교에서는 말썽이 일어나는 걸 원치 않습니다. 당신도 상황을 잘 알고 있잖아요. 우리의 예산이 하루가 다르게 줄어들고 있어요. 지금은 역사적 위기라고요. 미리 알려드리는데, 당신에게 심각한 사태가 벌어질 겁니다. 이번에는 나도 어떻게 해볼 도리가 없습니다."

마리안이 그 난국으로부터 그를 구출해주었다. 그녀가 어떻게까지 했는지는 그도 정확히는 몰랐다. 하지만 그녀는 계속 침묵하면서 며칠 동안 그의 눈길을 피하려 애썼고, 그에게 별다른 이유를 대지 않고 그와 함께 식사도 하지 않으려 했고 차도 같이 타지 않으려 했다. 리샤르 올소는 보란듯이 만족스러운 표정을 짓고 있었다.

"무조건 죽은듯이 지내야 합니다, 아셨죠? 이건 마지막 경고입니다. 내가 하는 말 허투루 듣지 마세요. 마지막 경고예요, 아셨어요?"

요즈음 같은 때에 낙오자가 되고 싶은 사람은 아무도 없을 터

---

* 미국 드라마 〈소프라노스〉의 주인공. 마피아 중간 보스.

였다. 경기는 아직도 꽁꽁 얼어붙어 있었다. 견고한 등껍질을 갖고 있는 게 아니라면, 허세를 부리기 전에 신중하게 눈치를 살펴보는 게 나았다. 그는 동의했다. 그는 잘못한 게 아무것도 없었지만 자기가 어떤 세력과 대면하고 있는지 잘 알고 있었다—리샤르 역시 그것을 잘 알고 있었다. 그는 고개를 숙이고 말없이 그 자리를 떠났다.

하지만 그게 다가 아니었다. 오후 끝무렵, 그는 주차장에서 미처 몸을 피하지 못하고 그대로 테러를 당했다. 마르티넬리의 연구실에서 나오며 그는 자신을 향한 사람들의 불만과 비난, 그 덧없음과 무의미함을 되새기면서 깊은 생각에 잠겨 있었다. 그렇게 그 모든 건 완전히 구역질나는 것임이 드러났다. 실업률이 절정에 달하고 있는 요즈음 같은 때에 솔직히 자존심을 내세워서 뭘 하겠는가. 그렇게 자문하고 있을 때 그는 머리를 세차게 얻어맞고 바닥에 쓰러졌다.

메시지는 없었다. 그를 두들겨패서 보도블록 위에 널브러뜨려놓은 두 사내는 아무 말도 하지 않았다. 누가 그런 선물을 보낸 건지 알아내기 위해 머리를 한참 쥐어짜낼 필요는 없었다. 두 다리로 간신히 딛고 일어나 코에서 흐르는 피를 닦기 위해 손수건을 꺼내들 수 있게 되었을 때, 그는 약국까지 몸을 질질 끌며 걸어가 의자에 털썩 주저앉아, 가운을 입은 젊은 동성애자의 손에 몸을 내맡겼다. 약사는 그의 몰골에 난색을 표했다. 온통 긁혀 있는 한쪽 뺨, 프랑크푸르트 소시지처럼 부풀어오른 입술, 성기를 보호하려다 얻어맞아 시퍼런 멍이 들어 있는 두 손, 산발이 된 머리에 헐떡이는 숨, 마치 여자들끼리 서로 머리를 쥐어뜯으며 싸우고 난 모습과 흡사했다.

그는 몸을 좀 추스르고는 젊은 약사에게 고맙다는 말을 하고, 가장 얼얼한 얼굴 부위에 아이스팩을 댄 채─얼마 있다가 다른 쪽 뺨에다 갖다대면서─주차장으로 돌아갔다.

에그바움 집안 사람들은 완전히 미치광이들이었다. 그 딸에 그 아버지. 그는 백미러로 얼굴을 살펴보다가 옆구리가 결려 인상을 찡그렸다. 하지만 그가 지금까지 살아오면서 이렇게 두들겨맞은 건 이번이 처음이 아니었다. 그래서 그는 이가 아직 전부 붙어 있다는 사실─그리고 특히 그의 쉰 살 생일 기념으로 마리안이 인심 좋게 선물한 엄청난 고가의 임플란트 세 개가 무사하다는 사실─을 확인한 후 거의 미소까지 지었다. 그래도 그는 그나마 큰 피해 없이 난관을 벗어난 셈이었다. 모르면 몰라도 그들은 질서 같은 건 신경쓰지 않는 사람들이었다.

마리안이 그런 상태의 그를 보는 것 역시 더더욱 처음이 아니었다. 그들이 걸음마를 뗀 이후로 그녀는 그에게 얼마나 많은 얼음을 갖다주고, 붕대를 감아주고, 아스피린을 먹였던가?

"그래, 그 여자애 꽁무니를 쫓아다녔던 거야?" 마리안이 대수롭지 않다는 듯 지나가는 말투로 물었다.

"난 그 여학생에게 특강을 해줄 수 없다고 했어. 꽁무니를 쫓아다닌 건 내가 아니라 바로 그애야. 그 뉘앙스의 차이를 제대로 알아줬으면 좋겠군."

그녀는 그의 상처와 혹들 위로 몸을 숙이고 있었고, 그래서 그는 그녀의 육체적인 매력을 직접적으로 볼 수 있는 위치, 밝고 선명한 초록색 가운의 섶 안쪽이 깊숙이 들여다보이는 위치에 있게 되었다. 거기에는 평상시 그의 신경을 곤두서게 만드는 것, 그로 하여금 신선한 공기를 마시러 밖으로 나가게 만들고 마는 뭔가가 있었다. 그들의 관계는 물론 단순명료할 수가 없었다. 명확한 건 아무것도 없었다. 그들은 아주 어려서부터 밥을 굶은 채 방으로 쫓겨나거나 폭풍우가 계속되는 동안, 두려움을 떨쳐내고, 흐느낌을 억누르고, 서로 의지하기 위해 서로를 껴안고 어루만지고 쓰다듬고 다독거려야 했다. 어린 시절 마리안은 특히 그의 품에 얼굴을 묻고 많이도 울었고, 그래서 마리안이 다 울고 나면 그는 가슴 한복판에 소금기 가득한 물을 한 대야 뒤집어쓴 것 같은 꼴이 되어, 어쩔 수 없이 옷을 갈아입으러 가야 했다.

그녀의 눈물은 미지근하고 짭짤했다. 그녀의 땀냄새, 머리 냄새, 그리고 때때로 벼락처럼 그의 몸에 찌릿한 전기가 흐르게 만드는 다른 냄새들을 그는 익히 알고 있었다. 서양배 모양의 젖가슴, 얼핏 보이는 젖꼭지, 평상시라면 연약한 이파리처럼 몸을 떨었겠지만, 그날 저녁 그는 그걸 보고도 대리석처럼 냉담했다.

아마도 그건 그의 신체 상태와 뭔가 관계가 있을 터였다. 그렇게 흠씬 두들겨맞았으니 성적으로 흥분되지 않는 건 당연했다. 하지만 그게 다일까?

그는 소독을 한 뒤 아르니카 연고를 발랐다. 그러고 나서 그들은 함께 담배를 피웠다.

그는 어처구니가 없었다. 그걸 보고도 그처럼 아무 느낌도 없다니. 그의 내면에 자리한 전혀 뜻밖의 그 공백. "왜 그러는 거야?" 그녀가 잠시 꼼짝도 않으면서 물었다. 그는 아무 문제 없다는 뜻으로 눈을 깜빡이고 미소를 지었다. 이마와 턱이 화끈거렸다. 코로 숨을 쉬기가 쉽지 않았다. 두 손이 아파왔다.

하지만 그게 평화를 얻기 위해 치러야 할 대가라면? 그는 생각했다. 결국 안 될 것도 없잖아? 만일 에그바움 집안에서 이제 서로 빚진 것이 없다고 결론을 내린다면, 그는 그 난관에서 벗어나기 위해 그 결론에 동의할 터였다. 그는 아니 에그바움을 모욕했고, 그 대가로 몰매를 맞았다. 오케이, 동의한다. 그런데 젠장, 이 담배는 왜 이리 맛이 좋은 건가, 정원에서 고요한 밤을 지켜보며 그는 생각했다.

물론, 미리암이 그 이상한 현상의 원인이었다. 그에게 넘어온 여자들 그 누구도 이제까지 그가 누이의 육체를 볼 때면 일으키는 격렬한 신체 반응을 방해한 적이 없었다. 호감 가는 여학생들 가운데 오늘처럼 마리안을 보고도 아무런 감정도 느끼지 못할 만큼 그를 충족시켰던—엄밀히 말해서 적어도 육체적인 관점에서 그를 그만큼 충족시켰던 여학생은 단 한 명도 없었다.

초록색 가운이 그의 환상의 대부분을 키워왔다는 건 아무도 몰랐다. 때때로 그 옷을 보기만 해도, 심지어 그 옷이 장롱 속의 옷걸이에 축 늘어진 채 걸려 있을 때조차, 그는 아득한 심연 속으로 빠져들곤 했다. 어떤 여자들은 그가 그의 누이와 유지하고 있는 관계가 무거운 족쇄 같은 것이라고 지적하기도 했었다. 그리고 그때부터 그 여자들은 그와 더이상 관계를 유지하지 못했지만, 그는 그녀들의 어떤 확실한 직감을 인정하고 그녀들이 옳다는 것을 받아들여야 했다. 하지만 그건 마치 한낮에 태양을 마주 바라보는 것과 같아서, 그는 이내 눈이 멀어 한 마디도 발음할 수 없었고 자기가 느끼는 감정들을 입 밖으로 뱉어낼 수도 없었다.

그런 시절은 이제 끝난 것일까? 어쨌든, 아니 에그바움을 그 게임에서 벗어나게 하는 것이 그가 취해야 할 그나마 유익하고 유일한 해결책임에는 변함이 없었다. 빠져나올 수 없이 복잡하게 뒤얽힌 혼돈 속에서 뒤흔들리는 고통을 당하지 않으려면. 그는 아픈 입술을 혀끝으로 핥았다. 그러다가 마리안이 자기를 쳐다보고 있는 것을 알아차렸다.

"나는 누나가 상상하는 그런 미치광이가 아니야." 그가 한숨을 내쉬었다. "나는 그애와 연애 같은 거 하지 않았어. 하지만 그 자식, 그는 토니 소프라노야. 토니 소프라노가 누군지 누나도 알지? 몰라? 알잖아, 문명 세계에서 살고 있다고 착각하지 마. 대부분의 사람들은 아직도 중세시대처럼 살고 있어."

"그동안 나는 널 위해 희생했어. 네가 학교에서 쫓겨나지 않도록 말야. 난 널 위해 희생하는데 나에게 돌아오는 보상이 이거란 말이지. 음, 꼴좋다."

그녀는 세상에서 지탄 담배를 피우는 마지막 여자들에 속했다. 그리고 그녀가 담배 연기를 상대방의 얼굴에 내뿜을 때면, 그 주위는 끔찍한 안개 속으로 사라지곤 했다. "잘 자." 그녀가 몸을 돌리며 말했다.

적어도 누나가 나에게 다시 말을 하기 시작했군, 그는 생각했다.

그는 자기가 오늘 하루종일 그녀에게 심통을 부렸다는 것을 알고 있었다. 그는 한 여자에게 손을 대지 않았던 만큼 오래, 그리고 자신은 결국 형편없는 작가에 불과할 거라는 사실을 인정하지 못했던 지난 시간만큼 계속 잔인하게 굴었다. 눈앞에 보이는 지탄 담배를 하나 꺼내어 맛보고 다시 한 대를 더 피우고 나자, 머릿속이 상당히 진정되고 화도 가라앉았다. 그래서 그는 덜 난폭하고, 덜 음울하고, 덜 까탈스러운 태도를 보여야겠다고 생각했다. 하지만 마리안이 한 번도 얼굴에 미소를 지은 적이 없었던 것 같은데, 자기가 그녀에게 미소를 지어 보이기에는 이제 때가 좀 늦은 것 같았다.

그럼에도 불구하고 그는 그녀를 보호하고 싶었다. 가능한 한. 그녀를 지키고 싶었다. 당연히 그래야만 했다. 그녀의 방 앞을 지나면서, 그녀에게 잘 자라는 인사를 하려고 문을 몇 번 두드렸다. 그녀의 울음소리가 들렸다. 그는 그녀가 우는 소리를 듣는 걸 끔찍이도 싫어했다. 그래서 그는 걸음을 되돌려 외투를 껴입고 집을 나갔다. 하늘에는 달이 말 그대로 그의 컴퓨터 화면 속 다이아몬드처럼 빛나고 있었다. 날은 쌀쌀했다. 그는 담배에 불을 붙이고 정원으로 걸어나갔다. 그리고 지면에 닿을 듯한 옅은 안개 장막으로 뒤덮인 도로를 건너 숲속으로 들어갔다.

아침에 그는 추위에 꽁꽁 얼어붙은, 완전히 낡아빠진 고물 피아트 안에서 눈을 떴다. 차 앞유리창에 응축된 수증기가 물줄기를 이루며 그물처럼 얽혀 있었다. 잠시 그것을 바라보다 그는 몸을 움직여야겠다고 마음먹었다. 이제 막 동이 트고 있었다.

그가 어떻게 이곳에 와 있는 걸까? 수수께끼 같은 일이었다. 밤새도록 뭘 한 걸까? 그는 자신의 구두 밑창이 진흙으로 엉망이 되어 있고, 바짓가랑이와 외투에도 진흙이 말라붙어 있는 것을 발견했다. 손도 더러워져 있었다. 다리는 천근이나 되는 듯 무거웠다. 하지만 기분은 좋았다. 꽤 오랜 시간 동안 아주 힘차고 활발하게 산책을 한 것 같았다.

때때로 그의 머리에 스치는 것들이 뭔지 알기가 어려웠다. 솔직히 말하자면, 그 자신도 그것에 대해 아는 게 거의 없었다. 지금 그가 확실하게 아는 유일한 사실은 배가 고파 죽을 지경이라는 것이었다.

그는 차문을 열고 빛다발처럼 정원을 가로지르는 금빛 태양 속에 우선 한쪽 다리를 밖으로 내밀고, 이어서 반대쪽 다리를, 또 한쪽 팔을 내밀었다. 그러면서 달걀 반 줄 정도는 먹어치워야 성이 찰 것 같다는 생각을 했다. 일단 차 밖으로 나온 그는 푸른빛 하늘을 응시하면서 기지개를 켜고, 오랫동안, 턱이 빠질 정도로 크게 하품을 했다. 이제 곧 맑은 아침이 지체 없이 시작되면서 남아 있는 어둠들을 외진 구석으로 몰아낼 터였다. 참새 몇 마리가 전선 위에 앉아, 솜털을 다시 부풀려주고 얼어붙은 밤의 입맞춤으로부터 자신들을 해방시켜줄 햇살을 기다리고 있었다.

집은 아직도 침묵에 잠겨 있었다. 그는 입구에 모자와 외투를 벗어 걸어놓고 냉장고로 직행했다. 마리안은 자신의 몸 상태가 꽤 양호하다고 느껴질 때는 20퍼센트짜리도 허용했는데, 그건 그런대로 먹을 만했다. 하지만 0퍼센트는 정말로 맛이 고약해서, 기분이 한없이 참담하고 끔찍하게 역겨웠다. 어쨌든, 그는 일단 그중에서 바닐라향이 첨가된 것을 꺼내 뚜껑을 벗기고 입에 털어넣고 나서, 먹을 만한 것이면 뭐든 꺼내어 덤벼들었다.

그런 유의 운동, 맹목적인 오랜 산책은 하루종일 식욕을 돋워주었다. 마리안은 그가 살짝 몽유병에 걸린 거라고 생각했다. 그리고 그녀는 그가 밤새도록 밖에서 거의 어딘지도 알 수 없는 곳들을 어슬렁거리며 돌아다닌다는 사실을 별로 알고 싶어하지 않았고, 그 문제를 자기 관점에서 실제보다 더 부풀려 생각하는 건 쓸데없는 짓이라고 여기고 있었다. 그래서 그녀는 찜찜한 기분을 떨쳐내기 위해 기껏해야 그에게 침을 몇 번 맞게 하고, 최면요법을 몇 번 받게 했을 뿐이었다. 하지만 그런 것들은 아무 소용이 없었다. 실제로 분명한 효과는 전혀 나타나지 않았다.

그는 달걀을 찾아냈다. 해가 숲 위로 떠오르는 동안 개 한 마리가 멀리서 짖어대고 있었다. 베이컨도 햄도 없었다. 당연한 일이었다. 마리안은 사실 거의 한 달 전부터 장을 보지 않았으니까. 그는 고개를 숙이고 앞으로 이 부분은 자기가 책임을 지고 신경을 쓰겠다고 다짐했다. 냉동실에서 크루아상 몇 개를 발견했다. 그는 손목시계를 보았다. 배달을 시킬 시간 여유가 있었다. 스테이크, 등심, 로스트비프 덩어리, 온갖 종류의 고기—말고기를 제외하고—를 사야 했다. 그녀가 기력을 차리고 안색을 되찾기를 바란다면.

그는 익고 있는 달걀들을 잠시 지켜보고 나서, 다시 고개를 들어 햇살 속에서 반짝이며 흔들리는 정원을 바라보았다. 그는 아주 먼 길을 돌아다녔었다. 그가 말할 수 있는 건 그게 거의 다였다. 돌아와서 그가 느끼고 있는 식욕. 그의 몸에 배어 있는 나무 냄새, 축축한 흙냄새와 낙엽 냄새. 돌냄새, 나무 수액 냄새, 송진 냄새. 그가 말할 수 있는 건 그게 다였다.

달걀이 프라이팬 안에서 지글지글 소리를 내고 있는 동안, 갑자기 길 건너편에서, 미리암이 마치 상자 속에서 불쑥 튀어나오는 장난감 도깨비처럼 그의 눈앞에 나타났다.

그는 잠시 망설인 후에 가스불을 끄고, 그녀에게 자기가 그곳으로 가겠다는 신호를 보냈다. 그녀에게 다가가는 동안 그는 온몸에 개미가 기어다니는 것처럼 스멀거리는 느낌이 들면서 입안이 바짝바짝 타들어갔다. 마치 육십 년대 말, 환각제를 복용했을 때처럼. 그 어떤 여학생도 그에게 이런 증상을 불러일으킨 적이 없었다. 그런데 그녀와는, 그는 자기가 지금 어디에 발을 디디고 있는 건지 알 수가 없었다. 그건 이런 의문만큼이나 간단했다.

지금 내가 발을 딛고 있는 곳이 육지일까, 사람이 살고 있는 땅이 맞을까? 어떻게 알 수 있을까? 어떤 기준들에 근거를 둘까? 어떤 비교 요소들을 갖고 있는 것일까? 그의 누이와 그는 자신들을 둘러싸고 있는 세상에 대해 그다지 많은 경험을 하지 못했다. 그는 그것을 인정하고 있었다. 하지만 누가 그렇지 않다고 한 적이 있었던가?

그녀는 자기 차 옆에 서 있었다. 그는 자기가 냉동된 크루아상을 아직도 손에 들고 있다는 것을 알아차렸다. 하지만 그걸 몰래 버리기에는 때가 너무 늦어서 그냥 그대로 들고 있었고, 그 때문에 그녀가 단호한 걸음걸이로 자기가 있는 쪽으로 걸어오는 동안 손가락들이 마비되는 것 같았다.

점점 다가오는 그녀를 바라보고 있는 동안 그의 입술로 말들이 한꺼번에 몰려들기 시작했고, 그녀가 불과 몇 미터 앞에 와 있을 때는 말들이 무턱대고 쏟아져나왔다. 하지만 그는 곧 벽에 밀어붙여졌다. 미리암의 입술에 입술이 맞닿은 채 혀가 서로의 입속에서 교차되고, 서로의 몸이 바짝 밀착되었다. 아아, 라고 소리 낼 사이도 없었다. 멀리서 개 짖는 소리가 계속 들려왔다—사룻값이 오르고 부동산업계의 불황이 심해질수록 유기견의 수는 나날이 증가하고 있었다.

환상적이었다. 다른 말은 필요 없었다. 그녀가 한마디 말도 없이 문 앞에서 그에게 기습적으로 한 그 키스는 정말 기가 막혔다. 진정한 마법이었다. 그는 덤불숲 속으로 크루아상을 던진 뒤 눈을 감고 그녀를 꽉 껴안았다.

그가 완전히 멍하고 완전히 넋을 잃은 채로, 텅 빈 두 손과 함께, 숨을 몰아쉬면서, 벽에 단단히 기댄 채 다시 눈을 떴을 때, 그녀는 별다른 설명도 없이 차에 올라타고 시동을 걸었다. 그리고 갑자기 나타난 것처럼 갑자기 사라져갔다.

그는 엔진 소리가 새벽안개 속으로 완전히 삼켜진 후에도 몇 분 동안 꼼짝도 하지 못하고 거의 숨을 헐떡이며 그대로 서 있었다. 입구를 에워싼 등나무들이 강렬한 향기를 공기 속에 퍼뜨리고 있었다. 그는 달걀을 먹으러 집으로 돌아왔지만, 이제 더이상 먹는 것에 연연하지 않았다.

이런 속도라면 그녀 때문에 미치고 말 거야. 그는 현관의 거울 앞에서 희미한 미소를 지으며 그렇게 중얼거렸다.

이번만큼은 마리안에게 털어놓고 싶었다. 전에는 그런 욕구를 느낀 적이 한 번도 없었다. 그는 자기가 방금 당한 그 이상하고 격렬한 키스를 마리안에게 해석해달라고 하고 싶었다. 그 키스가 어떤 의미인지, 마리안은 그걸 어떻게 생각하는지, 그녀가 제시하는 실마리들, 그리고 이런저런 조언까지도 그로서는 대환영이었지만, 안타깝게도 그건 불가능했다. 그건 포기해야만 했다.

그의 누이는 준비가 되어 있지 않았다.

"무슨 일이야?" 마리안이 말했다. "무슨 소리가 들렸는데."

그녀는 머리가 헝클어져 있는데다 잠이 덜 깬 얼굴이었다. 그는 프라이팬의 달걀을 다시 익히기 시작하면서 휘저었다. 하지만 이제는 그걸 먹고 싶은 생각이 전혀 없었다. "아니, 누나가 꿈을 꾼 거야." 그가 대꾸했다. "아마 라디오 소리였겠지. 앉아. 누나 먹으라고 달걀 요리를 했어. 누나 확실히 꿈꿨나보다."

그녀는 냉소를 지었지만, 자신의 주장을 뒷받침해줄 만한 증거가 전혀 없었다. "그런데 무슨 바람이 불어서 이렇게 일찍 일어났어?" 그녀가 눈썹을 찌푸리면서 중얼거렸다. 그리고 한순간 그를 뚫어져라 쳐다보다가, 다시 입을 열었다. 하지만 그녀는 아무 말도 하지 않았다. 그는 하는 수 없다는 뜻으로 어깨를 으쓱했다. 어떤 것들은 좀처럼 낫지 않아, 그는 그 몸짓을 통해 그걸 말해주고 싶었다.

오전 강의에서 그는 학생들에게 삼십 분 동안 각자 머릿속에 떠오르는 생각들을 종이 한 장에 가득 채우라고 지시했다. 하지만, 결과는 전반적으로 그다지 만족스럽지 못했다. 보잘것없는 결과물이 그를 난감하게 만들었다. 그렇지만 바로 그날 아침 때맞춰 창의력이 생겨나기를 바랄 수는 없는 일이었다. 심지어 잠이 아직 덜 깼거나, 특히 주말을 보낸 뒤 월요병에 시달리며 그런 식의 느닷없는 테스트에 완전히 당했다고 생각하는 학생들도 많았다. 수업이 끝나고, 여전히 연필을 입에 문 채 책가방을 챙겨 강의실에서 나오면서 그는 사람들이 자기를 피하는 것 같은 느낌을 받았다. 그러다가 노조 대표의 입을 통해 그의 등뒤에서 어떤 일이 획책되고 있는지 듣게 되었다. 중세 초기의 대학들에 관한 강의로 명성이 자자한 그 노조 대표는 현재의 상황에 대해 누구보다 자세히 알고 있는 인물이었는데, 2007년 봄 이후로 나쁜 소식들만 전해주고 있었다.

아주 간단히 말해서, 그의 문예창작 강의가 폐강될 위기에 처해 있었다. 그는 머지않아 잘릴 터였다. 다른 두 명의 교수 역시 마찬가지였다. 매 순간 새로운 구조조정이 이런저런 방식으로 단행될 모양이었다. 무슨 수를 써서라도 버텨내야 합니다, 노조 대표는 고개를 가로저으면서 단조로운 어조로 말했다. 하지만 그가 무슨 말을 하려는 건지 분명하게 이해되지 않았다. 노동 역사상 이런 개떡같은 상황은 일어난 적이 없었어요, 노조 대표는 말을 이었다. 상황을 직면해야 합니다. 이건 생존의 문제입니다.

그는 애매하게 동의를 표했다. 그리고 노조 대표가 땅이 꺼져라 한숨을 내쉬면서 내미는 담배를 받아들었다. 노조 대표는 이렇게 덧붙였다. "한 개비로는 성에 안 찰 텐데 두 개비 집으세요."

다시 혼자가 된 마르크는 한쪽에는 도서관, 그리고 다른 쪽에는 마리안이 근무하는 행정처가 들어서 있는 붉은 벽돌 건물들 옆의 벤치에 가 앉았다. 마리안에게 그 얘기를 즉시 들려줘야 할지 확신이 서지 않았다. 하지만 이런 긴박한 상황에서는 그녀가 아는 게 나았다. 그가 일자리를 잃는다는 것은 여러 가지 곤란한 문제를 야기했다. 그리고 그는 그런 상황에 처할 경우 자기가 다른 사람들보다 더 지혜롭게 헤쳐나갈 거라는 확신이 없었다.

아직 사람들이 많아서 이 빌어먹을 말보로를 마음대로 피우지도 못하겠군. 그는 자기가 해고당할 거라는 소식, 리샤르와 마르티넬리가 더는 고려해볼 생각도 않고 학교에서 그를 내쫓기로 마침내 합의를 봤다는 소식을 듣고 귀 뒤에 꽂아두었던 말보로를 꺼내 불을 붙이면서 생각했다.

마리안이 리샤르 올소의 탐욕에 몸을 내맡긴 게 아무 효과도 없었단 말인가? 결국 그 비열한 인간이 그런 식으로 그녀를 갖고 논 거란 말인가? 그런 생각을 하자 그는 머리가 지끈거렸다. 햇볕이 강렬하게 내리쬐는데도 다행히 날은 그다지 덥지 않았다. 지금 그의 상태에서 머리에 열이 끓어올라 일사병에 걸리기라도 한다면 그 자리에서 쓰러져버릴지도 몰랐다.

그녀는 어떻게 그런 너절한 놈을 믿을 정도로 그렇게 어리석을 수 있단 말인가? 도대체 그런 녀석한테 뭘 기대한 걸까?

"내가 너한테 분명히 말했잖아? 그건 실수였다고 말했잖아."

그녀는 그의 메시지를 받은 즉시 벤치로 와서 그의 옆에 앉았다. 그녀는 어깨를 움츠리고 두 손으로 벤치를 거머잡은 채 똑바로 정면을 노려보고 있었다. "그-빌어-먹을-놈의-자식." 그는 언성을 높이지 않고 단어를 하나하나 끊어가면서, 포기했다는 듯이 고개를 끄덕이며 말했다. 그러고 나서 자신의 허벅지를 세차게 내리쳤다. "그 자식이 누나한테서 그만한 걸 받을 자격이 있는 놈이었으면 좋겠군."

해가 저물기 시작했다. 그가 해고당한 후로 어느새 몇 시간이 훌쩍 지나가버렸다.

"그게 정확히 무슨 뜻이야?" 그녀가 음울한 어조로 물었다.

그 앞에 샌드위치가 있었다. 그는 아침부터 아무것도 먹지 않았다. 그가 어깨를 으쓱하며 말했다. "그건 중요하지 않아, 안 그래? 이미 끝난 일이라 어쩔 도리가 없어."

그녀는 고개를 돌려 도서관 창유리들에 마지막 빛을 비추고 있는 석양을 바라보았다. "난 그 사람과 자지 않았어." 그녀가 선언하듯 말했다.

그가 펄쩍 뛰었다. "아, 제발! 나한테 자세한 얘긴 하지 마!" 그는 벌컥 화를 내면서 주머니에 두 주먹을 찔러넣고 이리저리 서성였다. "그런 얘긴 누나 혼자 간직해두면 고맙겠어, 제발 나한테 말하지 마. 결국 그 자식, 누나 애인 녀석은 누나를 갖고 놀았어. 그 자식은 사람들이 떠들어대는 것처럼 실컷 갖고 논 거야."

다시 한번 그녀는 며칠 동안 그에게 말을 하지 않았고, 그래서 집은 적막하고 얼어붙은 무덤처럼 변해 있었다. 그녀가 뽀로통한 얼굴로 한마디 말도 없이 일을 하러 나가자마자 그는 그 기회를 이용해 현재 자신이 처한 상황에 관해 숙고하고, 거실에서 몇 편의 영화를 내리 보았다.

저녁에 집으로 돌아와서도, 그녀는 그와 눈길 한 번 마주치지 않았고, 완전히 그를 무시하면서 이 방에서 저 방으로 돌아다녔다. 더러운 성질머리. 절대로 나아지지 않을 성격. 그걸 생각하면 늙는 게 두려워졌다.

"넌 나한테 고마워해야 해." 그녀는 작은 종잇조각에 그렇게 써놓았다. 그는 조금 전 마르티넬리를 따로 만나고 온 참이었다. 그 멍청한 학장은 거의 농담하듯이 쾌활한 말투로 그의 해임을 보류하겠다고 했다. 대다수의 교수들과 특히 그의 가장 열렬한 옹호자임이 드러난 리샤르 올소를 감동시킨 조처였다. 완전히 마술 같은 일이었다. 사랑스러운 누이. 그는 그녀가 또 한번 감수한 고역에 대해 진심으로 고마움을 표하고 싶었고, 리샤르의 그 느닷없는 돌변에 쉽게 속아 넘어가지 않을 거라고 말하고 싶었다. 그렇지만 그녀의 그 빌어먹을 침묵이 조성하는 분위기를 고려해볼 때, 나중에, 그녀가 들어줄 마음이 되어 있을 때 고마운 심정을 전해야 할 것 같았다.

그녀가 뭘 어떻게 한 걸까? 어떤 마법의 묘약을 이용한 걸까? 원하는 것을 어떻게 손에 넣게 되었을까? 만일 그녀가 그와 자지 않았다면, 그녀는 어떤 식으로 그에 상응하는 대가를 치렀을까? 그런 의문들을 떠올리자 그는 몸서리가 쳐졌다. 그는 물론 그녀가 그 오랜 세월 동안 남자와 한 번도 관계를 가진 적이 없다고 생각하지도 않았고, 오십 년 동안의 금욕생활로 머리가 살짝 돌아버린 노처녀에 불과하다고 생각하지도 않았다. 하지만 리샤르 올소와는 그 전후관계, 그 배경이 달랐다. 그는 그녀가 어느 술집이나 파티에서 우연히 만난 그런 남자가 아니었다. 그는 문예창작학과의 기밀사항들을 그녀에게 은밀하게 알려준 남자였다. 문학에 대해서는 사실상 쥐뿔도 아는 게 없는 남자, 안목이라고는 전혀 없고, 매력적으로 균형잡힌 글에도 전혀 전율을 느끼지 못할 뿐만 아니라, 다른 시대에서 툭 튀어나온 것 같은 남자, 아무도 기억하지 못하는 옛날 옛적에 공쿠르상을 받은 몇몇 작가들이나 뻣뻣한 문체의 시인들, 형편없는 젊은 재주꾼들이나 숭배하는 인간, 여하튼 언제나 핀트가 어긋나고, 언제나 무가치한 것들만 좋아하는 형편없는 독자. 어쩌면 그렇게 내면이 빈곤할 수 있을까? 대경실색할 정도로. 정말 놀라지 않을 수 없는 일이었다.

리샤르 올소가 마리안에게서 다양한 관심과 친절을 얻어냈다는 것을 생각하면, 비록 그녀가 그걸 '잔다'고 표현하지 않는다 해도 기분이 불쾌해지고 마음에 깊은 상처가 되었다. 그리고 그 자신이 그 일의 원인이라는 사실은 전혀 수긍하기 싫었다. 오히려 그 모든 이유들 때문에 더욱 거북했다.

여하튼 그는 자신의 연구실을 비우지 않아도 되었고, 그건 감사한 일이었다. 그가 불안에 떨며 예감했던 혼돈, 생각만 해도 세상이 온통 하얘지는 것 같았던 그 완전한 혼란, 그의 9제곱미터짜리 공간—멀리, 그가 자신의 것이라고 생각해오던 눈 덮인 알프스산맥의 일부 위로, 유칼립투스나무들 사이로 호수를 굽어보는 전망까지—을 느닷없이 잃는 대재앙은 다행히도 일어나지 않을 것이었다. 위험은 제거되었다. 그는 학생들에게 그들의 자랑스러운 대학교에 복직했다는 소식을 알렸다. 그리고 그들이 시계와 같은 정확함의 개념에 의구심을 갖지 않는 한 군말하지 말고 나보코프 작품을 집중해서 보라고, 각 페이지들을 꼼꼼하게 자습하라고 지시했다. 그러고 나서 실직으로 인한 스트레스를 보상하기 위해 며칠 더 휴식을 취하기로 했다.

이즈음 아침이면 해가 뜨자마자 기온이 올라가기 시작했기 때문에, 스웨터와 두툼한 머플러만 두르고 밖에 나가 앉아 있을 수 있었다.

미리암을 생각하면 왠지 마음 한구석이 조여오는 느낌이 들었다. 그런 기분은 거의 하루 온종일 지속되기도 했다. 벤 스틸러의 영화를 보면서 기분을 약간 달랠 수 있었지만, 결국 그녀를 찾아 나섰다. 더이상 도저히 참을 수 없어서. 그들이 마지막으로 정사를 나눈 건 약 일주일 전이었고, 그후로 일 분 일 초가 영원처럼 길게 느껴져왔다.

그는 다시 강의를 시작했고, 오후 강의가 끝나면 그녀의 집으로 곧장 달려갔다.

*

그는 맞은편 인도에서 담배를 피웠다. 그후에 희미한 어둠에 휩싸인 방안에서 그녀 옆에 누워 또 한 대를 피웠다. 그녀는 불쾌해하지 않았다. 자기도 침대에서 담배를 피울 때가 더러 있다고 그녀는 말했다. 그는 그녀의 관자놀이, 땀에 젖어 달라붙어 있는 그녀의 머리칼을 만졌다. 그녀는 날씬하다못해 거의 깡마른 편이었지만 오히려 관능적이었다. 단단하고 뾰족한, 분홍빛이 도는 하얀 젖가슴.

그는 아무 말 없이 자리에서 일어나, 제정신이 아닌 상태에서 옷을 입었다. 당겨진 커튼 사이로 날이 밝아오고 있었다. 그녀는 한쪽 눈을 떴지만 움직이지 않고 그대로 있으면서, 그가 생각에 잠겨 한 손으로 머리를 매만지고, 사각팬티를 입고, 목을 좌우로 흔드는 모습—완벽한 좀비의 모습을 지켜보고 있었다.

그는 그녀에게 기척을 하려고 문턱에서 돌아섰다. 하지만 그가 정말로 무엇을 쳐다보고 있는지는 아무도 알 수 없었다. 그의 눈은 텅 비어 있었다.

그는 아직 잠들어 있는 조용한 거리로 나왔다. 고개를 들어 위쪽을 바라보니 그녀의 창 너머로 얼핏, 촛불에 환하게 밝혀진 채색된 성모상, 그에 비해 소름 끼치게 아름다운 미녀의 그림 한 점이 눈에 들어왔다. 그는 서둘러 그곳을 떠났다.

카페테리아의 여자가 그에게 문을 열어주었다. 그는 그녀에게 담배 한 개비를 건넸다. 아직 손님은 한 사람도 없었다. 테라스의 테이블들은 이슬로 뒤덮여 있었고, 파라솔들에도 물기가 반짝이고 있었다. 하늘이 파래졌다. 카운터 위에 신문들이 펼쳐져 있었다. 세상의 종말이 가까워지고 있는 게 분명했다—그 증거들이 쌓여가고 있는 만큼, 상황의 냉혹함이 진실로 드러나고 있는 만큼, 이제 그걸 의심하는 사람은 아무도 없었다. 어쨌든, 그의 별자리 운세는 좋았다. 이번주는 상서로운 한 주였다. 새로운 만남이 기다리고 있습니다. 눈을 크게 뜨고 주위를 잘 살펴보세요. 평소에 그는 버터나 우유가 들어간 빵 종류나 설탕이 잔뜩 들어간 파이는 먹지 않았지만, 주문한 달걀과 토스트가 구워지는 동안 기력을 되찾을 필요가 있었다. 그는 신문 기사에서 눈을 떼지 않고 그대로 몸을 숙인 채 크루아상 쪽으로 손을 뻗었다. 그 기사는 구석진 외곽에 위치한 발전소나 군 실험실이 산산조각이 난다는 가정하에, 핵폭발이 일어날 경우에 따라야 할 몇몇 기본적인 대처 방법들을 일러주고 있었다. 바깥 접촉을 삼가고 집안에 머무르십시오. 움직이지 마십시오. 구조대가 도우러 올 때까지 기다리십시오. 절대로 자의적으로 판단해서 행동하지 마십시오. 응급 구조 번호로 전화를 하십시오. 기타 등등.

크루아상─틀림없이 알맞게 따끈따끈할─을 집으려던 그의 손이 크루아상이 아닌 다른 누군가의 손을 잡았다. 그건 바르바라의 실종을 수사했던 바로 그 형사의 손이었다. 불쾌한 애프터셰이브 냄새를 풍기면서 멍한 표정으로 가장 자신 있는 매력적인 미소를 그에게 확실하게 던지고 있는─그 결과는 부자연스럽고 인위적인 느낌을 풍겼지만─그 젊은 남자에게로 눈길을 들면서 그는 그 형사를 알아보았다.

그들은 부드러운 분위기 속에서 서로의 실수에 대해 사과했다. 형사는 휴대폰의 메시지들을 확인하느라 정신이 팔려 있었다고 말했다.

두 사람 모두 화창한 하루가 예상된다는 데 동의했다. 그는 둘 중 나이가 더 많은 사람에게 우선권이 있다고 결론을 내리고 자기가 먼저 크루아상을 집어왔다. 그리고 이제 크루아상 끄트머리를 커피에 적시면서, 조용히 식사를 하기 위해 카운터에서 테이블로 자리를 옮길까 망설이고 있었다. 하지만 그 남자가 경찰관이라는 사실을 잊어서는 안 되었다. 그리고 시민의 권리가 우롱당하는 시대인 만큼, 아무것도 아닌 일로도 사람들을 완전히 자기 마음대로 감방에 처넣을 수 있는 극도로 까다롭고 예민한 사람들 중 하나를 상대하고 있는 만큼, 괜히 상대방의 기분을 상하게 해 자신의 문제를 악화시키고 싶은 사람은 아무도 없을 터였다. 특히나 요즘 같은 시절에는.

감옥은 생각하는 것만으로도 악몽 그 자체였다. 그걸 생각하고, 그는 숨을 헐떡이며 그냥 그 자리에 앉아 있기로 했다. 감옥에 갇히느니 차라리 청산가리 캡슐을 구해 혀 밑에 숨겨두는 게 낫다는 생각을 했다. 감옥행을 생각하기만 해도 숨이 멎을 것 같았다. 그리고 그가 옆에 없으면 누가 마리안을 돌볼 것인가? 누가 그녀에게 신경을 써줄 것인가?

그는 전날 입었던 옷을 그대로 입고 있는데다 씻지도 않고 면도도 하지 않아서 기분이 그리 상쾌하지 않았다. 하지만 너무 나쁜 인상을 주면 좋을 게 없을 것 같아, 옆에 앉아 다음주 일기예보에 관해 떠들기 시작한 형사에게 관심을 기울이려고 신문을 접었다. 그건 흥미를 끄는 주제였다. 막판에 화제가 200유로로 염가판매된 앤틸리스제도에서의 휴가로 넘어가지만 않는다면.

형사는 서른 살 전후로 보였고, 약간 뚱뚱했다. 그의 말을 들어보면, 끊어야 하는 건 크루아상이 아니라 담배였다. 아마도 술 역시. 아니면 그에게 맛있는 음식을 너무 많이 해준 마누라와 헤어지든가, 형사가 그런 농담을 했다. "마누라 앞에서는 대부분 긴장이 풀어지잖아요, 안 그래요?"

"그럼요, 형사님. 그 말에 전적으로 동의합니다."

그는 그 형사에게 이렇게 이른 아침부터 대학 카페테리아에 나타난 이유를 묻고 싶어 미칠 지경이었지만 자제했다. 최소한의 실수도 저지르지 않을 작정이었다. 그는 눈을 들어 달걀 요리를 들고 온 여종업원에게 미소를 보냈다.

"교수님이라 이렇게 아침 일찍 일어나시는……" 형사가 달걀 프라이를 흘끔거리며 말했다.

"아뇨, 오늘은 예외적인 날입니다." 그가 대답했다. "오늘 같은 날은 다행히 드물어요. 안 그러면 저는 컨디션을 유지할 수 없을 겁니다."

상대방이 그 말뜻을 알아차리고 미소를 지으며 동의하기까지,

그는 약 십오 초 동안 형사를 빤히 쳐다보고 있어야 했다. 마침내 형사가 말했다. "죄송합니다, 무례하게 굴려던 건 아니었습니다."

"아니, 전혀 아닙니다. 형사님은 직업상 임무를 수행하시는 건데 제가 왜 기분이 상하겠습니까, 충분히 이해합니다, 진심이에요. 이 나라에서 범죄율이 증가하고 있다는 건 누구나 다 아는 사실이니까요."

형사는 자기도 같은 것, 달걀프라이를 주문하려고 여종업원에게 손짓을 했다. 그사이에 카페테리아 안은 사람들이 가득 들어차 있었다. 다른 두 명의 여종업원이 서빙을 시작했고, 또다른 요리사가 주방에 합류했다.

형사는 학교 내의 마약 문제 때문에 온 거라고 했지만, 바르바라의 실종 사건도 잊지 않고 있었다. "요전날, 그 여학생의 새어머니와 이야기를 나눠봤습니다. 저는 최선을 다해 수사하겠다고 그분에게 약속했습니다. 하지만 도대체 뭘 어떻게 하면 좋을까요? 시신도 없고, 아무것도 없는 걸요. 그리고 아시다시피, 세상은 넓습니다."

그는 형사의 말에 동의를 표했다. 형사가 그를 빤히 쳐다보고 있었다.

"계단에서 넘어지신 건가요?" 형사가 물었다. "굳이 대답하지 않으셔도 됩니다. 이건 심문이 아니니까요."

"계단에서? 아닙니다. 이게 그렇게 보기 흉합니까?"

"그런 건 아니고…… 약간 노랗군요. 약간 푸르스름하기도 하고. 입술도 약간 찢어진 것 같네요."

"약간 찢어져요? 요전날 저녁에 사내 몇 명에게 엉망으로 두들겨맞았어요. 그들은 주차장에서 날 덮쳤어요. 머리를 심하게 얻어맞았습니다. 이유는 저에게 묻지 마세요. 저도 제가 왜 맞은 건지, 도대체 그렇게 맞을 이유가 있는지 모르겠으니까요. 요즘은 벌건 대낮에 대로 한복판에서 별 이유도 없이 서로 칼을 휘둘러대는 세상이니까. 물론, 형사님이 저보다 훨씬 더 잘 아시겠지만. 모든 것에 일일이 이유를 찾으려 하는 건 부질없는 짓이지요. 전반적으로 사람들의 머리가 점점 이상해져가고 있어요. 아닌가요? 그렇게 생각하지 않으세요? 그들은 저를 엉망으로 만들어놨습니다. 어쨌든."

"압니다. 저희는 할 일이 너무 많아 정신을 못 차리고 있습니다. 유감이군요. 그런 사건들이 너무 빈번하게 일어나서 일일이 손을 쓸 수 없게 되어가고 있어요. 이 나라에는 악이 너무 팽배해 있습니다. 사람들이 자기 사무실에서 나와 주차장까지도 안전하게 걸어가지 못하는 세상이라면, 구석에 숨어 있다 튀어나온 미치광이들에게 이유도 없이 두들겨맞는 세상이라면, 그건 더이상 정상이라고 할 수 없는 거지요, 그건 그 사회가 더이상 제대로 굴러가지 않는다는 것을 의미하죠. 그런데 그자들이 뭘 원하는 것 같던가요?"

"전혀 모르겠습니다."

"모르겠습니다"라고 말하는 바로 그 순간, 카페테리아 입구에 있는 그녀의 모습이 그의 눈에 들어왔다. 하얀 얼굴에 헝클어진 머리를 하고 꼼짝도 않고 뚫어져라 그를 쳐다보고 있는 그녀를. 몇 시간 전까지만 해도 그는 그 여자를 품에 안고 온갖 종류의 내밀한 애무에 열중했었다. 밤이 시작되면서부터 새벽이 올 때까지 거의 쉬지 않고. 완전히 탈진한 상태가 될 때까지, 새벽 다섯시경에 완전히 가루가 되어 마지막으로 즐길 때까지 온갖 종류의 체위로 그녀를 공략했었다. 하지만 그것으로도 성에 차지 않은 것 같았다. 격렬한 욕망이 또다시 그를 사로잡는 걸 보면 그건 분명한 사실이었다. 그녀를 향한 욕망이 면도칼처럼 다시금 날카롭게 날을 세우고, 뜨거운 숨결 속에서 다시 잉걸불처럼 타올랐다. 그는 자리에서 벌떡 일어나 거스름돈을 받을 생각도 하지 않고 계산대 위에 지폐 한 장을 놓고는, 형사에게 사과의 말을 하면서 그런 상황에서 요구되는 가장 기본적인 신중함을 망각한 채 그녀에게로 곧장 걸어갔다. 항상 자신에게 부과했던 그 모든 행동 규칙들을 다시 한번 무시하면서, 눈앞의 사람들을 헤치고 그녀에게로 똑바로 걸어갔다. 훤한 대낮에. 공공장소에서. 경찰관이 빤히 보고 있는 자리에서. 형사는 노골적으로 관심을 드러내면서 그 광경을 지켜보고 있었다.

인접한 붉은 벽돌 건물 안에서 일이 치러졌다. 그 건물에는 도서관 이외에도 초현대적인 설비로 완전히 개조한 다목적실이 있었고, 그 안에 교직원 전용 화장실도 갖추어져 있었다. 그가 그녀를 안내했다. 그는 과거에도 지금과 거의 비슷한 용도로 두세 번 이용한 적 있는 곳으로 그녀를 데려가고 있다는 생각에 그다지 마음이 편치 않았다. 하지만 그 순간 욕망에 완전히 사로잡힌 그는 다른 건 아무것도 생각하지 못했다.

그런데 무엇보다 놀라운 건, 그가 이런 일이 일어날 것을 예상하고 미리 대비하고 있었다는 거였다. 그는 몇 번이나 이런 경우를 상상하면서, 이런 상황이 닥치면 어떻게 대처할지 계획하고, 의연하게 유혹을 이겨내리라 다짐했었다. 그런데 지금, 첫 공격이 시작되자마자 무릎을 꿇고 말았고, 모든 자제력을, 스스로를 보호할 방법을 완전히 잃어버렸다. 결국 그는 완전히 무력하게 욕망의 늪으로 휘말려들어가며 미리암을 화장실로 이끌었다.

전날 저녁, 그녀의 방문턱을 넘어서고 나서 그가 그녀를 소유하기까지는 일 분도 채 걸리지 않았고—얼을 빼놓는 오랜 키스의 결과였다—그래서 계산을 해본다면, 그들은 연인이 된 이후로 몇 마디 이상의 말을 나눌 기회가 거의 없었다.

그리고 지금 또다시 그런 상황이 시작되고 있었다. 마치 얼굴을 마주하는 그 순간부터 그들은 말을 잊어버리는 것 같았다. 그들은 강단 쪽으로 나 있는 계단을 다급하게 내려간 다음, 한마디 말도 하지 않고 화장실 쪽으로 방향을 틀었다. 결코. 결코. 이처럼 거대한 욕망이 존재할 수 있으리라고는, 욕망이 이 정도로 자신을 게걸스럽게 집어삼킬 수 있으리라고는 결코 생각조차 해보지 못했다. 그들은 그곳으로 그냥 걸어가는 게 아니라, 누가 뒤쫓아오기라도 하듯 서둘러 달려갔다. 진짜 풋내기들처럼. 지칠 줄 모르는 미친 개들처럼. 그들이 그곳으로 가는 도중에 다른 사람들, 가령 양동이를 든 청소부나 길을 잃고 헤매는 전기공과 마주치지 않은 건 기적이었다.

그가 숨을 헐떡이는 동안, 그녀는 그의 어깨 위에 손을 짚고 다리를 한쪽씩 번갈아 들어가며 팬티를 벗었다. 그러고 나서 그녀는 치마를 걷어올렸다.

그는 그녀를 알기 위해, 그녀가 어떤 사람인지, 어떤 종류의 책을 읽고 있는지 물어보며 함께 이런저런 대화를 나누고, 그리고 이 모든 게 그에게 얼마나 새로운 것인지, 이 신대륙, 그녀가 그 앞에 펼쳐 보여준 이 너무도 놀랍고 순수한 나라로 인해 자기가 얼마나 흥분을 느끼는지 낮은 목소리로 들려주려 그녀를 점심식사에 초대하고 싶은 마음이 간절했다. 하지만 그럴 기회는 오지 않을 게 분명했다. 상황은 잡담을 나누기에 좋은 뱃놀이를 하는 방향으로 흘러가고 있지 않았다.

하지만 아마도 그는 이런 상황에서 인내심을 보이면서, 성숙한 관계, 어린 여자애들이 아니라 성숙한 여자와 맺는 관계의 특징일 수 있는 이 침묵의 만남들을 받아들여야 했다. 정확히 말해서, 성숙한 여자들의 게임에 받아들여져 명예로운 파트너로 인정받고, 그녀들에게 어울릴 만한 남자로서 성숙한 모습을 보일 수 있다는 것을 증명해야 했다. 아마도 침묵은 이런 모험의 시작에 필요불가결한 것임이 틀림없었다. 아마도 버섯에 기생하는 버섯파리처럼, 침묵을 진지한 연애에 반드시 필요한 것으로 생각해야 할지도 몰랐다.

한바탕 격렬한 광풍이 휩쓸고 지나간 뒤, 그들은 서로의 숨소리에 귀를 기울였다. 소생하는 것은 언제나 기분좋은 일이었다. 이윽고 그들은 각자 옷매무새를 바로 하고 자세를 가다듬었다. 그리고 손을 씻었다. 손을 말리면서 그들은 거울을 통해 말없이 시선을 주고받았다.

그는 자기가 이곳으로 끌고 왔던 두세 명의 여학생을 떠올리면서 마음속으로 웃고 있었다. 오늘, 얼마나 일취월장했는가, 앞으로는 얼마나 더 좋을 것인가, 그는 생각했다. 절정의 순간에 그는 낮은 신음을 내지르며 사정하고 그녀의 몸에 거의 일 분 가까이 그대로 들러붙어 떨지 않았던가? 이런 비슷한 경험은 한 번도 해본 적이 없지 않은가? 사실 그는 어린아이에 지나지 않았다. 그는 그 점을 인정했다. 그는 오늘 이전까지 그런 세계를 전혀 모르고 있었다. 그는 오늘 비로소 세상에 태어났다. 예전에 그에게 넘어온 여자들 중에 화장실과 화장실 냄새에 환장을 하는 여자가 있었는데, 그때 그것을 성적인 성숙 가운데 최첨단이라고 생각했던 게 떠올랐다. 그는 마음속으로 낄낄거렸다.

지금까지 그렇게 시시하게 살아온 자신이 측은했다. 그는 어깨를 살짝 으쓱하고는 담배에 불을 붙였다. 그리고 미리암에게도 담배를 피우겠느냐고 물었다. 그녀는 좋다고 했다. 그는 그녀에게 커피를 한 잔 대접하고 싶다고 말했다. 그녀는 받아들였다. 그는 고개를 끄덕였다.

그들은 카페테리아로 돌아왔다. 나란히 걸어오던 그녀와 손가락이 스치자 그는 말 그대로 펄쩍 뛰어올랐고, 그런 그의 모습이 그녀를 웃게 만들었다. 강렬한 태양빛이 솟아오르고 있었다. 곧 능선들 위로 해가 나타날 터였다. 학생들은 아직도 잠이 덜 깬 얼굴이었고, 잔디밭은 아직도 축축했으며, 호수 위로 길게 흩어진 실안개는 밤사이 땅에 떨어진 신비롭고 말랑말랑한 뭔가가 벗어놓은 허물 같았다.

그들은 함께 카페테리아 안으로 들어갔다. 솔직히, 그는 이것이야말로 온갖 종류의 골치 아픈 일들을 자초하는 행위라는 것을 잘 알고 있었다. 완전한 무아지경.

리샤르 올소는 그다음날이 되자마자, 사라진 여학생, 아직도 소식이 없는 그 바르바라라는 여학생의 계모와 어떤 교수가 '좀 지나치게 우호적인 관계'를 유지하며 어떤 식으로 오해를 사고 있는지 그에게 설명했다.

그는 그런 오해가 어떻게 가능할 수 있는지 자문하면서, 한마디도 하지 않고 듣기만 했다. 가끔씩 그가 지금 이 순간처럼 리샤르 올소를 주시하면서 머리끝부터 발끝까지 뜯어보고, 그 야비한 얼굴, 그 우스꽝스러운 턱수염을 노려볼 때면, 마리안의 희생이 뼈저리게 떠올랐다. 가엾은 마리안. 가엾은 여자. 하지만 그는 그녀에게 그렇게 해달라고 부탁한 적이 없었다. 그녀에게 결코 그런 것을 요구할 수 없었을 것이다. 그 누구도 그녀에게 아무것도 강요하지 않았다. 그는 그녀의 어깨에 그런 부담을 지울 수 없었다. 그는 그것을 받아들일 수 없었다. 그건 생각도 할 수 없는 일이었다. 게다가 그녀가 자기 입으로 확실하게 말한 것도 아니었다. 그가 그 문제를 다시 언급했을 때 그녀는 그를 제대로 쳐다보지도 못했다. 그녀는 리샤르가 마음에 들지 않는다고 분명하게 말한 적이 없었다. 단 한 번도. 고개를 세차게 저으며 전혀 그렇지 않다고 말할 때 그녀의 그 거짓된 표정. 그녀의 눈은 속마음을 숨기지 못했다. 그녀는 리샤르가 자신에게 관심을 갖고 있다는 사실에 결코 무관심하지 않은 게 분명했다.

리샤르 올소는 그가 자기 말을 듣고 있지 않다고 투덜거렸다. "이봐요, 당신은 정말 상대하기 힘든 사람이군요. 나도 이제 당신을 어떤 식으로 대해야 할지 모르겠어요. 마리안은 알고 있어요. 내가 언제까지나 당신을 두둔해줄 순 없을 겁니다. 도대체 왜 그렇게 그 여자 주위를 맴도는 겁니까? 일부러 그러는 게 아니면 뭔가요? 말해보세요. 그녀가 당신이 찾아 헤매던 바로 그 일생의 여인이라도 되나요? 제대로 찾은 게 확실해요?" 직장에서 해고당할 거라는 사실이 만들어놓은 검은 대양 한복판에서 한 점 빛이 밝게 빛나고 있었다. 그리고 그 빛은 되찾은 자유의 감정, 그 어떤 종류의 억압도 더이상 감내하지 않아도 된다는 느낌, 자기를 위에서 억누르는 사람이 더이상 아무도 없다는 해방감에 기인하는 것이었다. 신을 제외하고는 그 어떤 존재도 자기 위에 없다는 느낌. 하지만 불행하게도 그는 해고당하지 않았고, 리샤르 올소는 여전히 그의 상사였다.

어쨌거나 그는 자신들의 관계를 백일하에 드러낼 생각은 없었다. 카페테리아에서 있었던 일은 그다지 현명하거나 책임감 있는 행동이 아니었다. 그도 그걸 잘 알고 있었다. 공공장소에 보란듯이 그녀와 함께 모습을 나타내다니. 여자의 팔을 잡아끌고 돌아다니는 모습을 보여주다니. 다른 누구도 아닌 그가. 그런 상황에 처한 남자가. 자신의 그런 대담한 행동을 후회하는 건 아니었다. 물론 아니었다. 그는 그 시간을 일 분 일 초 즐겼으니까. 그렇지만 지금 그는 자신의 안전을 가지고 장난을 칠 처지가 아니었다. 그런 사치를 부려선 안 되었다.

그는 자기 주위에 방어벽을 다시 단단히 쌓아야 했다. "예, 좋습니다, 리샤르, 약속하지요. 이 일을 가지고 떠들어대는 소리가 더이상 당신 귀에 들어가지 않게 하겠습니다. 맹세코 그 어느 때보다 신중하게 행동하지요. 캠퍼스 안에서는 절대로 만나지 않는 것은 물론이고, 학교 인근에서도 만나지 않겠어요. 어떤 소란도 일으키지 않겠습니다. 그 어떤 풍파도요. 마음에 드십니까?"

"마르크, 나는 당신의 적이 아닙니다, 알고 계시죠?"

"제 누이 주위를 맴도는 남자는 누구라도 저의 적입니다. 농담이에요."

"우리는 누구보다 좋은 관계를 유지할 수 있을 겁니다, 당신과 나 말입니다. 하지만 당신은 그럴 생각이 없는 것 같군요."

"제가 그럴 생각이 없는 것 같다고요? 그래요?"

"일요일에 바비큐 파티를 하려고 하는데, 오시겠습니까?"

"저보고 당신의 바비큐 파티에 참석하라는 말씀이십니까?"

"네, 바로 그 말입니다."

"일요일이요? 이번 일요일?"

그가 마리안에게 그 이야기를 들려주자, 그녀는 갑자기 말문을 열고 그 여자와 그에 관한 소문에 대해 물었다.

"사람들이 하는 얘긴 믿지 마." 그가 말했다. "함께 커피 한 잔 마신 거 말고는 아무것도 없어. 됐어. 여자랑 커피 한 잔 같이 마셨다고 지옥으로 떨어지진 않을 테니까. 됐어. 그 얘긴 더이상 하지 말자."

"그거 참 편리하네?"

"그게 편리한지 아닌지가 문제가 아니야. 쓸데없는 대립을 피하는 게 중요한 거지."

"대립? 무슨 대립? 너랑 네 그년은 개죽음을 당할 수도 있어."

그 말을 하면서 그녀는 웃음을 터뜨렸다. 그는 그녀에게 백포도주 잔을 건네고, 수평선을 먼지와 함께 오렌지색으로 물들이고 있는 황혼을 향해 돌아섰다. 소문은 빠르게 떠돌면서 거의 즉각적으로 퍼져나갔다. 그들이 다목적실 화장실 안으로 난입한 일과 그뒤에 함께 거하게 아침식사를 한 것—그들은 자신들이 주문한 달걀 요리와 와플을 기다리는 동안 바구니 안에 든 갓 구운 크루아상을 게걸스럽게 먹어댔었다—은 불과 전날 있었던 일이었다. 그런데 어떤 문예창작학과 교수가 아프가니스탄으로 파병된 군인의 아내와 함께 사람들 사이를 헤치고 나아갔다는 소문은 캠퍼스 내 모든 사람들의 입에 벌써 오르내리고 있었다.

그는 마리안이 갖고 있는 버림받는 것에 대한 두려움, 그 어떤 구원도 기대할 수 없이 버려지는 것에 대한 그 무시무시한 공포를 너무도 잘 알고 있었다. 그 자신도 그 감정을 수없이 겪어봤으니까. 하지만 그는 사내였다. 그녀가 비록 누나였지만 그는 사내아이였다. 그러므로 난처한 일이 닥쳤을 때 어금니를 좀더 세게 악무는 한이 있더라도 모범을 보여야 했다—그들은 어머니가 알아채고 야단을 치기 전에 그런 두려움을 어떻게든 해결하곤 했었다.

그는 누이에 대한 자신의 역할을 저버릴 생각은 전혀 없었다. 그녀의 건강은 그가 자기 역할을 얼마나 성실히 수행하느냐에 달려 있었다. 그는 그동안 대부분의 모험들을 그녀 모르게 해오지 않았던가? 더없이 신중한 사내의 모습을 보여주지 않았던가? 지금까지 그가 해고당할 위기에 처할 정도로 심각한 짓을 저질렀다고 그녀에게 말한 적이 있었던가?

그는 그녀 옆에 앉아서 그녀의 발을 마사지했다. 그는 현재의 상태에서 아무것도 변화시켜서는 안 된다고 확신하고 있었다. 자신들이 기적적으로 일종의 균형 상태에 도달하게 되었다고 대체로 확신했었다. 하지만 어떤 균형? 어떤 대단한 균형 상태? 허약하기 이를 데 없는 그 균형에 그는 아연실색했다. 그 엄청난 허술함이 그를 당황하게 했다. 그들 남매가 언젠가 다시 일어서리라 장담했던 사람들은 거의 없었다. 그리고 지금까지 그들이 거쳐온 행로를 헤아려볼 때, 그들이 그 사건을 아는 사람들에게 존경을 받을 만한 위치에 서게 되리라고는 거의 아무도 예상하지 못했었다.

그가 이 모든 것을 포기해야 했을까? 지금과 같은 그 순간들마다? 그들은 가장 힘든 시련의 시기에 서로에게 약속했던 대로 살고 있지 않은가? 그들은 마침내 평화, 포만감, 자유, 그들이 언제나 바라던 그 모든 것, 그들이 항상 추구했던 그 모든 것을 맛보고 있지 않은가?

"다 잘될 거야." 그가 말했다.

"다 잘되지 않을 거야, 분명히. 생각 없이 아무 말이나 막 내뱉지 마. 짜증나니까."

그는 마리안의 발을 주무르던 손길을 멈추고 담배에 불을 붙였다. 지난해에 그들은 믿을 수 없을 정도로 편안하고 넓은 이 최고급 소파에 큰돈을 썼다. 어떤 인간이 경매에서 계속 터무니없이 값을 올려 불렀지만 그들은 꿋꿋하게 버텼고, 그래서 결국 새벽 세시경에 그 빌어먹을 것을 낙찰받아, 보통 소파 가격의 거의 열 배나 되는 돈을 주고 그 황당한 물건의 소유주가 되었다. 하지만 그들은 단 한순간도 그것을 후회하지 않았다. 그들이 지구상의 거의 모든 매장들을 다 돌아다닌 끝에 신중하게 선택한 각자의 침대와 침구류를 손에 넣었을 때도 그랬던 것처럼. 그는 자신들이 침대와 그에 딸린 베개와 시트를 각자 따로 갖게 된다는 생각에 얼마나 흥분했는지 기억했다. 그는 등을 기댔다. 오랫동안 바닥에서, 심지어 아무것도 깔지 않은 맨바닥에서 몇 년 동안이나 잠을 자야 했던 것을 생각하면서, 자기가 앉아 있는 소파의 가치를 만끽하기 위해.

어느 날 저녁 그는 한 여학생과 그 소파에서 일을 치렀다. 우발적인 파업이 일어나 나라 전체가 마비된 날이었고, 그래서 어느 지방에 내려가 있던 마리안도 밤새도록 꼼짝도 못하고 그곳에 갇혀 있게 되었는데, 그와 그 여학생은 그 기회를 이용했다. 그리고 그 시험은 완벽 그 이상의 만족스러운 결과를 가져다주었다. 소파는 쿠션만 훌륭한 게 아니었다. 스프링의 품질과 스펀지의 밀도도 감탄할 만했지만, 그 밖에도 그 위에 씌운 가죽—두꺼우면서도 부드러운, 관능을 자극하는 훌륭한 염소가죽—의 촉감은 그 여학생의 말대로라면, 발가벗고 거기에 누워 조심스럽게 엉덩이를 갖다대고 약간만 흔들어대도 오르가슴을 느끼기에 충분했다.

"내 말 잘 들어." 그가 말하자, 자기 발가락을 물끄러미 바라보고 있던 그녀가 고개를 들고 그를 쳐다보았다.

"내 말 들어봐, 잘 들어, 우선 누나는 불안해할 필요가 전혀 없어. 그리고 누나는 무슨 일이 생겨도 절대로 내 편을 들지 마. 그 작자한테 다시 전화할 필요는 없어. 그냥 편안하게 잠자면 돼. 우리는 남매잖아. 난 누나를 사랑해. 이제 그만 날 용서해줘. 하지만 이거 한 가지만큼은 말할 수 있게 해줘. 난 그 멍청이와 누나의 관계에 관해 허풍을 떨며 이러니저러니 말하진 않겠어. 그렇게 할 수도 있지만 그러지 않을 거야. 누나는 누나가 그 인간과 데이트하는 걸 내가 기뻐할 거라고 생각하는 것 같은데, 그……"

"데이트를 한다고?!"

"마리안, 제발. 그걸 뭐라고 부르든 그게 중요한 건 아니야. 제기랄, 그건 누나가 원하는 대로 불러. 어쨌든 나는 그의 바비큐 파티에 가지 않을 거야. 난 그의 집 뒷마당에서 연기에 휩싸여 소시지를 먹지 않을 거라고. 사양하겠어. 누나는 아무 걱정 말고 그 자식과 즐거운 시간을 보내. 나한테 고마워하면서."

그녀는 손 닿는 거리에 있는 조각상을 움켜잡고 바닥에 세차게 집어던졌다. 조각상은 산산조각이 났다.

날씨에 따라 색깔이 변하는 그 성모마리아상은 그가 런던에서 수십만 유로를 주고 사온 것이었다. 날이 어두워져 있었다. 그들의 아버지는 항상 화가 치밀 때는 안으로 삭이지 말고 그릇이든 뭐든 깨부수라고 자기 아내를 부추겼었다. 하지만 그들의 어머니는 쉽사리 실행에 옮기지 못했고, 그래서 그 결과는 알려진 대로였다.

어쨌든, 마리안은 깨부수었다. 그리고 그는 유리잔과 도자기들이 깨지고, 물건들이 산산조각나는 소리를 해방과 연관지었다. 그것은 뇌우를 동반하는 대신 갑자기 빗방울이 그치고 잠잠해지면서 파란 하늘이 다시 나타나는 그런 천둥 같은 거라고 생각했다.

하지만 그는 깨부수는 것보다는 걷는 것, 숲속을 빠르게 걷는 것을 더 좋아했다. 그리고 충분히 멀리까지 걸어와 혼자라고 생각되었을 때 불시에 터져나오는 울부짖음을. 상처 입은 커다란 짐승에게서 피가 쏟아져나오듯 절규가 밖으로 터져나오곤 했다. 각자 자신만의 방법이 있었다. 그의 어머니는 울고, 비명을 지르고, 손을 비틀고, 펄쩍펄쩍 뛰다가 바닥을 구르고, 머리를 쥐어뜯는 부류에 속했다. 머리 밑이 훤히 다 보일 정도로. 때로는 백선에 걸린 것 같아 보일 정도로.

그는 혹시 성모마리아 조각상의 색깔 변화를 기적으로 받아들여야 하는 건지, 아니면 어쨌든 처음부터 그런 것인지 오래전부터 궁금해했다. 그리고 더이상 그 조각상을 볼 수 없을 거라고 생각하면서, 그동안 자기가 그 물건에 익숙해져 있었고, 하루에 적어도 한 번은 눈길을 주고 있었다는 사실을 깨달았다. 지금까지.

바닥에 떨어진 아주 작은 파편들이 마치 눈처럼, 설탕 가루처럼 반짝이고 있었다. 그가 일어나 벽난로의 불을 지피는 동안 그녀는 그중 큰 조각들을 쓰레받기에 쓸어 담았다—그걸 쓰레받기라고 불러도 된다면. 그는 그녀에게 그렇게 심통맞게 군 것을 후회하지 않았다. 어떤 이유에서든지 그녀가 리샤르 올소를 받아들이고 있다는 사실은 어쨌든 제대로 한번 생각해봐야 했다. 리샤르가 아니라 다른 어떤 남자라도 그녀가 한 남자를 받아들였다는 것을 인정하는 건 별로 유쾌하지 않은 일임이 분명했다. 그건 당연했다. 하지만 리샤르 올소는 다른 어떤 남자보다 최악이었다. 그는 말로 다 표현할 수 없는 최악의 인간이었다. 완전히. 그런데 이 나라 전체에서 가장 더러운 개자식, 백리 사방에서 찾아볼 수 있는 애인들 중에 가장 형편없는 애인, 수백 년 전부터 상대방의 인생을 망치려고 태어난 그런 완벽한 똥덩어리 같은 녀석을 놀랍게도 찾아낼 수 있는 그런 누이들을 보호하는 법률은 없었다. 준엄한 법률은 존재하지 않았다. 여하튼 남자 형제가 있는 게 나았다. 쉽게 생각하는 게 나았다.

그의 형, 그가 형이라고 불러야 했을 그 아이는 태어나자마자 죽었다. 아니, 거의 사산된 거나 마찬가지였다. 불과 며칠밖에 살지 못했으니까. 그 형은 그에게 깊은 회한이었다. 형이 있었더라면 적어도 그의 짐을 나눠 짊어졌을 것이고, 그가 더 쉽게 살아갈 수 있었을 것이다. 그리고 계속해서 들이닥친 일들이 일어나지 않도록 막아주었을지도 모르지 않는가? 그는 그것을 얼마나 동경했던가? 그가 마구 얻어맞거나 모욕당하거나 밥도 못 얻어먹고 풀이 죽어 있을 때 그 형의 이미지가 몇 번이나 그의 목숨을 지켜주었던가?

불꽃이 벽에서 춤을 추기 시작하는 동안 그 형을 생각하는 것만으로도 그의 얼굴은 부드러운 미소로 환해졌다.

마리안이 향을 몇 개 더 피웠다. 그건 그가 머릿속으로 다른 여자 생각에 몰두할 수 있는 기회였다. 그의 누이가 다시 소파에 길게 누워 속바지 안쪽 깊숙한 곳의 짜릿한 광경을 볼 수 있게 해주었기 때문이었다. 반들거리는 아이보리색. 마리안이 다소 순결해 보이면서도 외설적인 자세를 계속 취하고 있는 동안—기다란 맨다리, 하얀 허벅지를 드러낸 채 반쯤 말려 올라간 치마를 입고 천장을 향해 꿈꾸듯이 부드럽고 매운 연기를 피워 올리는 동안은 다른 여자 생각에 완전히 빠져들 수 있었다.

"다른 걸 구할 수 있는 데를 알아." 그녀가 말했다.

"뭐? 지금 무슨 얘길 하는 거야?"

"성모마리아 말이야. 됐지? 내가 똑같은 걸 사다줄게."

"좋아. 두 개 사 와."

*

학생들은 술을 마실 수 있는 자리라면 어떤 자리든 사양하지 않았다. 그래서 리샤르 올소는 학생들에게 칵테일 바를 준비해놓겠다고 큰소리를 쳤다. 그리고 교직원들에게는 음식이 아주 맛있을 것이고, 누구든 불참하면 용서하지 않겠다고 딱 잘라 말했다.

원래 어떤 학과이건 학과장이 파티를 열면 일반적으로 주최자인 학과장에게 싫은 내색은 요만큼도 보이지 않는 법이긴 했지만, 총장이 몸소 자기 아내를 데리고 나타나 샴페인을 마시고 구운 고기를 뜯어먹으며 이리저리 돌아다니기 시작하자 떨떠름하게 리샤르를 대하던 사람들도 일말의 기색조차 감춰버렸다. 리샤르의 정원에는 제법 많은 사람들이 모여들었다. 그는 화창한 봄날로 날을 잘 잡은 터에 바비큐 파티는 더욱 왁자지껄 활기를 띠었다. 적어도 그 인간은 소시지와 닭가슴살 굽는 재주만큼은 천부적이었다.

날씨는 좋았고, 여자들은 샌들을 신고 있었다. 마리안과 그는 리샤르가 오븐에 꼬치들을 새로 올려놓기 시작하는 순간에 등장했다.

"마르크, 누님과 함께 이렇게 와주셔서 정말 기쁘군요. 제 진심을 알아주셨으면 합니다. 그 점에 대해 오해가 없길 바랍니다."

"그럼요, 잘 알고 있습니다. 오늘은 저한테 어떤 걸 추천해주실 겁니까? 가능하다면, 너무 느끼하지 않은 걸로."

"당신에게 딱 맞는 게 있습니다. 자, 이걸 한번 맛보시죠."

"정말입니까?"

"마르크, 이리 가까이 와보세요. 긴히 드릴 말씀이 있습니다. 그런데 당신을 믿어도 될까요?"

"아뇨, 리샤르, 그러지 마세요. 지금 당장 이 얘기를 해두는 게 낫겠군요. 저는 누가 됐든 간에 비밀을 공유하고 싶지 않습니다. 사적인 감정이 섞인 건 아니니까 오해하지는 마시고요. 저는 비밀을 지킬 자신이 없습니다. 저는 몽유병 환자예요. 마리안에게 물어보세요. 저는 자면서 말을 합니다. 밖으로 돌아다니면서 혼자 떠들어대지요. 단지 그 문젭니다. 친애하는 리샤르, 비밀을 지키려거든 제 방문을 두드리는 건 삼가세요. 저는 비밀을 털어놓을 만한 상대가 못 됩니다."

그들 뒤에서 몇몇 교수들이 저마다 데려온 어린아이들이 쏘아대는 물총을 맞으며 얼굴을 찡그린 채 웃음을 터뜨리고 있었다. 리샤르는 미소를 지으며 갈비를 뒤집었다.

"마르크, 저는 당신이 와줘서 기쁘다는 말을 하려던 거였어요. 아시죠, 저는 당신이 노력하고 있다는 걸 잘 알고 있습니다. 저는 때때로 제가 당신 입장이었으면 어땠을까 생각해봅니다. 저에게는 누이가 없지만, 여하튼 당신 입장이 되어보려고 노력하고 있어요."

"그거 고맙군요. 위안이 되는데요? 어쨌든, 당신의 파티는 아주 성공적이군요. 그런데 혹시, 영국 겨자는 없나요?"

어느 정도 반강제로 동원된 여섯 명의 학생이 사람들 무리 속을 분주하게 오가며 음식을 서빙하고, 고삐 풀린 아이들이 집안으로 들어가 가스를 틀거나 벽장 속에 숨거나 불장난을 하면서 집안을 엉망으로 만들지 않도록 감시하고 있었다―리샤르는 자신의 지위를 최대한 활용할 줄 알았기 때문에, 노동력을 구하는 데 전혀 어려움이 없었다. 그 학생들 가운데 아니 에그바움이 있었다. 그는 반대 방향에서 다가오던 그녀와 동시에 테이블 사이를 지나가려다가 바짝 붙어 서게 되었을 때에야 비로소 그녀를 알아보았다. 일 초 동안 그들은 붙어 선 채 그대로 있었다.

"어, 아니, 당신이에요?" 그는 두 손을 눈에 잘 띄는 곳에 두면서 말했다.

그녀는 어두운 표정을 지었다.

그리고 나서 조금 뒤, 학교 내에서의 히잡 착용에 관해 유럽의

회가 관여해야 한다고 주장하는 한 무리의 사람들 틈에서 그가 간신히 빠져나왔을 때, 아니가 그 앞에 우뚝 멈춰 서서, 화가 나서 벌게진 얼굴로 도대체 뭐가 문제냐고 그에게 따져 물었다.

이십 년이 넘게 학생들을 가르쳐오는 동안, 그는 한 번도 이런 일을 당해본 적이 없었다. 그런 행동, 그처럼 무례한 행동은. 그런 건방진 태도, 그런 뻔뻔스러움은. 그는 그녀보다 나이가 족히 두 배는 많았지만, 그녀는 그를 함부로 뒤흔들고 절망적인 상황으로 몰아넣었다.

그는 주위를 재빨리 둘러보면서 그녀에게 목소리를 좀 낮추라고 말했다.

"대체 뭐가 문제냐고요. 흥, 말해봐요!" 그녀가 벌컥 화를 냈다.

순간 그는 그녀의 입을 다물게 하기 위해서는 아마도 그녀의 목을 졸라야 할 거라는 생각이 들었다. 그녀가 목소리를 낮추기는커녕 오히려 점점 더 날카롭게 소리를 질러대고 있었기 때문이었다. 참다못해 그는 그녀의 팔꿈치 부분을 단단히 붙잡고 미소를 지으면서 그녀를 구석으로 끌고 갔다.

"제기랄, 돌았군." 그는 잇새로 말을 내뱉었다. "도대체 뭐야? 그 강의 때문에 이러는 건가? 그것 때문이야?"

"그것 때문이 아니라는 건 당신이 더 잘 알잖아." 그녀는 쇳소리가 나는 목소리로 대꾸했다. "못 알아듣는 척은 이제 그만두시지."

"뭐라고?"

"당신은 내 말을 완벽하게 알아들었어."

"잠깐만, 이러면 안 돼. 아니, 계속 이런 식으로 나오면 좋지 않을 거야. 얼굴이 완전히 새빨갛군. 더위라도 먹은 건가?"

그녀는 그가 여전히 꽉 움켜잡고 있는 팔을 갑자기 거친 몸짓으로 빼냈다. "그렇게 잡고 있으니까 아프잖아."

"그럴 수도 있겠군. 내 얼굴에 난 이 상처 자국들 보여? 내가 널 아프게 한다고? 날 놀리는 거야?"

이제 그가 분노로 몸을 떨 차례였다. 그녀가 사람들의 이목을 집중시킬 만한 위험한 짓을 했을 뿐만 아니라, 그가 비밀로 하고 있던 그 격심한 두통이 그녀 때문에 다시 일어나고 있었기 때문이기도 했다. 그는 눈살을 찌푸리며 덧붙여 말했다. "아니, 어디 이 일로 소란스럽게 굴어봐요, 맹세하건대 그럴 경우 당신도 그에 못지않은 대가를 톡톡히 치르게 될 거야, 내 말 명심해요."

"그럼 날 조금이라도 존중해주세요."

"뭐라고? 나는 당신을 많이 존중하고 있어. 염려 마. 당신이 걱정하는 게 그거라면 안심해도 좋아."

그녀는 한마디 말도 없이 한참 동안 그를 빤히 노려보았다. "당신은 이해하지 못하는군요, 그렇죠? 이럴 수가 있어요? 당신이 나한테 집적댔잖아요, 달콤한 말로 나를 꼬셨잖아요, 나와 만날 약속을 하고, 내 가슴을 만졌잖아요. 그래놓고 이제 와서 나 몰라라 하는 거예요? 그게 정상이라고 생각해요?"

"내가 당신 가슴을 만졌다고? 아니, 잠깐만……"

"카페테리아 소파에서."

"아, 알겠어. 당신은 그런 걸 두고 당신 가슴을 만졌다고 표현하는군. 나는 설탕 통을 붙잡으려던 거였어. 그때 일어난 일은 그거라고. 난 그 빌어먹을 설탕 통이 넘어지려고 해서 그걸 붙잡은 것뿐이야."

그는 돌리프란을 찾으러 안으로 들어갔다. 그녀가 그를 뒤따라왔다. "이봐, 아니, 좀 점잖게 행동해요. 지금은 날 조용히 내버려둬요. 원한다면, 내일 강의가 끝나고 나서 다시 만나요. 그때 아주 흥미로운 제안을 하지, 그 특강에 대해. 이건 아주 확실한 거야. 하지만 아니, 그전에 우리 서로의 입장을 이해하려고 노력해보자고. 나는 당신을 작가로 만들어줄 수 없어. 그런 능력을 가진 사람은 이 세상 어디에도 없어. 그 점에 대해 부디 동의해주길 바라. 나는 당신에게 글을 쓰는 요령과 비결을 모두 가르쳐줄 수 있어, 당신이 연필을 잡고 작품 구상을 할 때 옆에서 도와줄 수는 있어. 하지만 내가 할 수 있는 건 그게 다야. 나는 마술사가 아니야, 알겠어? 요리를 예로 들어보지. 필요한 모든 식자

재를 모아놨다고 요리가 저절로 될까? 물론 아니지. 천부적인 재능이 필요해. 당신 아버지가 나한테 한번 더 자기 친구들을 보낼 수도 있겠지. 하지만 그런다고 해서 달라지는 건 아무것도 없어. 우리가 이야기하고 있는 건 돈벌이하고는 상관이 없는 거야. 만일 그게 그런 거라면, 아니, 난 오래전에 돈을 제법 모았을 거야. 여기서 문학을 가르치는 게 아니라 내가 직접 문학을 하고 있었을 거다, 이 말이야. 그걸 분명히 이해해야 해."

그녀는 다시 한번 그를 뚫어져라 쳐다보았다. "잘 들어요. 한 가지만 얘기할게요. 나는 당신이 하는 말이 정확히 무슨 소린지 하나도 모르겠어요. 나는 단지 내가 왜 당신 마음에 들지 않는 건지 그 이유를 알고 싶을 뿐이에요. 도대체 뭐가 문제인지 알고 싶다고요."

그들에게 전혀 관심을 기울이지 않고 약간 술에 취해 끼리끼리 껴안고 있는 몇몇 학생들 말고는, 그곳에는 그들뿐이었다. "아니. 좋아. 당신이 내 두통을 더 자극하려고 여기 있는 거라면 그렇다고 말해. 당장 그렇다고 말해요. 그러면 우린 시간을 절약할 수 있을 테니까. 그러지 말고 아스피린을 찾는 걸 도와줘. 최선의 방법이 뭔지 알아? 그건 바로 우리가 손을 잡는 거야."

"어림도 없어요."

"좋아. 적어도 그건 솔직하군."

그들은 벽장과 서랍 몇 개를 열어보았다. "나한테 왜 그랬어요?" 아니가 어떤 그릇 뒤에서 찾아낸 아스피린 한 판을 그에게 내밀면서 물었다. 그는 가벼운 고갯짓으로 그녀에게 고마움을 표시했다. "이걸 항상 몸에 지니고 다녀야겠군." 그가 물병을 낚아채면서 말했다. 그리고 아스피린을 몇 알 삼켰다. "아니, 일 분만 곰곰이 생각해봐. 여학생과 관계를 가졌다고 누가 찌르기라도 하면 내가 어떤 위험에 처하게 될지 알아? 저들을 봐요." 그는 교직원들과 그 배우자들이 모여 있는 그늘진 정원 쪽을 가리키면서 말했다. "당신 생각은 어때요? 내 목이 달아나 톱밥 속에 뒹굴게 되기까지 나한테 시간을 얼마나 줄 겁니까? 아마도 늙은 소아성애자 신부만큼 혐오스러운 인간으로 낙인찍히지는 않겠지만, 그걸로 끝일 겁니다. 정말이에요. 저 사람들을 봐요."

그는 고개를 숙였다. "가장 현명한 방법은, 여기서 우리가 각자 따로 나가는 거요. 오늘은 이쯤에서 그만둡시다. 나중에, 더 적절한 시간과 장소에서 오늘 못다 한 이야기를 다시 나누자고요, 그렇게 할 거죠? 나는 사실 지금 몸이 좋지 않아요. 당신 정말 대단한 여자야. 내가 그렇게 대놓고 심하게 행동했는데도 포기하지 않다니……"

"키스해줘요. 날 당신 품안에 안고 키스해줘요."

"아니, 아니, 아니……" 그는 한숨을 내쉬었다. "내 말을 제대로 이해하지 못한 것 같군."

"당장 해줘요. 삼 초 드리겠어요. 그후에는 나도 내가 무슨 짓을 할지 책임 못 져요."

그는 이내 아니 에그바움의 양어깨를 움켜잡았다―그녀는 분명히 대단한 미인은 아니었지만, 성욕을 자극하는 엄청난 몸매를 갖고 있었다. 그녀가 그 협박을 실행에 옮기지 못하도록, 게다가 그런 생각이 그녀의 머릿속을 스치더라도 성폭행이라고 고함을 지르지 못하게 하기 위해서였다. 상대가 거침없고 무모한 여학생이라는 사실을 잘 알고 있었으니까. 그런 고집스러움은 작가라는 직업에 필요불가결한 자질 중 하나로 꼽히는 만큼, 비교적 보기 드문 자질이기도 했다. 물론 거기에는 다른 많은 자질들도 필요하지만.

그는 얼굴을 찌푸렸다. "어디다 어떻게 키스하란 거야? 입술에? 원하는 게 그거야?"

"키스를 하면서 꼭 껴안아줘요."

"아니, 정신 차려." 그는 그녀를 가볍게 흔들면서 말했다. "지금은 밤도 아니고, 여긴 우리 둘만 있는 깊은 산속도 아니야. 우리 주변에 사람들이 쫙 깔렸어. 정신 차려요. 나에게 여긴 지뢰밭이라고. 내 머리를 벌통 속에 집어넣는 거나 마찬가지란 말이야. 마르티넬리가 여기 와 있어. 총장이 저기 있다고. 20미터도 안 되는 곳에. 날 죽일 작정이야?"

"좋아요. 방으로 가요."

"뭐라고? 아냐, 그냥 여기 있는 게 낫겠군. 여기서 하지. 나중일은 하늘에 맡기고!"

"여기서 제대로 할 수 있겠어요?"

"최선을 다하지."

그는 그러기로 결심했다. 팔 전체를 잃느니 손목을 잃는 게 나았다. 그녀는 곧 그의 입속에 혀를 넣었다. 그는 그 틈에 자신들의 모습이 창을 통해 보이지 않도록 그녀의 허리를 붙잡고 빙글 돌아 창가에서 벗어났다.

더 힘든 고역과 더 짜증나는 임무들이 있었다. 아니는 마치 자신의 몸으로 그의 몸을 주조하려는 듯이 그에게 찰싹 달라붙었다. 그리고 자신만만하게 그의 목덜미를 어루만지고 그의 사타구니와 성기를 주물러댔다. 그가 그런 격렬함, 그런 접근―누군가가 유행에 뒤떨어지지 않기 위해선 필수적으로 알아야 할 '비 마이 웨폰'*의 〈포커스 플리즈〉를 틀어놓았고, 아니의 머리칼에서는 아주 좋은 냄새가 났다―을 즐겼던 시절도 있었다. 하지만

---

* 미국 샌프란시스코 출신의 삼인조 인디 록밴드. '스웰'이라는 그룹명으로 다수의 음반을 발표했다.

그 시절은 그에게 이미 아주 먼 옛날처럼 느껴졌다. 그 시절은 다른 시대에 속해 있었다. 다행히 그는 벽까지 물러나다 마지막 순간에 벽에 등을 기댔다. 일 초 더, 그리고 그는 그녀와 함께 뒤로 벌렁 나자빠졌다.

그는 그 임무를 완수하는 동안 최대한 열정을 보이려 애썼지만, 사실 마음은 딴 곳에 가 있었다. 변화를 주기 위해 그는 그녀의 엉덩이에 한 손을 갖다대고 그녀의 아랫배를 자신의 아랫배에 밀착시켰다. 그건 아주 간단한 몸짓이었지만 그녀는 민감한 반응을 보였다. 그의 두통은 사라지지 않았지만 악화되지도 않았다. 그래서 그는 그런 상황에서도 무심하게 행동하는 자기 자신이 대견하게 느껴졌다. 그는 그녀의 입술을 가볍게 깨물었다. 한번 더.

사실 그는 그 난관을 훌륭하게 헤쳐나오고 있었다. 약간 소란을 피운 것 같은 기분이 들긴 했지만, 그런 식으로 그 유감스러운 만남에서 벗어나고 있었다. 만일 그게 그의 담보물이라면, 그는 전반적으로 만족스러웠다. 그 위협은 확실히 위험천만했지만, 그는 최선을 다해 대처했다. 위험을 알아채고 뒤집히지 않기 위해 힘껏 노를 저으면서. 그리고 이제 곧 그 결실들을 거둬들일 터였다. 어쨌건 간에, 그건 좋은 교훈이었다. 앞으로는 절대로 경계를 느슨히 해서는 안 되었다. 방심하는 자는 곧 죽음이었다.

그리고 지금까지 겪은 시련들에 비추어볼 때, 그는 누구보다 더 더욱 방심해서는 안 되었다.

술병 하나가 마룻바닥 위에 굴렀다. 아르곤 가스가 주입된 이중 유리에 가로막혀 밖의 소리들은 간신히 들릴락 말락 했다. 그는 그 부근에 온통 냄새를 풍기며 바비큐에서 모락모락 피어나는 푸른 연기 자락들을 보았다. 안쪽에 무리를 지은 몇몇 학생들은 뭐에 취한 건지 정신이 상당히 몽롱해 보였는데, 그건 그의 작업을 위해 그나마 다행스러운 일이었다. 그동안 벽시계의 바늘은 돌아가고 있었고, 아니는 조금도 지친 기색을 보이지 않고 그 키스가 언제 끝날지 암시조차 하지 않으면서, 맹렬하다 싶을 정도로 적극적으로 그의 입속에서 계속 칼싸움을 벌이고 있었다.

그가 그녀를 밀어내려 하자, 그녀는 더욱 격렬하게 매달렸다. "이제 그만 정신 차려." 그는 자신의 목을 다시 바짝 조이는 그녀의 팔을 풀려고 애쓰면서 말했다. "어린애처럼 굴지 마. 약속은 약속이야. 평소에 나는 농담을 즐겨 하지. 하지만 아니, 이번만큼은 아니야. 키스 한 번, 당신이 요구한 건 그거잖아, 그리고 난 그 요구에 응해줬고. 우리가 방금 한 게 바로 그거 아닌가? 나는 그렇게 생각하는데."

그 사소한 장난질이 그에게 비싼 대가를 치르게 할 수도 있었다. 언제 누가 그곳으로 불쑥 들어올지 몰랐다. 그는 더 단단하게 힘을 주고 있는 아니의 두 팔을 더욱 세게 끌어내리며 말했다. "잘 들어요. 이건 아주 간단한 거야. 계속 이런 식으로 나온다면 앞으로 내가 어떻게 아니를 신뢰할 수 있겠어? 기회가 생길 때마다 이런 식으로 장난을 쳐서 날 골탕먹이는데, 혹시라도 우리가 사귀게 될 경우 내가 어떻게 감당하겠느냐고?"

그는 그녀의 팔을 억지로 끌어내렸다. 그녀는 저항했다. 그녀는 자기 아버지의 강인한 성격을 물려받은 게 분명했다. 그는 더 세게 힘을 주었다. 그녀가 얼굴을 찌푸렸다. 그는 손목을 비틀었다. 그가 전에 알았던 어떤 여자애는 매번 침대에서 일어나지 않으려 완강하게 버티곤 했었다. 그래서 그는 그 여자애를 매트리스 밑으로 굴러떨어뜨려 옷을 입게 만들어야만 했다. 지금도 그녀의 경우와 약간 비슷했다. 그런 여자들이 만들어내는 그런 장면들. 기가 막히는군. 유감스럽게도 그 결말은 대체로 치명적이지, 목이 정말로 심하게 아프도록 매달리던 아니를 떼어내며 그는 생각했다. 그런 여자들은 대체로 끝이 안 좋아.

"진정해." 그가 말을 이었다. "아니, 오늘 일에 대해선 내일 다시 이야기하자고. 어쨌든, 방금 그 키스는 다이너마이트 같았어."

"다이너마이트?"

"그래, 말 그대로. 쾅! 나중에 다시 얘기하자고. 약속해. 지금은 안 돼. 내일 해. 알겠지?"

그녀가 눈을 치켜뜨며 의심스러운 듯 바라보았다.

"자. 먼저 나가요." 그는 문 쪽으로 그녀의 몸을 돌려세우며 말했다. "내일 말해줄게, 아니. 지금은, 여기서 어서 빠져나가."

그는 사람들에게서 진가를 제대로 인정받지 못하는 그녀의 엉덩이를 가볍게 찰싹 때린 후에, 문으로 걸어나가는 그녀의 뒷모습을 바라보았다. 문을 나서는 순간, 그녀가 뒤돌아섰다. "다이너마이트 같았어." 그가 엄지를 추켜세우며 힘주어 말했다. "다 잘될 거야, 아니."

그는 덜컥 겁이 났다. 그녀가 사람들에게로 돌아가 무리 속에 어울리는 것을 보면서 방금 전의 상황을 돌이켜 생각하자, 공포의 차가운 베일이 한순간 그의 양어깨 위로 미끄러져내렸다. 진실은 그가 절체절명의 위기를 가까스로 피해 나왔다는 거였다. 죽음을 가까스로 모면했다, 그게 바로 진실이었다. 그걸 생각하자 그는 숨이 가빠졌다. 아니가 제기하는 문제들에 순발력 있게 대처하지 못했더라면 그가 지금 어떤 구렁텅이에서 헤엄치고 있을지는 아무도 모르는 일이었다. 지금 이 시간에 그가 어떤 끔찍한 소용돌이 속으로 계속 떨어져내리고 있을지는 그 누구도 알 수 없었다. 그리고 그와 함께 다른 몇몇 사람들까지도.

그걸 눈앞에 떠올리자 그의 편두통이 되살아났다. 그는 또다시 알약을 두세 알 삼키고, 얼굴과 목덜미의 열을 식히기 위해 세면대를 찾았다.

바람을 가르며 바로 옆을 스치고 지나가는 총알을 느끼는 건 강렬하면서도 짜릿한 경험이었다. 사람들이 말하는 것처럼 낙하산을 타고 뛰어내리는 것과 비교될 수 있는, 오르가슴에 가까운 그런 느낌. 그는 잠시 얼굴과 목덜미에 물을 끼얹고 나서 긴장이 풀린 자연스러운 표정을 지으면서 정원으로 나갔다. 그를 향한 집요한 눈길이나 특별한 시선도 찾아볼 수 없었다.

마리안이 그에게 어디에 있었느냐고 물었다. 하지만 그녀는 그의 대답에는 그닥 관심이 없는 듯했다. 오후가 시작되면서 태양이 엄청나게 강렬한 빛을 터뜨리고 있어서 대부분의 사람들이 그늘 밑을 찾아들었다. 그래서 기력을 차리기 위해 잠시 그늘에서 편안하게 휴식을 취하고 싶었던 그의 간절한 바람은 이루어질 수 없게 되었다.

리샤르 올소는 군데군데 숲이 우거진 조용한 주택단지에 살고 있었다. 그럼에도 불구하고 그 부근에 주차를 하는 건 기적이 아니고는 거의 불가능하다는 사실로 미루어볼 때, 그 주택단지 사람들은 한 가구당 차를 대여섯 대씩 소유하고 있는 게 틀림없었다. 몸을 숙이고 밖으로 몰래 빠져나가, 거리에서 다시 허리를 펴는 건 별로 어려운 일이 아니었다. 하지만 피아트를 세워둔 곳을 기억해내는 일은, 아스피린을 5~6그램은 삼켰음에도 끔찍한 두통을 불러일으켰다. 하늘에서 떨어져내리는 끔찍한 빛, 쉴새 없이 움직이는 하얀 빛 때문이었다.

그는 주춤거리면서 최선을 다해 그 주변을 이리저리 돌아다 녔지만, 지금 여기가 어디인지 말해줄 만한 살아 있는 존재를 단 하나도 만나지 못했다.

십오 분은 족히 헤맸다. 관자놀이 부분의 압력—살갗 밑에서 소리 없이 펄떡거리는 피—과 하늘에서 쏟아져내리는 강렬한 빛 때문에 곤혹스러워하면서. 게다가 선글라스를 글러브박스 안 에 넣어두고 그냥 내린 탓에 눈을 제대로 뜨지도 못한 채.

그의 머릿속에는 차에 타자마자 선글라스부터 꺼내 써야겠다 는 생각뿐이었다. 선글라스를 끼고 나자 이내 마음이 아주 편안 해졌다. 빛을 약화시킬 수 있다는 것, 이렇게 빛을 어느 정도 누 그러뜨릴 수 있다는 것이 이토록 큰 안도감을 주다니. 그는 오랫 동안 두 손으로 핸들을 꽉 움켜쥔 채 눈을 감고 고개를 숙이고 있다가, 마침내 시동을 걸고 힘겹게 그곳을 빠져나왔다. 계속 왼 쪽으로 쏠리며 옆 차량을 스칠 만큼 차선을 벗어나거나 빨간불 이 꺼지는 것과 동시에 앞으로 돌진하곤 했고, 그럴 때마다 놀란 운전자들이 미친듯이 경적을 울리면서 그의 고막을 나사송곳으 로 뚫어댔다.

결국 그의 코에서 피가 흐르기 시작했다. 신호에 걸려 멈춰 있을 때 옆에 서 있는 차 안에서 공포와 혐오가 뒤섞인 찡그린 얼굴로 그를 뚫어지게 쳐다보던 한 여자가 그에게 뭔가 문제가 생겼다고 알려주었다. 백미러로 시선을 옮긴 그는 턱 위로 피가 흘러내리고 있는 것을 발견했다―그리고 피는 그의 셔츠 앞자락을 적시고 있었다. 신호등이 초록색으로 바뀌었는데도 그가 움직이지 않자 차들이 경적을 요란하게 울려댔다. 그는 손수건이건 뭐건 하나쯤 발견하리라는 기대를 갖고 정신없이 주머니들을 뒤지고 있었다. 뒷좌석에 처박아둔 두루마리 휴지를 찾아낸 그는 휴지를 떼어내 콧구멍을 틀어막았다. 그러는 동안 그의 뒤쪽에 늘어서 있는 운전자들이 경적들의 콘서트에 뛰어들어 일종의 집단 히스테리를 일으키고 있었다.

그는 방향지시등을 켜고―피투성이 손으로 어정쩡하게 코를 틀어막은 채 충돌할 위험을 무릅쓰고 힘겹고 조심스럽게―오른쪽 차선으로 끼어들기를 시도하면서, 그 난관에서 간신히 벗어나 운명이 자신에게 수도 없이 마련해준 골칫거리, 달리 어찌해볼 도리 없이 고개를 마냥 뒤로 젖히고 있게 만드는 골칫거리에 몰두하려 했다.

그는 진땀을 흘리고 있었다. 코에서는 피가 흐르고, 아침부터 시달려온 극심한 편두통 때문에 완전히 맛이 간 상태였지만, 그래도 갓길에 다다를 수 있었다. 그는 시동을 끄고 비상등을 켰다. 그곳은 휴식을 취하기에 이상적인 장소는 아니었지만, 호수를 따라 나 있는 순환도로에서 사망 사고를 낼 뻔했다는 걸 생각하면 그 정도 불편은 감지덕지였다.

차량들이 바로 옆에서 마치 지하로 흐르는 강물처럼 우르릉대며 지나는 동안 그는 고개를 뒤로 젖힌 채 두루마리 휴지로 피를 계속 닦아냈다. 오후의 푸른 하늘이 군데군데 장밋빛으로 변해가고 있었다.

경찰이 차창 유리를 두드리면서 창문을 내리라는 신호를 보냈다.

그는 잠시 머뭇거리다가 두 눈을 꿈뻑거리면서 경찰의 지시에 응하기로 마음먹었다. 경찰은 끔찍한 그의 얼굴을 보고는 흠칫 놀라며 뒤로 한 발짝 물러났다. "맙소사, 무슨 일입니까, 싸웠나요?" 마르크는 고개를 가로저었다. "운전을 하실 수 있겠습니까?" 그는 고개를 끄덕였다. "그러면 선생님, 우선 차부터 빼셔야겠습니다. 먼저 가세요, 제가 뒤따라갈 테니까." 경찰은 반팔셔츠 차림에 오토바이를 타고 있었다. 그 친구는 아주 깐깐해 보였다.

극도로 흥분했을 경우 그는 되도록 빨리 자기 방으로 되돌아가거나 어두운 구석을 찾거나 모포나 덮개 같은 것들을 찾아 머리에 뒤집어썼는데, 그러면 흥분이 어느 정도 가라앉았다. 그런데 그놈의 사소한 시민의 의무 때문에 발목이 붙잡혀 집으로 돌아가지도 못하고 밖에 계속 있어야 하는 건 최악이었다. 지금도 바로 그런 최악의 경우였다. 그 의심하는 눈초리로 보아하니 뇌가 당구공 크기만 게 분명한 그 경찰관의 검문을 받아야 할 것 같았으니까.

"선생님, 병원으로 모셔다드릴까요?" 그는 고개를 저었다. "정말 괜찮습니까?" 정말, 확실하게 괜찮았다. 그 경찰관이 발음한 단어 하나하나가 마치 지금 누군가가 그의 뇌 속에 박아넣으려 하고 있는 날카로운 돌만큼이나 확실하게 와 박혔다.

"선생님, 혹시 약을 드셨나요?" 그는 다시 고개를 저었다. 극심한 흥분 상태에서 분노와 고통을 억누르고 있던 그는 혹시 핸들이 자기 손가락 사이에서 폭발하지나 않을까 싶었다. 가죽혁대로 등뼈가 부러질 만큼 심하게 두들겨맞는 동안 붙잡고 있던 나무의자의 등받이 살 하나를 손으로 부러뜨렸던 기억이 그의 머릿속에 떠올랐다. 그는 옛날부터 악력이 엄청나게 셌다. 게다가 고집도 굉장해서, 어떻게든 억눌러야 했다.

"핸들에서 손을 떼고 차에서 내려주십시오."

"내리라고요?"

"차에서 내리십시오. 두 번 반복하지 않겠습니다."

"반복할 필요 없어요. 난 귀머거리가 아니니까. 그런 식으로 꼭 경찰티를 내야 합니까?"

그는 경찰을 자극해서 좋을 게 없다는 걸 익히 알고 있었다. 그의 뇌는 폭발하기 일보 직전이었다. 관자놀이에서 피가 팔딱팔딱 뛰면서 눈 안쪽이 타들어가는 것 같았고, 콧구멍 속에서 피가 엉겨붙고 있었다. 그는 자기가 훨씬 더 꿋꿋하게 버텨낼 수 있다는 걸 알고 있었다. 하지만 충동에 지고 말았다. 그 상황에서 깊이 생각하지 못했고, 그래서 반사적으로 튀어나오는 말을 억누르지 못했다—때때로 더이상 참지 못할 때도 있었고, 그래서 시민은 가련한 꼭두각시에 지나지 않는다는 사실을 망각할 때도 있었다. 그는 자기가 냉정을 잃은 대가로 어떤 곤욕을 치르게 될까 생각하면서 차에서 내렸다—그는 경찰기동대가 용의자를 어떤 식으로 다루는지 영화를 많이 봐서 훤히 꿰고 있었다.

경찰관은 다른 운전자들을 방해하지 않도록 한쪽 구석으로 그를 데리고 갔다. 그가 내린 곳은 온갖 파편들, 엉겅퀴, 녹슨 고철, 무성하게 자란 풀들로 뒤덮여 있었다.

"무기를 가지고 계십니까?"

"무기? 아니, 그런 건 전혀 없소."

"두 손을 보닛 위에 올려놓으십시오. 앞으로 몸을 숙이세요. 다리를 벌리십시오. 확인을 해야겠습니다. 지금부터 몸을 수색합니다."

"잠깐, 내가 정신이 없어서 헛소리를 했어요."

"제 말에 그대로 따르십시오."

"이봐요, 난 지금 엄청나게 머리가 아파요."

"예, 저도 머리가 아픕니다."

*

이 시각에 그녀가 집에 있을 가능성은 희박했다. 벌써 해가 지고 있었고, 저녁노을이 미나리아재비의 노란 황금빛을 비스듬히 드리우고 있었다―그 작열하는 태양빛 때문에 선글라스가 절실했지만, 선글라스는 이미 산산조각이 나 있었다. 미리암과 같은 상황에 처한 여자가 이제 겨우 해가 질 무렵에 텅 빈 아파트 안에서 혼자 어슬렁거리고 있을 리가 없었다. 서서히 고통을 당하면서 죽고 싶은 게 아니라면.

하지만 그의 머릿속에는 그런 생각이 떠오르지 않았다. 그는 자기가 지금과 같은 상황에서 혼자 있게 되리라고는 단 한순간도 생각해본 적이 없었다. 그는 당황해서 어찌할 바를 몰랐고, 위급 상황이 발생한 경우 누군가가 옆에 있어주었으면 했기 때문이었다.

예상과는 완전히 다르게, 미리암의 창문에 환하게 불이 밝혀져 있었다.

그는 인터폰이 있는 곳까지 다리를 질질 끌며 걸어갔다. 그리고 자기 이름을 간신히 말하고 나서 이내 문에 기대어 쓰러졌다.

얼마 후, 어슴푸레한 어둠 속에서 눈을 뜬 그는 마침내 이성을 되찾았다. 그녀는 잠들어 있었다. 그의 손은 이제 떨리지 않았고, 숨결도 진정되어 있었고, 머리도 폭발할 것 같지 않았다. 마리안은 사십 년이나 이런 그의 모습을 보아왔으면서도 이보다 노련하게 대처하지 못했다. 그는 담배에 불을 붙였다. 희미한 빛조차 스며들지 않았고 바깥의 소리도 전혀 들리지 않았다. 그는 침대에서 담배를 피우는 것이 이 집안에서만큼은 무슨 죽을죄를 짓는 것처럼 받아들여지지 않기를 바랐다. 그는 그녀 쪽으로 돌아누워 그녀의 냄새를 맡기 시작했다. 그녀의 살에 코를 바짝 갖다대고 그녀의 목, 어깨, 허리를 훑어내렸다. 그 냄새들을 읽어내는 건 쉬운 일이 아니었다. 하지만 미리암의 경우엔 특히 더 어려웠다. 여러 개의 텍스트들이 서로 뒤얽혀 있는 것 같았다. 여러 개의 이미지들이 서로 겹쳐져 있었다. 그에게 불쾌하게 느껴지는 건 아무것도 없었다. 분명히 불가사의하긴 하지만 불쾌하지는 않았다, 전혀, 아무것도. 오히려 그 반대였다.

그는 자기가 그녀 집 벨을 누른 순간부터 눈을 뜬 지금 이 순간까지 의식을 잃었던 건 아닌지 궁금했다. 아무것도 기억나지 않았다. 당혹스럽게도. 분명히 초저녁이었는데 눈을 뜨고 보니 한밤중이었다.

어쨌든, 그녀가 계속 곁에 있어주었으면 하는 마음이 점점 더 절실해졌다. 그 욕구를 억누를 방법이 없었다.

왜 이십 년이나 삼십 년 전에 그녀를 만나지 못했을까? 지금껏 만나온 젊은 여자들, 여학생들이 모두 다 무슨 소용이었단 말인가? 마리안의 그림자가 한순간 그의 머릿속에 어른거렸다. 그는 담배를 껐다.

이 여자와 함께 잠을 잔 이후로 그는 자신이 사춘기를 벗어난 것 같은 기분을 느꼈다. 자신들이 밤사이에 육체관계를 가졌는지 알 수 없었지만, 그의 몸은 마치 건전지처럼 재충전된 것 같았다. 숲으로 가서 그 새로운 임무를 수행해내야 할 순간에 힘이 딸리지 않을 터였다.

그런데 그 저주받은 경찰관이 왜 하필이면 그의 품에서 심장 발작이나 뭐 그 비슷한 것을 일으킨 것일까. 하필이면 왜 그때 그런 일이 일어났을까. 전혀 예기치 않았던 일, 그 운명의 타격이. 그걸 '저주받았다'고 부르지 않는다면 뭐라고 부를까? 더럽게 사나운 불운이 아니라면 뭐란 말인가?

한탄해봐야 아무런 소용이 없었다. 차라리 적절한 조치를 취할 수 있도록 에너지를 비축하는 게 나았다. 그게 자신에게 주어진 카드패라면 그걸 순순히 받아들여야 한다고 결론을 내렸다. 예기치 않은 문제가 그의 품안에 떨어졌고, 그래서 그는 그 문제를 해결해야만 했다. 게임에서 밀려나는 자신을 보고 싶지 않다면 자신에게 주어지는 카드들을 받아들여야만 했다. 그는 규칙을 잘 알고 있었다.

새벽이 어슴푸레 밝아오기 시작할 즈음 그는 자리에서 일어나, 브래지어만 걸치고 엎드린 채 잠들어 있는 미리암을 바라보면서 옷을 입었다. 바깥 기온은 서늘했고, 납빛에서 은빛으로 변해가고 있는 호수 위에 반투명한 안개가 엷게 깔려 있었다. 그는 몸을 부르르 떨며 하품을 하고 나서, 이슬로 뒤덮인 피아트의 운전석에 앉아 시동을 걸었다. 그리고 그 집의 공동소유자가 자랑스러워하는 화단에 계속 눈길을 주면서 아래쪽 도로까지 후진했다.

이제 겨우 오전 여섯시여서, 도로는 한적했다. 아이러니하게도 대략 열두 시간 전 경찰이 그에게 하차 명령을 내렸던 바로 그 외곽 순환도로로 다시 접어들었고, 희미한 그림자를 드리우며 길게 뻗어 있는 언덕들을 향해 달렸다.

그는 차에서 내리기 전 주위를 세심하게 살폈다. 상황이 약간 복잡해지고 위태롭게 흔들리고 있다면, 두 배로 주의를 기울이면서 평형을 유지하기 위해 훨씬 더 신중하게 행동해야 했다. 도로에 인적이 없다는 것을 확인한 후 그는 차 밖으로 발을 내려놓고 고개를 들어 경관의 시신을 들쳐메고 가야 할 길을 바라보았다. 그는 한숨을 내쉬었다. 그 친구는 80킬로도 더 나가는 게 틀림없었다.

뒷좌석에서 그를 끌어내는 데만 해도 엄청나게 힘이 들었다. 그렇게 끙끙대는 동안 행여 사람들에게 들킬지도 모른다는 불안은 제쳐두고라도.

시신을 등에 짊어지고 그곳을 떠나 비탈길을 오를 준비가 되었을 때, 그는 이미 땀에 흠뻑 젖어 있었고, 거기다 덤으로 피까지 온통 뒤집어쓴 채 엉망으로 더럽혀져 있었다. 조금만 얼룩이 묻어도 펄쩍 뛰고 바지 하나도 꼼꼼하게 다림질해 입던 그가.

요즘 같은 세상에서 손을 더럽히지 않고 산다는 건 결코 쉬운 일이 아니지, 그는 무거운 짐—사이드카 순찰대원들은 여자애들이 아니었다—을 짊어지고 휘청거리면서 초목이 우거진 숲속으로 나아가며 생각했다.

하루 온종일 아무 생각 없이 피워대는 담배의 개수를 생각해볼 때, 그가 비교적 건강한 건 행운이었다. 그의 어머니가 그들 남매를 임신한 동안 단 한순간도 담배를 손에서 놓지 않았고, 그래서 마리안과 그의 유전자에 그 고약한 버릇이 들러붙게 된 거라는 소문이 돌았다. 그는 식사 도중 담배연기를 참지 못한 아버지가 한마디 말도 없이 자리를 떠버리던 모습을 떠올렸다. 그의 어머니는 아버지에게서 뭔가 반응이 있을 거라고 기다렸고, 모두가 그의 반응을 기다렸지만 아무 일도 일어나지 않았다. 그러다 문이 닫히는 소리가 나고, 그릇들이 날아다니는 소리가 들리기 시작했다.

이른 아침, 닭 울음소리가 들리는 시각에, 사십오 분은 족히 되는 중단 없는 노동 끝에, 그것도 살면서 가장 끔찍한 육체노동을 한 뒤에 마침내 그곳에 올라왔다. 해가 계곡 밑바닥, 동굴로 이르는 길의 마지막 부분에 내리꽂히고 있었다—동굴은 축축하고 미끄러운 돌출부 안쪽 깊숙이 입을 벌리고 있었다. 이제 됐다. 그는 잠시 그대로 숨을 헐떡이면서, 납빛이 된 얼굴로 떨고 있었다. 그러고 나서 아침 첫 햇살 속에서 귀뚜라미 울음소리를 들었다.

하지만 그가 일을 그렇게 처리해서 얼마나 많은 문제들을 피할 수 있는지는 아무도 알 수 없었다. 그가 방금 겪은 시련은 예민하게 촉각을 세우고 사소한 문제를 물고 늘어지기를 일삼는 경찰관과의 우발적인 분란에 비하면 아무것도 아니었다. 그는 이미 축축하게 젖어 있는 손수건으로 이마를 닦았다. 날씨는 화창할 것 같았다. 그는 그 사건을 그처럼 빠르게—그리고 별 문제 없이—처리할 수 있었던 것에 만족했다. 이제 곧 극도의 주의력을 요할 다른 문제들이 발목을 붙잡을 거라는 것을 분명히 느끼고 있었으니까. 돌연히 나타난 그 경찰관. 무엇보다도, 심약한 사람이라면 그런 직업을 갖지 않을 것이다. 완전히 미치지 않은 한은.

그는 경찰관의 시신을 갈라진 틈 바로 옆까지 밀어낸 다음, 두 발을 구르는 힘으로 시신을 허공 속으로 난폭하게 날려버렸다. 그러고 나서 모든 게 제대로 되었는지 확인하기 위해, 아무 흔적도 남지 않고 모든 게 암흑 속에 완전히 지워졌는지 확인하기 위해 심연 쪽으로 기어갔다. 모든 건 완벽했다. 경찰관의 시신은 바르바라의 시신이 걸렸던 장애물을 피하면서 아주 깔끔하게, 곧바로 밑바닥으로 떨어져내렸다.

적어도 그 일은 개운하게 처리되었다. 그는 몸을 굴려 심연의 가장자리를 벗어나면서 안도의 한숨을 내쉬었다. 그 심연의 존재는 그가 쥐고 있는 진정한 으뜸패였다. 하늘이 파래져가고 있었고, 까마귀들이 그를 가로질러 날면서 맴을 돌고 있었다. 그 심연은 아주 소중한 으뜸패였다. 확실히, 그 심연의 어둠은 부정적인 기운을 발산하고 있었고, 그래서 사람들은 그 부근으로 야영을 하러 오고 싶은 기분이 들지 않을 법했다. 하지만 그는 자기가 가는 길에 그 무시무시한 심연을 마련해준 하늘에 감사했다. 비록 그 자신이 그 속에 처박힐 뻔했었지만. 심연은 그와 견고한 동맹 관계를 맺고 있었다. 옛날에 그는 사흘 밤낮 동안 그 안에 숨어서 꼼짝도 하지 않고 지낸 적이 있었다. 그 안에서 해가 지면 그 나이 또래의 여느 아이들처럼 팔다리가 떨리기 시작하고 이가 덜거덕거리고, 두려움에 신음하게 되리라 생각했었다…… 그런데 예상과는 완전히 달리, 그의 음울한 예상과는 전혀 다르게, 그는 거기서 보호받는 느낌, 안전한 느낌, 마음이 차분히 가라앉는 것 같은 기분을 느꼈다. 주위에서 휘파람을 불고 있는 것 같은 그 끝없는 암흑과 그 깊은 동굴의 침묵에도 불구하고, 그를 괴롭히는 갈증과 허기에도 불구하고, 그를 물어뜯는 추위와, 사람들이 그를 다시 찾아냈을 때 이런저런 방식으로 그에게 가해질 응징들에도 불구하고, 그는 그 광물과 이끼로 뒤덮인 아늑한 공간 안에서 보낸 시간으로 인해 뭔가가 상당히 충족된 느낌이었다. 그 장소를 떠도는 피조물은 그에게 호감을 갖고 있는 것 같았다. 그리고 그 존재는 빛을 사라지게 하고 문을 다시 닫는 능력도 지니고 있었다. 빗장을 가로지르는 능력.

그는 눈을 감고 있다가 자칫 차가운 돌 위에서 잠이 들 뻔했다. 문제는, 이제 그가 미리암을 생각하면 심장이 더 세차게 뛰고 호흡이 더 빨라진다는 사실이었다. 그걸 무시하기는 어려웠다. 그것은 낯선 감정, 아주 새로운 감정이었으니까. 아무도 그런 감정에 대비하도록 그를 단련시켜준 적이 없었다. 그런데 정말 기이한 건, 그가 전에 그런 감정에 관해 불가항력처럼 수없이 많은 글을 썼었다는 거였다. 만일 그 감정을 겪어보지 않았거나 이런저런 방식으로 체화하지 않았다면 이야기는 진혀 전개되지 못했을 터였다. 따라서 아이러니는 그가 자신이 전혀 겪어보지 못한 감정들로 수천 페이지를 까맣게 메웠다는 사실이었다. 기가 막히게도. 그의 작품 속 수많은 인물들이 사랑에 빠졌다. 하지만 정작 그는 그 주제에 관해 정확히 무엇을 알고 있었던가? 자기가 뭘 말하고 있는지 알고나 있었을까? 이제 그는 그런 의문들에 대한 답을 알고 있었다.

어쨌든, 마리안과 그가 구축해놓은 시스템, 그들이 지난 사십 년을 별 무리 없이 꿋꿋하게 지내올 수 있게 해준 그 시스템이 이제 곧 산산조각이 날 터였다. 그는 팔꿈치에 힘을 주며 몸을 일으킨 후에, 피로 얼룩진 자신의 구두 끝을 살펴보았다.

피로 범벅이 된 지금의 상태로는 아무도 만나지 않는 게 나을 것이었다. 물론 느닷없이 코피가 쏟아졌다고 둘러댈 수도 있을 것이다. 하지만 코피가 아무리 심하다 해도 그는 코피를 흘리는 선량한 시민이라기보다는 잠시 휴식을 취하고 있는 엽기적인 살인마 같아 보였다.

그러므로 조심스럽게 다시 내려가서, 집으로 돌아가는 길에 그 어떤 새로운 사건도 일어나지 않도록 정신을 바짝 차리는 게 바람직했다. 그는 최근 며칠 동안 자신에게 휘몰아치는 상황을 제어하는 힘을 잃어갈 때의 그 무력감과 자명한 변화의 느낌을 그저 미온적으로 받아들일 뿐이었다. 예측하지 못한 사건들, 새로운 것의 매력, 교훈, 우연성, 갑작스러운 깨달음을 거부하는 건 아니었다. 하지만 그 각각의 수련 사이에 적어도 기력을 회복할 시간은 필요하지 않겠는가? 그리고 그것들을 연속적으로 처리할 수도 없을 뿐만 아니라, 한꺼번에 처리할 수도 없지 않은가?

그는 축축하고 검은 낙엽들로 몸에 묻은 피를 대충 닦아냈다. 불행하게도 누군가를 만날 경우 눈속임할 목적으로, 또는 어떤 미치광이에게 그 자리에서 살해당하는 불상사를 피하기 위해. 시간은 아직도 꽤 일렀다. 그 부근에서는 여하한 미치광이보다는 암사슴을 만날 가능성이 더 높았다. 하지만 그는 조용히, 몸을 구부린 채, 그곳의 경사를 이용해 반쯤 달리다시피 하면서 내려갔다.

세 번이나 넘어져 굴렀다. 그리고 그럴 때마다 그의 꼬리뼈에서 작은 소리가 나면서, 차디찬 번갯불이 몸을 관통했다. 그럼에도 불구하고 그는 몸을 일으켰다. 놀라운 일이었다. 최근 들어 운이 좋았던 적이 한 번도 없었을 뿐만 아니라, 세번째는 아주 심하게 굴러떨어지는 바람에 몸이 완전히 마비되어 차로 돌아가지도 못한 채 눈물로 온 얼굴을 적시고 아무도 듣지 못할 분노의 고함을 질러대며 숲속에서 한동안 꼼짝달싹도 못할 정도였기 때문이다. 그런데 몸을 일으켜세우고 다시 걷기 시작하자 가벼운 통증만 느껴질 뿐이었고, 남아 있던 통증마저도 빠르게 사라져갔다.

피아트의 운전석에 다시 앉으면서 그는 끔찍한 바늘 방석을 깔고 앉은 것 같은 느낌에 비명을 내지르면서 머리가 천장에 부딪힐 정도로 펄쩍 뛰어올랐다.

손으로 훑어봤지만 아무것도 없었다. 게다가 통증도 더이상 느껴지지 않았다. 그 날카로운 통증은 순식간에 사라져버렸다. 그런 통증이 정말 있었던가 의심이 들 정도로. 그는 운전대를 꽉 붙잡고 이를 악다문 채, 다시 조심스럽게 좌석에 앉아보려 했다. 이미 마련되어 있을지도 모르는 운명의 이면에 엄청난 불안을 느끼면서.

마침내 자리를 잡고 앉을 수 있어서 어느 정도 마음을 놓은 그는 골반을 몇 번 돌려보고, 상체를 뒤로 젖혀도 보고 앞으로 굽혀도 보고, 기침도 해보았지만, 아무렇지도 않았다. 도대체 뭘 믿어야 할지 알 수가 없었다. 아침부터 저녁까지 하루종일 꿈을 꾼 게 아닐까. 거의 언제나 육신과 자기 자신 사이에 커다란 불신이 군림하고 있었다. 그렇지만 그것에 대해 말하고 싶어하는 사람은 아무도 없었다. 그 누구도 자신의 가면이 벗겨지는 위험을 감수하고 싶어하지 않았다.

"나는 왜 항상 우리가 대양의 파도라고 생각했을까?" 프레데릭 자이델*은 최근 발표한 어떤 시에서 그렇게 자문하고 있다. 그위대한 프레데릭 자이델이. 그는 손목시계를 들여다보았다. 그는 학생들에게 거기서 사색의 실마리를 풀어나가보라는 과제를주었었다. 그리고 이제 그가 그들 앞에 나타나야 할 시간이 앞으로 한 시간도 채 남아 있지 않았다. 옷을 갈아입고, 깨끗하고 단정한 몸과 맑은 정신, 건강한 안색으로 강의실에 들어서야 했다. 그는 속력을 높였다. 도로에 혼자밖에 없었기 때문에 완전히 서투르게 힐 앤드 토**를 몇 번 시도했다. 피아트 500은 주행거리가15만 킬로가 넘었지만 아직 거뜬하게 달렸다.

그가 막연하게 예상했던 대로 마리안은 아직 집에 있었다. 그는 집을 지나친 다음 시동을 끄고 일 분을 기다린 후에 길을 거슬러 되돌아왔다. 그리고 뒷문으로 들어갔다. 입구에 걸린 거울을 보고 자기가 얼마나 끔찍한 몰골인지 알아차렸다. 그는 나지

---

* 미국의 중견 시인. 흔히 난폭하고 불안한 성적 이미지들을 이용하고 자기 자신을 비호감의 탐미주의자로 묘사하면서 극단적으로 자기 자신을 조롱하는 시를 써왔다.

** 코너를 돌 때 엔진 회전이 떨어지지 않도록 한쪽 발끝으로 브레이크를, 뒤꿈치로 액셀을 동시에 조작하는 주행 기술.

막하게 끙 하고 신음을 내질렀다. 옷과 얼굴이 온통 피투성이였다. 부엌에서 커피머신과 이야기하고 있는 누이의 기척이 들렸다. "이번엔 좀더 진하게 만들어주면 안 되겠니? 내가 버튼을 제대로 누르지 않았던 거야? 아, 제발!"

그는 그 틈을 이용해 발끝으로 살며시 위층으로 올라왔다. 아침식사를 거른다면, 목욕을 할 수 있었다. 그는 잠시 망설이다 욕조의 수도꼭지를 틀었다. 청결 문제에 관한 한 그는 훌륭한 가정교육을 받았다. 너무도 훌륭한 가정교육을.

그는 옷을 벗었다. 옷들은 하나같이 끈적거리는데다 고약한 냄새를 풍겼다. 더운물이 콸콸 소리를 내며 욕실을 수증기로 뒤덮는 동안, 그는 거울에 비친 자기 모습을 살펴보았다. 얼굴에는 피가 주룩주룩 도랑을 그리고 있었다. 그런 상태로 남 앞에 모습을 드러내고 싶어할 사람은 아무도 없을 터였다. 하지만 그가 욕조 속에 한 발을 성큼 넣으려는 찰나, 마리안이 번쩍거리는 피의 가면을 뒤집어쓴 얼굴과 도살자 같은 손을 한 그를 발견했다.

그가 어떻게든 마리안과 부딪치지 않으려고 했던 건 바로 이것 때문이었다. 그녀가 공포에 질려 눈을 휘둥그레 뜨고는 한 손으로 자기 입을 틀어막을 게 분명했으니까. 그건 당연했다. 그는 이런 일이 일어날 줄 알고 있었다. 그녀는 꼼짝도 하지 못했다.

"발가벗고 있는 거 안 보여?" 그가 웅얼거렸다.

그것에 관해 말해봐야 소용없는 일이었다. 그 얘기를 하는 건 쓸데없는 일이었다. 그녀는 그런 이야기를 좋아하지 않았고, 그도 물론 좋아하지 않았지만, 그래도 어쩔 도리가 없었다. 그 얘기는 두 번 다시 꺼내지 않을 것이었다. 절대로. "원한다면, 오늘 저녁에 이야기하자. 지금은 안 돼. 목욕하게 날 좀 내버려둬, 알았지? 지각하고 싶지 않아. 누나도 알잖아, 그들이 날 철저히 감시하고 있다는 거. 이제 나한테서 뭐라도 꼬투리를 잡으면 절대로 그냥 넘어가지 않을 거야."

그는 수건을 집어서 서둘러 얼굴을 닦았다—욕실 안에 가득 찬 수증기와 축축한 습기는 그런대로 봐줄 만한, 그럭저럭 단정하고 거의 정상적인 몰골로 보이는 데 큰 도움이 되었다. 그러고 나서 그는 그 수건으로 자신의 성기를 가렸다.

그녀는 진저리를 치며 발길을 돌리더니 아주 빠른 걸음으로 아래층의 자기 영역으로 되돌아갔다.

지금부터 저녁이 되기 전까지 그는 자신과 그녀 둘 모두를 만족시킬 만한 변명거리를 찾아낼 생각이었다. 그가 욕조 속으로 미끄러져들어가 담배에 불을 붙이는 동안 마리안이 차에 시동을 거는 소리가 들려왔다. 꼬리뼈가 욕조 바닥에 닿을 때 그는 다시 한번 얼굴을 찡그렸다.

그 모든 건 물론 겁이 났다. 혼란스럽고 충격적인 그 일들은 두려움을 불러일으켰다. 그는 하얀 옷으로 갈아입고 강의를 하러 가면서, 앞으로 겪을 통증에 대비해 공기 주입식 튜브형 쿠션을 사야겠다는 생각을 했다.

그가 문학은 현실을 묘사하기 위해 존재하는 것이 아니라고 주장해 강의를 듣는 학생들 중 절반을 어리벙벙하게 만든 것— 나머지 절반은 그 문제에 관해 그럴듯한 의견을 제시하기에는 너무 굶주려 있었다—에 대해 몹시 흡족해하면서 자신의 소지품을 챙기고 있을 때, 짧은 옷을 입은 그녀가 그에게로 곧장 다가왔다. 그가 인정하는 아니 에그바움의 장점이 한 가지 있다면, 바로 그녀의 집요함이었다.

"다이너마이트라고, 아니? 내가 다이너마이트라는 말을 했다고? 솔직히 믿기지 않는군. 그건 내 입에서 나올 만한 어휘가 아닌데. 하지만 뭐, 그랬다 칩시다. 그건 중요한 게 아니니까. 내 책상 위에 앉지 말아요, 아니, 예의 좀 지키라고. 그건 나쁜 습관이야. 안 그래?"

"교수님은 나에게 키스했어요."

"그럴 수 있지. 물론. 다들 흔히 키스를 하니까. 봐요. 봄이 왔어. 사람들은 아침이고 저녁이고 서로 키스를 해. 우리 때는 그런 걸 가벼운 불장난이라고 불렀지. 요즈음에는 뭐라고 하는지 모르겠군. 뭐, 그건 아무래도 상관없어. 어쨌든 아니 자네와 나는 불장난을 한 거야. 물론. 그런데 무슨 문제라도 있나?"

그는 파일들을 자신의 책가방 안에 정돈해 넣으면서 잠시 그녀를 노려보았다. 여느 때 같았으면 그녀는 바르바라의 뒤를 잇는 여자가 되었을 터였다. 의심의 여지가 없었다. 그녀는 아름답지는 않았지만 남자를 자극하는 당돌한 매력을 갖고 있었다.

"아뇨, 아무 문제 없어요." 그녀가 대답했다.

"다행이군. 수업은 마음에 들었나?"

"글쎄요, 모르겠어요. 안 들었거든요."

그는 그녀에게 미소를 보내고 밖으로 나갔다.

"내가 강의를 못 들은 건 교수님한테 정신이 팔려서예요, 마르크. 난 당신에게 푹 빠져 있었다고요."

"마르크? 지금 내 이름을 부른 건가요?"

"그럼 뭐라고 불러야 하죠?"

그는 빠른 걸음으로 걸어갔다. 그녀가 뒤따라오고 있었다. 그가 걸음을 멈추었다. 그리고 그녀의 팔을 잡았다. "이봐요, 아니. 솔직하게 말하지. 당신과는 아무 상관이 없어. 당신한테는 아무 문제가 없어요. 그게 당신을 괴롭힌다면, 안심해요. 아니, 그건 당신 아버지 때문이니까. 문제는 그에게서 비롯되는 거야. 당신 아버지는 나를 아주 불편하게 하고 있어. 그가 사용하는 방법들이 나를 아주 불편하게 한다고."

"좋아요. 그 문제는 내가 해결하겠어요."

"아니, 그 말을 들으니 마음이 놓이는군. 유감이야."

그녀는 상대가 자신에게 충분히 매력을 느끼지 못한다는 사실을 받아들이기 힘든 것 같았다. 그녀의 입술이 떨리고 있었다. 하지만 다른 여자가 그의 마음을 완전히 독차지하고 있고, 상황이 크게 변하기 전까지는 그에게서 다른 모든 욕망의 샘물을 마르게 한다는 사실을 아니 그녀가 알아차렸을까? 그리고 자기가 바라는 대로 따라주지 않는다며 그녀가 소란을 피우지는 않을까 두려워하면서 그가 그 집요한 여자의 어깨 너머로 무심히 눈길을 던진 바로 그 순간, 홀 맞은편 끝에 있는 형사가 그의 눈에 들어왔다.

형사를 발견한 즉시 그는 굳어 있던 얼굴의 긴장을 풀고 느긋한 표정을 지으려 애썼다. "내가 스케줄을 한번 조정해보지." 그가 말했다. "아니가 가능한 날짜를 말해봐요. 수요일은 어때? 내가 빈 강의실을 마련해볼 수 있어. 응, 어때요?" 그 찰나의 순간 그는 형사와 눈이 마주쳤다.

"나한테 강의를 해주시겠다는 거예요?" 그녀가 의심의 눈초리로 그를 쏘아보면서 말했다. "정말이에요?"

"음, 그러니까 말하자면, 그래요, 그렇다고 해야죠." 그는 활짝 미소를 지으면서 대답했다. "약간 뒤로 물러나요. 됐어요."

그들 사이에 진정한 논쟁, 건전한 토론이 일어난다 해도, 그게 지금 이 순간 여기서 일어나서는 안 될 터였다. 학교의 권력을 쥐고 있는 자들 앞에서 구경거리가 되거나 법을 쥐고 있는 자들에게 나쁜 인상을 주는 건 피하는 게 좋았다.

그가 머리를 긁적이며 말했다. "200유로면 비싼가?"

"한 달에요?"

"아니, 한 타임당."

그는 마리안을 만나야 한다고 둘러대며 그녀를 떼어냈다. 그건 거짓말이 아니었다. 중간에 마리안을 미리 한번 만나두면 견디기 힘들 게 뻔한 저녁의 대립이 그나마 괜찮아질 거라고 생각해서 결국 그렇게 하기로 했다. 그는 내일 새벽이 될 때까지는 자신과 누이가 잠자리에 들지 못할 거라고 생각했다. 그리고 둘 모두 아마도 어지간히 술에 취해 있을 거라고.

마리안의 사무실은 캠퍼스를 바라보고 있었다. 그는 그녀에게 다정한 손짓을 보냈다. 안녕. 그녀의 표정이 굳어졌다. 아침 이후로 달라진 게 전혀 없었다. 그녀가 이제 입을 가리지 않는다는 것 말고는 분명히 아무런 진전이 없었다. 그는 그녀를 향해 휴대전화로 통화하는 시늉을 했다. 그리고 그녀에게 전화를 걸었다. "밖으로 나와서 나랑 커피 한 잔 하지 않을래? 그랬으면 좋겠어."

그녀가 입을 열었다. 하지만 그의 귀에는 그녀의 숨소리밖에는 아무 소리도 들리지 않았다. 전화기를 통해 증폭되면서 믿을 수 없을 정도로 가까이 들리는 숨소리.

"괜찮아, 괜찮아……" 그가 다시 말했다. "괜찮아. 진정해. 그럼, 아이스크림은 어때? 같이 아이스크림 먹으러 갈래? 날씨도 화창한데. 어때? 찡그린 얼굴로 날 쳐다보는 거, 이제 그만둬줄 수 없어? 그래주면 고맙겠다. 내가 누나 동생이라는 거, 잊지 말아줘."

"안 잊어. 아이스크림은 됐어. 고맙지만."

"누나 말이 맞아. 그딴 거 먹어봤자 살만 찔 테니까. 그럼 잔디밭에 드러누워 햇볕이나 쬘까? 이제 진정해. 아무 문제 없다니까."

"아무 문제 없다고? 네가 나한테 감히 그런 식으로 말할 수 있는 거야? 지랄하고 있네!"

그녀가 전화를 끊었다. 그리고 그에게서 눈길을 떼지 않고 휴대전화를 닫아 주머니에 쑤셔넣었다. 평소에 그녀는 그런 상스러운 말을 거의 하지 않았다. 그건 지금 그녀의 기분이 어떤지 알려주는 확실한 잣대였다. 그녀가 다시 전화를 했다. "지랄하고 있네." 그녀는 또 한번 같은 말을 내뱉고는 다시 전화를 끊었다. 그렇게 반복하는 건 그녀가 지금 폭발하기 일보 직전이라는 말이었다. 그녀는 둘 사이의 맹세들, 서약들, 약속들 등등을 암시하고 있는 게 틀림없었다. 하지만 그가 그것들을 성실하게 지키지 않았다고 그를 비난할 수 있을까? 그녀가 그 약속들을 할 당시의 그의 진심을 의심할 수 있을까?

그녀는 더이상 그를 보지 않기 위해 나무 블라인드를 내렸다. 하지만 그는 어쨌든 그곳에 더 머무르지 않고, 이 만남이 그런대로 성과가 있었다고 생각하면서 주차장을 향해 걸어갔다. 여하튼 몇 마디의 대화가 오고갔다. 그들이 나눈 대화 내용은 별로 중요하지 않았다. 대화의 내용은 부차적인 것이었다.

오후에 그는 미리암의 집으로 갔다. 두 사람은 옷을 벗었다. 얼마 후, 담배 한 대를 서로 나눠 피우며 그는 그 상황, 마리안과 그 자신이 어떤 식으로 살아왔는지 그녀가 대강 이해할 수 있게끔 자신의 이야기를 약간 털어놓았다. 그녀는 그의 머리를 쓰다듬으면서 조용히 듣고 있었다. 해가 저물어가고 있었다. "그래서 누이와 나는 떼려야 뗄 수 없게 묶여 있는 겁니다."

"상상이 가요. 충분히 이해할 수 있어요."

"그래서, 네, 물론 그게 때때로 버겁게 느껴지기도 해요, 당신 말에 동의해요. 하지만 나는 그녀가 내 생명의 은인이라는 걸 잊을 수 없어요. 내가 말했던가요? 상상해봐요. 어느 날 난 그 숲 어딘가의 갈라진 바위틈 속으로 떨어질 뻔했어요. 그때 만약 마리안이 위험을 무릅쓰고 내 손을 잡아 끌어올려주지 않았더라면,

지금 내가 여기서 이렇게 당신에게 이런 말을 하고 있지도 못했을 겁니다. 우리가 어느 정도로 서로 묶여 있는지 이제 알겠죠."

시간이 흐르면서 그는 담배연기로 도넛을 점점 더 능숙하게 만들어낼 수 있었다. 연기 도넛들을 자유자재로 천장까지 날려보낼 수도 있었고, 펄펄 끓는 기름 위를 부유하는 뜨거운 작은 도넛들처럼 그 자리에 떠 있게 할 수도 있었다. 그는 정신은 딴 곳을 헤매면서 짧은 순간 그것에 몰두했다. 그는 누이와 한바탕 벌이게 될 말다툼을 미리 생각했다. 그는 그런 이야기를 하는 것이 끔찍하게 싫었다—솔직히 말하자면, 그는 사실 그 일들에 대해 아무것도 모르고 있었다. 그 이야기를 꺼내고 짙은 어둠에서 그 이야기를 건져올리려는 게 두려웠지만, 거기서 달아날 수 없다는 것을 알고 있었다.

그는 미리암을 쳐다보면서, 자기가 우윳빛 피부를 지닌 빨간 머리 여자들에게 늘 맹목적으로 끌렸다는 생각이 들었다. 그는 눈을 내리깔면서 담배를 껐다. 그가 계속 누이에게 비난을 퍼붓고 원한과 적개심을 불러일으키는 심층적인 동기들—요즈음 들어 그가 그런 동기들을 더욱 배가시키고 있는 만큼—을 계속 제공한다면, 그의 누이는 입을 가리는 행동을 그만두지 않을 것이었다. 아마도 자신의 손을 물어뜯는 행동도. 그러므로 미리암과 그의 관계, 점점 더 발전해가고 있는 그 관계에 관한 얘기를 마리안이 이해심 많은 눈으로 차분하게 받아들일 가능성은 거의 없었다.

마리안이 리샤르 올소와 가까워지고 있다는 것을 이제 곧 인정해야 할 것인가? 하필이면 그가 세상에서 제일 싫어하는 인간, 주기적으로 나쁜 책들과 나쁜 작가들에게 매혹되는 신기한 재주를 가진 남자, 재미도 없고 이렇다 할 목적도 없고 두드러질 것도 놀랄 만한 것도 없는 문학을 보급하는 데 그런 식으로 기여하는 그따위 인간과 가까워지다니.

*

그가 아니 에그바움에게 처음 하는—그녀가 꼭 자기 집으로 와서 해달라고 해서 고액의 특강료를 부르게 된—강의가 오후 끝무렵 그 집 풀장가에서 진행되는 동안, 멀리 알프스산 정상 위로 햇살이 소리 없이 반짝이고 있었고, 날은 아직도 아주 좋았다. 여름이 성큼 다가온 것 같았다.

아니 에그바움은 수영복 차림이었다. 단순한 디자인의 비키니 수영복. 그녀는 과일 칵테일을 준비해놓았다. 그것은 괴상한 굵은 빨대로 장식된 커다란 유리잔에 담겨 있었다. 그녀는 테이블 위에 300유로를 올려두었다.

"300유로면 되겠어요? 한 시간에? 현금으로?" 그녀가 천진난만한 표정으로 물었다. 그는 고개를 끄덕이고 그 돈을 받아서 조용히 지갑 속에 끼워넣었다. 삼류 경호원을 고용해도 그것보다 열 곱절의 돈이 들었고, 가장 실력 없는 축구선수도 도시의 절반을 살 수 있으며, 가장 하찮은 은행가도 몇 가구를 한꺼번에 거리로 내몰 수 있었다. 300유로는 모든 대륙, 모든 나라, 모든 도시의 어떤 사람들이 수중에 갖고 있는 액수와 비교해볼 때 그리 대단한 돈이 아니었다. 300유로는 라코스테 셔츠를 장식하고 있는 악어의 눈물, 세상 끝의 아주 작은 먼지 한 톨에 불과했다.

"아니, 왜 내 강의에 등록한 거죠?" 그녀는 대답하지 않았다. 그 자신도 그 질문에 그녀가 대답을 하건 말건 별로 신경쓰지 않았다. 그는 한 손에는 칵테일 잔을, 다른 손에는 담배를 들고 있었다. 그리고 풀장의 물을 바라보면서 수영하기에 딱 좋은 날씨라고 생각했다.

"해봐요. 한번 해보세요." 그녀가 말했다. "교수님이 입을 만한 수영복을 찾아다줄게요."

속셈이 너무 빤히 들여다보여 그는 소리 죽여 웃었다. 사실 그가 다른 걸 예상하고 있었을까? 그 여자애는 완전히 미쳐 있었다. 어쨌든, 사람들이 별다른 이유 없이 그녀 기분을 상하게 하지 않으려 조심할 정도로 충분히 미쳐 있었다. 하지만 그는 수영하고 싶은 생각이 전혀 없었기 때문에, 그녀가 지난번에 제출한 작품을 함께 다시 검토해보자고 제안했다. 작품이라고 할 것도 없는 쓰레기였지만.

"저 창문 보이세요?" 그녀는 꽃이 만발한 발코니를 향해 열려 있는 3층의 긴 창을 가리켰다. "저기가 내 방이에요."

그는 말없이 한숨을 내쉬었다. 다른 많은 생각들이 그의 머릿속을 스치고 지나가는 동안, 그녀가 가슴을 앞으로 내밀면서 그에게 손을 뻗었다. 그가 그 순간 함께 있고 싶은 건 아니 에그바움이 아니었다.

그는 그녀의 제안을 무시했다. "말해봐요. 아니." 그는 자신의 가방에서 종이 몇 장을 꺼내면서 말했다. "세미콜론은 죽었다, 라는 말을 한 번도 들어본 적 없어요?"

그는 그녀가 반응할 틈도 주지 않고 자신의 심장에 한 손을 올려놓으며 그녀에게도 그렇게 해보라고 했다.

"느껴져요. 아니? 당신 심장이 당신에게 뭐라고 말하고 있죠? 귀를 기울여봐요. 우선 리듬에 대해 말해야 할 것 같군. 귀를 기울여 듣는 법도 배워야 할 것 같고."

그건 그녀와 거리를 유지하기 위해서였다. 정말로 저돌적인 여자를 상대할 때는, 사전에 틈을 보이지 않도록 조심해야 했다. 그래서 그는 그녀의 작문과 자기가 여백에 교정해준 내용을 보기 위해 가까이 다가가야 할 때에도 옆자리로 가 앉지 않고 테이블 맞은편에 그대로 있기로 했다.

그녀의 친구 바르바라와는 달리, 그녀는 글재주가 없었다. 그래서 처음 삼십 분 동안 그는 그녀의 약점들을 짚어주면서 그녀를 차분하게 가라앉히고, 문장에 적당한 리듬, 적당한 자극, 기타 등등을 주어야 한다고 나름대로 열심히 가르쳤다. 무거운 역기를 들어올리고 있는 역도선수 같은 표정을 짓지 않으려 최대한 노력하면서.

날이 저물어가고 있었다. 그 집은 고요했다. 그곳은 전면 유리가 둘러쳐져 있는 현대식 대저택이었다. 갑자기 누군가가 수영장으로 뛰어드는 소리가 들렸다. 작가가 되기를 바라는 사람이라면 갖추어야 할 최소한의 것을 자기 제자에게 좀더 분명하게 이해시키기 위해, 머릿속에 적어도 뱀의 이미지를 그려보기 위해 뱀의 유연함과 단단함을 떠올려보던 그가 고개를 들었다. 유연함과 단단함.

그녀가 다시 나타났다. "이리 들어오세요!" 그녀가 온몸에 물기를 뚝뚝 흘리며 그에게 외쳤다.

그는 덱체어에 앉아 있고 싶었다.

"이 집에 당신하고 나밖에 없어요." 그녀는 인어처럼 물살을 가르며 그가 있는 덱체어 쪽으로 다가오면서 그 사실을 분명하게 밝혔다.

그도 그럴 거라고 거의 짐작하고 있었다. 얼마 전이었더라면 이 여자의 욕망에 쉽게 따랐을 것이고, 그러면 문제는 간단히 해결되었을 것이다. 하지만 지금은 상황이 더이상 전 같지 않았다. 몇몇 산능선이 무너져내리면서 산봉우리들이 계곡 안에 자리를 잡고 있었다.

"교수님은 이걸 이성으로 통제할 수 있다고 생각하세요?" 그녀가 억양 없는 목소리로 말했다. "당신이 나한테 무슨 말을 하고 싶어하는지 내가 모를 거라고 생각해요? 그따위 시시껄렁한 헛소리들."

"무슨 시시껄렁한 헛소리? 난 아무 말도 안 했는데. 제발 생트집 잡지 말아요. 아니. 이런 종류의 일이 일어난다는 건 세상 사람 누구나 다 알아. 금방 괜찮아질 거야. 날 봐요. 나는 쉰세 살이야. 당신은 더 나은 남자를 만나야 해. 내가 아는 여자 중에, 당신 나이에 자기가 장켈레비치*를 사랑한다고 생각했던 여자가 있었지. 그녀는 그의 강의에 단 한 번도 빠진 적이 없었지만 그의 말은 한마디도 귀담아듣지 않았어."

그녀는 수면을 때려 그가 있는 쪽으로 물을 튀겼다. 하지만 그

---

* 1903~1985. 프랑스 철학자이자 음악학자.

에게 가닿지 않았다. 그는 담배에 불을 붙였다. 그리고 담배 없는 인생의 슬픔을 생각했다. 저 아래쪽에서는 도시의 불빛들이 반짝이고 있었지만, 그 집 주변은 여전히 고요했다. 벌레 소리와 황혼을 가로지르는 새들의 울음소리가 가까스로 정적을 깨뜨릴 뿐.

그는 담배를 몇 모금 빨아들였다. "나한테 누군가가 있을 수도 있다는 생각은 안 해 봤어?" 그가 물었다. "그런 생각이 들지 않던가?"

"난 질투 같은 건 안 해요. 그 여자 얘기를 하는 건가요?"

"글쎄. 예를 들어."

"그리 젊은 여자는 아니죠?"

"맞아."

그녀는 느닷없이 방문한 손님들을 위해 특별히 준비해둔 랄프로렌 스타일의 수영복을 그에게 갖다주었다. 그리고 그는 자기가 그녀의 요구에 순순히 따른 것에 만족해했다. 조짐을 보이던 두통이 거의 즉시 사라졌기 때문이었다. 산소 처리 탱크를 갖춘 풀장은 아무나 소유할 수 있는 게 분명 아니었다. 어쨌든 아, 이 얼마나 놀라운 효과인가, 이 얼마나 강력하게 추천하고 싶은 시스템인가, 아, 이 물이 피부를 얼마나 부드럽게 만들어주는가.

"그녀는 나이가 나와 비슷해. 아니도 잘 알고 있겠지만. 아니, 난 아니에게는 느낄 수 없는 종류의 감정을 그 여자한테서는 느낄 수 있어, 아니는 그걸 이해해야만 해. 어떤 순간부터는 정신이 육체보다 훨씬 더 중요한 역할을 하지. 나는 지금 내 인생에서 하나의 전환점에 있는지도 몰라. 그게 당신한테는 그다지 쿨해 보이지 않는다는 것도 알아, 아주 잘 알고 있어. 하지만 당신이 선택의 기로에 있다고 한번 상상해봐, 일 초만 내 입장이 되어 생각해보라고." 물에 몸을 담근 채 풀 가장자리에 팔꿈치를 괴고 발장구를 치고 있던 그들은 고요하게 철썩거리는 물소리와 숲속에서 들려오는 벌레들의 울음소리 사이에서 축축이 젖은 머리칼과 굳은 얼굴로 한순간 꼼짝도 하지 않고 서로를 뜯어보았다. 그러다가 그녀가 마치 용수철처럼 다리를 튕겨 그를 밀어내는 시늉, 아니면 그를 벌하기 위해 발길질을 하는 시늉을 했다. 그렇지만 아주 약하게, 전혀 격렬하지 않게. 찡그린 얼굴, 뚱한 표정으로. 그러고 나서 그녀는 다시 같은 행동을 되풀이했다. 실제로 그에게 가닿지는 않게. 마치 그와 한바탕 싸움 같은 걸 벌이고 싶어하는 것처럼, 적어도 그에게 마구 달려들고 싶은 것처럼.

그녀가 실망한 건 당연했다. 그건 그녀의 이마에 쓰여 있었다. 하지만 그녀는 그가 예상했던 것보다 훨씬 더 이성적인 모습을 보여주면서 마침내 잠잠해졌고, 그에게 주먹을 들어올리는 짓도 그만두었다.

부드러운 하얀 목욕가운들이 반듯하게 개어져 있었다. 그중 하나를 걸치자마자, 그는 서둘러 담배를 피워 물었다. 약간 진지한 애연가라면 해질녘에 피우는 첫 모금으로 절정에 다다를 수도 있었다. 그는 한 손에 칵테일을 다시 들고, 풀 가장자리에 떠 있는 아니 쪽으로 친근한 손짓을 보냈다. 모든 게 아주 유쾌해졌고, 긴장도 풀려 있었다. 공기 속에 우람한 나무 냄새와 호수 냄새가 떠돌기 시작했고, 하늘은 짙어지고 있었다. 아니가 한결 누그러진 빛 속에서 갑자기 모습을 드러냈다. 그녀가 정말로 원하고 조금이라도 습작한다면, 그는 그녀를 요즈음 나오는 웬만한 수준의 작품은 써낼 수 있을 정도까지—편집자들과 좋은 계약을 맺을 수 있을 정도까지, 심지어 몇몇 상을 받고 세계 각국에서 번역본이 나올 정도까지—끌어올릴 수 있었다. 작가가 되는 법은 생각처럼 그렇게 어렵지 않았다. 아주 형편없고 원숭이보다 약간 더 명민할까 말까 한 이들도 정상까지 기어올라가고 있지 않은가? 그가 그녀에게 훌륭한 작가들의 책을 읽게 한다면, 열심히 글을 쓰게 하고, 도발하는 기술을 가르쳐준다면, 그녀도 최악은 아닐 것이다.

"아프가니스탄은 곧 새로운 베트남이 될 거야. 모두가 그렇게 확신하고 있지. 어쨌든, 그녀는 몇 달 전부터 남편 소식을 듣지 못하고 있어. 사실, 내 개인적인 생각으로는, 그가 쉽게 돌아오지 못할 것 같아. 우리쪽 인명 피해는 아마도 정부가 언론에 떠들어대고 있는 것보다 훨씬 더 심각할 거야. 밤은 추위로 얼어붙고 낮은 불에 타는 듯한 곳이지. 그 빌어먹을 나라는 함정이야. 솔직히 말해서 나는 그가 결코 돌아오지 못할 거라고 생각해."

그녀는 얼굴을 찡그리더니, 밤공기 속에서 풀장을 몇 바퀴 돌았다.

그후에 그는 기꺼이 손을 내밀어 그녀가 물 밖으로 나오는 것을 도와주었다. 그녀를 낚아 올린 것을 몹시 기뻐하는 척하면서. 하지만 그러다가 그의 척추 마지막 마디 부근에 아주 격심한 통증이 일어서, 그는 잠시 멍해 있었다. 밝은 달빛 아래 절망적인 상태에 빠진 그는 온몸이 뻣뻣해졌다. 그의 눈에 눈물이 차올랐다. 그는 눈을 깜빡이고는, 가벼운 공포에 사로잡힌 채 격심한 강직경련이 일어난 것처럼 갑자기 방향을 돌려 가장 가까이에 있는 매트리스로 황급히 뛰어들었다.

그는 꼬리뼈를 다쳐서 잠시 쉬어야겠다고, 윙크를 하건 뭘 하건 우선 몇 분 정도 쉬어야 할 것 같다고 숨을 몰아쉬며 말했다. "유감스러운 일이지만 어떻게 해볼 도리가 없어. 아니한테 아주 강력한 효과를 내는 뭔가가 없는 한." 그는 여전히 쿵쾅거리는 심장을 진정시키면서 거칠게 숨을 내쉬었다. 그녀가 곧 분홍색 알약들을 가져왔고, 그는 망설임 없이 그걸 받아 삼켰다. 죽음조차도 좀전에 그를 가격한 그 견딜 수 없는 번갯불과는 전혀 비교할 수 없었으니까.

그는 자기 차가 있는 곳까지의 거리를 생각했다. 그리고 그 사나운 운수가 악착스럽게 자기를 따라다닌다면, 목발 없이는 거기까지 도저히 갈 수 없을 것 같았다. 그 생각을 하자 아주 끔찍했던 순간들이 머릿속에 떠올랐다. 가령, 그가 누이를 보호하려 하니까 그 여자가 그의 가슴 한복판을 걷어차 의자와 함께 넘어지며 부엌의 타일바닥 위에 내동댕이쳐졌을 때, 집안이 광기로 가득차 있던 시절, 무시무시한 폭력이 지배하고 있어서 땅바닥에 들러붙어 있는 것이 그나마 최선의 방어책이던 시절의 아주 나쁜 기억이.

수영장에 자동적으로 불이 들어왔다. 또다시 그런 방전이 느닷없이 일어날까 두렵고, 더이상 허리 근육을 사용하지 못하게 될까봐 두려운 나머지 그는 허리에 힘을 잔뜩 주고 있었다. 허리 근육들은 오직 꼼짝도 않고 그대로 있는 것만 가능할 뿐인 하나의 결절, 고통스러운 덩어리를 이루고 있었다. 그는 그냥 숨을 가다듬을 수 있도록 잠시 자기를 조용히 내버려두는 것 말고는 아무것도 원하지 않았다. 크림도, 마사지도. 꼼짝도 하지 않고 그대로 멈춰 있게 해주는 것 말고는 아무것도.

아니의 아버지 크리스티앙 에그바움―자신의 하수인들을 시켜 친절하게도 그에게 뜨거운 맛을 보여주었던 사람―이 집으로 돌아온 이후에야 비로소 그는 가까스로 자리에 앉을 수 있었다. 그의 관절들이 뻣뻣해진 만큼 그의 신경들도 날카로워져 있었다. 그는 용서를 구하고, 허벅지 위의 목욕가운 자락을 어색하게 잡아당겨 바로 폈다. 그리고 방금 막 자신의 척추 부근이 갑자기 심한 격통과 함께 근육마비를 일으켰다고 말했다. "당신이 누군지 압니다." 그 집의 주인이 대답했다. "우리 딸 학교의 교수님이시죠." 그렇게 말하면서 그는 미소 짓는 얼굴로 다가와 여유 있게 손을 내밀었다.

그러고 나서 그 아버지와 딸이 그를 양쪽에서 부축해, 마치 그가 자기 가족의 일원이라도 되는 것처럼 걱정스러워하고 그가 걸음을 뗄 때마다 격려하면서 피아트에 타는 것을 도왔다. 그는 누가 바래다주겠다는 제안을 한 번도 받아들인 적이 없다는 둥, 자기 집으로 가는 길이 아주 험해서 길을 모르는 사람은 운전하기 힘들다는 둥 온갖 핑계를 대면서 그들이 직접 데려다주겠다는 제안을 거절했다. 그 남자는 천박한 마피아 같아 보이지도, 클럽에서의 난투극에 익숙한 은행 무장 강도 같아 보이지도 않았다. 오히려 셔츠의 핏에 민감하고 향수 선택에 신중을 기하는—오늘은 세르주 뤼탕스의 '파이브 어클락 오 쟁장브르'를 선택한 듯했다—요즘의 금융 사기꾼 같아 보였다.

이상한 사람들. 집으로 돌아가는 동안 아니가 준 알약이 효력을 발휘하기 시작했다. 그 친절한 두 사람이 그가 며칠 전에 구입한 공기 주입식 쿠션 위에 그를 조심스럽게 앉혀주었고, 그래서 시내를 빠져나와 자기 집을 향해 경사를 오르고 있는 지금. 숲 위로 드리운 검은 하늘에 별들이 깨어나고 도로 위 홀로 차를 몰고 집으로 돌아가고 있는 지금.

그는 운전을 할 상태가 아니었다. 도랑에 처박히거나 난간을 들이받고 끔찍한 전복사고를 일으키며 산 아래로 굴러떨어지지 않으려면 이 코스를 정말로 속속들이 알고 있어야 했다. 도로는 구불거렸지만, 그는 그 도로를 손바닥 꿰듯 훤히 알고 있었기 때문에 위험 지역에서는 미리 조심을 하면서 큰 문제 없이 길을 나아갈 수 있었다. 반대 방향에서 느닷없이 차가 튀어나오지만 않는다면.

꼬리뼈를 허공에 둔 채 등을 등받이에 바짝 갖다 밀면서 엉거주춤 앉은 자세—꼴사납게 생긴 그 작은 쿠션이 아주 쉽게 기적을 일으키고 있었다—는 그럼에도 제법 효과가 좋은 듯했다. 그는 약간 몸을 일으켰다. 몇 분 전, 에그바움 부녀가 그를 차에 앉히고 몸이 회복되는 대로 다시 와달라고 간청하던 때는 해낼 수 없던 동작이었다.

하지만 집에 도착하자마자 그는 경적을 울렸다. 지나친 자신감으로 사소한 실수를 저질러 목적지에 다 와서 비명횡사하는 위험을 무릅쓰고 싶지 않았기 때문이었다. 그가 이동수단으로 이용하고 있는, 난쟁이들을 위해 고안된 것 같아 보이는 그 통조림 깡통에서 빠져나오기 위해서는 마리안의 도움이 필요했다. 다시 경적을 울렸지만 헛수고였다. 앞으로 약간 몸을 숙이다가, 그는 리샤르 올소의 알파 로메오가 진입로 옆의 갓길에 주차되어 있는 것을 발견했다.

차창을 내렸을 때, 그의 집에서 새어나오는, 사람이 내지르는 것 같은 고함소리가 들렸다. 참수당하는 무리의 비명 같은 소리. 개 짖는 소리일까? 사이렌 소리. 헬리콥터 소리. 총소리. 귀를 멍하게 하는 콘서트. 하지만 집 주변은 고요했다. 가느다란 하얀 연기가 뭉게뭉게 굴뚝에서 피어올라 별이 반짝이는 하늘로 그대로 사라져갔다. 달빛이 산마루를 환하게 비추고 있었고, 나무 사이로 호수의 물이 평화롭게 반짝이고 있었다. 암사슴들은 들판의 풀을 뜯어먹고, 다람쥐들은 호두를 갉아먹고, 맹금류들은 따뜻한 대기 속에서 빙빙 맴을 돌고 있었다.

그는 담배를 입에 문 뒤, 이를 악물고 차문을 열었다. 그러고 나서 팔심만으로 좌석에서 빠져나와, 감미롭고 고요한 밤공기 속에서 일단 일어섰다. 그러는 동안 집에서 흘러나오는 귀에 거슬리는 외침은 절정에 달하고 있었다. 그는 자기가 균형을 제대로 유지하는지 확인하고는 비교적 만족해하면서 라이터를 켜 담배에 불을 붙인 다음, 집 쪽으로 걸어가기 시작했다. 그날은 피우는 담배마다 기가 막히게 맛이 좋은 것 같았다.

집의 벽들이 떨리고 있었다. 그것은 〈지옥의 묵시록〉의 클라이맥스 부분에서 나오는 소리였고, 리샤르 올소가 리모컨을 들고 있었다. 믿을 수 없었지만 사실이었다. 집 전체를 들썩거리게 만드는 그 끔찍한 소란은 음향 엔지니어로 변신한 그 음흉한 명청이 리샤르의 소행일 뿐이었다.

"정말 놀라워." 마리안이 말했다. "마치 영화 속에 들어가 있는 것 같아."

그 가련한 여자는 몹시 놀라며 당황한 게 분명했다. "도대체 무슨 소릴 하는 거야?" 그는 리샤르 올소에게 눈길조차 주지 않고 그녀에게 말을 내뱉었다. "그리고 이건 도대체 뭐야?"

"마르크, 이것 보세요, 거실을 영화관으로 만드는 거예요. 내가 한번 보여드리죠, 이리 와 앉으세요."

"마리안, 내 꼬리뼈가 박살이 났어. 차에서 내려 여기까지 오는 데 십오 분이 걸렸어. 1센티, 1센티씩 기다시피 하면서. 내가 그렇게 기어오는데 가만 놔둬줘서 고마워, 너무 고마워. 네 도움은 나에게 정말 큰 힘이 되었어. 누나가 아니었더라면 내가 어떻게 여기까지 올 수 있었을지 모르겠네."

"잠깐, 마르크, 너무 비꼬아 말하지 말아요."

"이 일에 참견 마요. 내 누이와 나 사이에 끼어들려 하지 마세요. 남의 일에 괜히 시간 낭비하지 말라고요."

마리안이 갑자기 소파에서 벌떡 일어나 화면을 조준하자, 데니스 호퍼의 환각에 사로잡힌 찡그린 얼굴이 화면에서 사라졌다. "그런데, 지금 어디서 오는 거야?" 그녀가 그의 옆을 지나며 물었다.

"내가 어디서 오느냐고? 벌써 말했잖아. 강의가 있었다고."

그는 어둠 때문에 거울처럼 변한 창유리 앞에 서 있는 그녀의 등과 훤히 드러난 어깨를 쳐다보았다. 그러고 나서 결국 어쨌든 상관없다는 몸짓을 하고는, 더이상 그 두 사람과 같이 있지 않고 자신의 영역으로 가기 위해 계단 쪽으로 나아갔다. 그들과 함께 있는 시간은 몇 분이면 족했다.

그는 두 손으로 난간을 붙잡고, 이를 악물면서 첫 계단을 공략했다. 지금부터 열두 시간 후에 과연 강의를 할 수 있을까? 그는 항상 교수로서 모범을 보여야 한다는 생각을 갖고 있었고, 근면함이야말로 작가 지망생들에게 가르쳐야 할 중요한 덕목 중 하나라고 생각하고 있었다. 원하든 원하지 않든 간에 책상에 앉아 매일 꾸준히 글을 쓸 것, 하루하루 앞에서 썼던 한 문장, 한 단어를 끊임없이 다시 확인하면서 생각하고 다듬을 것. 그리고 절대로 취미로 글쓰기를 하지 않고 게으름을 피우지 말 것. 그 오랜 세월 동안 그가 결근을 한 적은 두세 번도 되지 않았다. 어떤 때에는 정말로 몸이 아프고 힘들어서, 출근하기 위해 거의 초인적인 노력을 해야 했지만. 그리고 자신의 일거수일투족을 감시당하고 있는 요즈음, 수천만 명의 실직자들이 거의 헐벗은 채 세계 곳곳에서 활개를 치고 있고 은행들의 무지막지한 지원에도 불구하고 줄줄이 파산을 하고 있는 요즈음, 그는 그 리스트에 자기가 포함되는 불상사가 일어나는 걸 원하지 않았다.

그는 이마가 축축하게 젖은 채 위층에 다다랐다. 리샤르가 와 있다는 사실뿐만 아니라 마리안의 태도 때문에도 화가 치밀 대로 치밀었다. 그가 이 집안에서 리샤르 올소를 발견한 것이 이번 주에만 벌써 두번째였고, 그의 이런 주기적인 방문이 전혀 마음에 들지 않았다. 이러다가 곧 그를 식탁에서 보게 되지는 않을까? 이른 아침에 잠옷 차림의 그와 마주치게 되는 건 아닐까? 그가 샤워를 하면서 콧노래를 흥얼거리는 소리를 듣게 되는 건 아닐까? 마리안이 갑자기 어떤 기이한 게임에 몰두하고 있는 것일까? 도대체 어쩌자는 것일까?

그가 연질 캡슐 몇 알을 삼키고 옷을 벗고 이를 닦는 동안 그의 창 아래에서 알파에 시동을 거는 소리가 들렸다. 그가 마침내 침대 쪽으로 다가갔을 때, 알파의 엔진은 이미 멀리서 붕붕거리고 있었다. 그는 조도를 낮추고 누웠다. 그러자 거의 동시에 미리암의 모습이 눈앞에 나타나면서 그의 호흡이 약간 더 빨라졌다. 말 그대로 당혹스러운 일이었다. 그가 느끼는 감정들은 그가 이제까지 느껴봤던 그 모든 것, 그가 상상해봤던 그 모든 것을 훌쩍 뛰어넘을 만큼 강렬했다. 그녀를 지금 자기 품에 안을 수 없다는 사실이 고통스럽게 느껴지기 시작했다. 그녀의 냄새를 맡을 수 없다는 것이, 그녀를 스며들어오게 할 수 없다는 것이, 그녀에게 말을 할 수 없다는 것이.

그는 마지막 담배를 꺼내들고, 알약들이 효력을 발휘해 몸 상태가 실제로 좋아진 것 같은 느낌을 확인하고는 안도의 한숨을 내쉬었다. 그는 눈을 감았다.

그리고 다시 눈을 떴을 때, 마리안이 그의 눈앞에, 침대에 앉아 있었다.

"네가 아직도 나한테 관심이 있는 줄 몰랐어." 그녀가 말했다. "그걸 알게 되어서 기뻐."

그는 팔꿈치를 짚고 몸을 일으켰다. 그는 물론 네이비블루 치멀리* 사각팬티 차림이었고, 그리고 여기는 그의 방이었다. 하지만 그는 어쨌든 간에 자기가 잘못을 저지른 것 같은 기분이 들었다. 그녀는 담배에 불을 붙이고, 나무들을 은빛으로 반짝이는 달

---

* 스위스 명품 속옷 브랜드.

빛을 향해 연기를 몇 모금 날려 보냈다. 연기는 천장을 뒤덮으며 여정을 끝마쳤다.

"도대체 내가 뭘 어떻게 해야 하는데?" 그녀가 잠시 후에 중얼거리듯 말했다. "내가 뭘 어떻게 해야 하는지 말해봐. 네가 그 사실을 얘기해줄 때까지 기다려야 해? 네가 이 집에서 나가는 날을 기다릴까? 나 혼자 남게 될 날이나 기다리고 있을까?"

그는 그녀가 약간 취해 있다는 것을 알아차렸다. 그가 담배를 들고 있는 그녀의 손목을 붙잡아 자기 입술 쪽으로 끌어당기는 동안, 그녀는 그의 행동을 가만히 지켜보았다. "누나는 언제부터 다시 혼자가 될 건데?" 그가 연기를 내뿜으면서 말했다. "리샤르 올소가 언제부터 어떤 상황에서든 누나한테 유효한 선택 사양이 됐지? 문학적 재능과 기발한 말장난을 혼동하는 그 멍청한 자식이 언제부터 누나의 관심을 붙들어 맨 거야? 그 녀석이 약이라도 먹인 거야, 뭐야? 목록 작성에나 겨우 써먹을 그따위 머리통을 달고 있는 녀석, 게다가……"

곤경에 처한 그를 구하기 위해 그녀가 어떤 방식으로든 자신의 매력을 이용했다고 비난하는 것은 분명히 배은망덕한 짓임이 틀림없었다. 그는 너무도 잘 알고 있었다. 그녀가 나서주지 않았더라면 그는 교수 자리를 잃었을 것이다. 때맞춰 그녀가 리샤르와 몇 차례 만나 그의 행동을 변호해주지 않았더라면, 그는 가차

없이 대학에서 쫓겨났을 것이다. 그 밖의 많은 일들. 그는 그 사실을 알고 있었다. 하지만 더이상 견딜 수가 없었다. 나사송곳 하나가 그의 뱃속을 휘휘 저으며 뚫고 지나갔다.

그는 자신들이 뭔가를 잃어가고 있다는 느낌을 받았지만, 그 상실을 멈출 방법을 아직 찾아내지 못했다. 그들이 서로에게 유착되어 있다는 것, 그들의 어머니가 일말의 주저도 없이 그들을 조롱하면서 일그러진 얼굴로 "피도 안 마른 두 연놈이 벌써 '붙어먹었군'"이라고 말하던 시절부터 이미 그들이 특별한 관계를 발전시켜왔다는 것은 아무도 몰랐다. 그들이 서로에게 얼마나 각별한 존재인지는 아무도 몰랐다. 그게 아니면 그가 현재의 이 모든 걸 이룰 힘을 어디서 찾았겠는가? 그게 아니면 어떤 사그라지지 않는 분노가 그의 팔을 무장시킬 수 있었겠는가?

하지만 지금은? 지금 그들은 어떤가? 결국 그는 그녀를 꽉 끌어안았다. 그리고 두 사람은 말없이 누워 있었다. 이윽고 그녀는 소리 없이 눈물을 몇 방울 흘렸다. 그러고는 그에게로 몸을 돌려 그의 다리 사이에 자신의 다리를 교차시켜 온몸으로 더욱 꽉 끌어안았다. 그는 그녀가 어떤 심정일지 너무도 잘 알고 있었다. 그 음울한 세월을 다시 떠올리게 만드는, 버림받는 것에 대한 두려움. 그리고 그 악몽 속에서 그녀를 안전하게 격리할 수 있는 건 오직 자신뿐이라는 것도 너무 잘 알고 있었다. 그는 필요한 만큼 오랫동안, 마치 그녀 주위에 견고한 울타리를 구축하려는 것처럼 자신의 두 팔과 다리로 그녀를 껴안았다. 그리고 담요를 어깨 위로 끌어올려 마치 주저앉은 텐트처럼 뒤집어쓰고 있으니 한결 나았다.

그녀는 거치적거리는 치마를 벗었다. 하지만 그처럼 팬티는 그대로 입고 있었다. 종종 그런 상황에 이를 때면 그들은 대체로 그 상태 그대로 서로 얽힌 채 가만히 잠이 들곤 했다. 세상에서 가장 자연스럽게, 마음을 가라앉히고 안심하면서. 하지만 간혹 선을 넘어설 때도 있었다. 그것이 무엇인지 제대로 깨닫지도 못한 채, 서로 껴안고 있다보니, 안심한 나머지, 너무 떨었던 나머지, 오랫동안 서로 몸을 맞대고 있다보니, 알코올이나 그 외의 물질들 때문에, 비탄에 사로잡힌 나머지. 그러다가 문득 정신을 차려보면 때가 너무 늦어 있었다. 그는 그녀 안에 들어가 있는 자신을 뒤늦게 발견했다. 그 어떤 것도 미리 계획한 바 없이, 그럴 생각이 전혀 없었음에도. 그러고 나면 둘 다 더이상 한마디 말도 하지 않았다. 그리고 다음날 아침에는 더욱 그 일에 관해 침묵했다. 저녁에도, 그다음 며칠 동안도. 두 사람 모두 그것에 대해 말할 필요를 느끼지 못했고, 그 이야기를 꺼내지 않는 것에 대해 말없이 서로에게 감사했다.

아마도 그들은 일단 선을 넘어선 순간 자신들의 행위에 쾌락을 느꼈을 것이다. 그렇지만 그것은 오늘날 통용되는 의미에서의 지극히 '성적인' 쾌락은 전혀 아니었다. 오히려 그 분위기의 격렬함을 고려해볼 때, 그것은 가능한 한 가장 긴밀하게 서로를 하나로 붙들어 매고 싶다는 강렬한 욕구와 더불어 궁극적인 정신적 결합에 더 가까웠다. 그리고 그들이 거기서 얻는 쾌락은 거의 종교적인 체험, 전면적인 초월성에 해당했다. 불이 난 그날 밤 청소도구를 보관하는 지하실 벽장 속에 숨어 있었을 때, 그녀 안에 쏟아내던 그 순간 그는 오열을 억누르지 않았던가?

그들이 마지막으로 관계를 가진 건 지난겨울이었다. 둘 다 술을 많이 마신 성탄절 전날 밤이었다. 그때 그들은 좀 지나칠 정도로 술을 많이 마셨는데, 그건 그들이 친구도 없이 거의 외톨이처럼 살고 있다는 사실—도로변이긴 하지만 숲 한가운데에서, 가장 가까운 이웃도 500미터 넘게 떨어진 거리에 있어 보이지도 않고, 그들은 그저 초목의 대양 속에 파묻혀 있을 뿐이었다—그래서 사실상 자신들이 그 공동체 내에서 있으나 마나 한 존재일 뿐이라는 사실을 다시 한번 확인하고 그 씁쓸한 기분을 이겨내야 했기 때문이었다. 그나마 다행히 그들은 백인이었고 억양이 튀지도 않아서, 그 정도로나마 마을 사람들에게 받아들여질 수 있었다.

사람들은 그를 질책하지는 않았지만 결코 그를 완전히 용서하지는 않았다. 그리고 마리안을 대할 때 마을 여자들은 거리를 두면서 새침한 태도를 보였고, 아주 간단히 그들의 관계를 의심하지 않는다 해도 어쨌든 그 두 사람의 기이한 동거를 좋게 생각하지는 않았다. 그중 나이가 아주 많은 여자들은 그 당시 그들의 이야기를 화젯거리로 삼았고, 그들이 학대당했다는 사실을 알고는 흥분하면서 그들이 안쓰럽다고 이해심 많은 태도를 보여주었다.

때때로, 술을 몇 잔 마시는 것이 유일한 구원의 수단인 것처럼 여겨지기도 했다. 술에 취하는 것은 적어도 지방 함량 0퍼센트 생치즈의 분위기에서 둘이서만 끔찍한 크리스마스이브를 보내지 않기 위해 가능한 한 빨리 빨려들어가야 할, 몇 안 되는 포용의 땅 같은 것이었다.

간밤에 눈이 내려 주위에 온통 고운 눈가루를 뿌려놓은 것 같았다. 늦지 않은 시각이었다. 산타클로스가 지상으로 내려올 준비를 하는 동안, 기울어가는 해가 불꽃으로 둘러싸인 채 조용히 윙윙거리며 빛을 발하는 가마솥 속에 잠기고 있었다.

그는 아직 옷을 갈아입지 않고 있었다. 급할 건 전혀 없었다. 지금 면도를 할 것인지 아니면 영화나 한 편 보면서 저녁이 될 때까지 슬슬 시간을 때울 것인지 생각했다.

베란다의 창유리 쪽으로 돌아서며, 그녀가 노을빛이 매혹적이라고 말하면서 첫번째 잔을 요구했다. 아직 오후 네시도 넘지 않은 시각이었지만 그녀는 고집했다. 눈으로 뒤덮인 그 멋진 풍경, 놀랍도록 마음이 포근해지는 그 풍경을 온 주의를 기울여 계속 감상할 수 있도록 빨리 술을 따라달라고 재촉했다. 그는 입을 벙긋했지만 아무 말 하지 않았다. 그러면서 머릿속으로는, 마리안이 너무 늦게 자지만 않는다면 얼마 전 새로 만나기 시작한 그 여학생을 다시 만날 계획을 벌써 세우고 있었다.

그 젊은 여자를 다시 만날 생각이 그때 그의 머릿속을 거의 차지하고 있었다. 새로운 여자가 그의 삶으로 들어올 때마다 늘 그랬듯이. 그건 정말로 위안이 되었다. 처음에는 신선한 공기를 깊이 들이마시는 것과도 같았다. 그래서 그는 마리안이 너무 오랫동안 그러고 있지 않기를 바라며, 그녀를 침대에 눕히고 젖은 수건을 그녀의 이마에 올려놓은 후 슬그머니 빠져나올 수 있기를 바라면서, 그녀가 원하는 대로 진 마티니 두 잔을 준비했다. 그들이 건배를 하는 동안, 토끼 가족이 역광의 완전한 흰빛 속에서 꼬리에 꼬리를 물고 도로를 가로질러가고 있었다. "한 잔 더 따라줘." 행렬의 후미를 따라가던 녀석이 숲속으로 사라진 후 그녀가 말했다.

저주가 그의 누이와 그를 비껴갔다고 주장하는 사람은 아무도 없었다. 하지만 그는 자신들이 살아 있다는 것에 감사해야 하며, 그토록 불행하게 생을 시작한 자신들이 비교적 정상적인 삶, 심지어 특권을 누리는 삶을 살게 해준 것에 대해 하늘에 감사해야 한다고 반박하면서, 간헐적으로 우울해지곤 하는 마리안의 리듬을 따라가지 않으려 했다.

겨울이 시작될 무렵부터 그녀의 건강 상태는 그다지 좋지 않았고, 크리스마스 축제 기간 동안 상태가 점점 더 악화되어 축제일들을 마치 좀비가 되어 지나야 할 것 같았다. 이따금 그녀가 한구석에, 심지어 바닥에 쪼그려 앉아 있는 모습을 발견하기도 했는데, 그럴 때면 그는 그녀를 안고 그녀의 방까지 데려갔다. 대개는 너무 헐렁해진, 비단처럼 부드러운 잠옷을 입은 비쩍 마른 그녀를.

그는 애써 태연한 태도를 보이면서, 저녁이 왔을 때 너무 한심해 보이지 않도록 가능한 한 오랫동안 꿋꿋하게 버티고 싶다면 대낮부터 취해선 곤란하다고 그녀에게 주의를 주었다. 황혼이 찾아오면서 능선은 벌써 금빛으로 물들고 있었다. 토끼들이 한동안 시야를 벗어나지 않고 있을 때 그녀가 그의 충고에 어깨를 으쓱하면서 잔에 다시 술을 따라 마셨다. 그리고 어쩌다 그녀의 목욕가운이 살짝 벌어지면서 끝이 뾰족하고 부드러운 깔때기처럼 생긴 그녀의 매력적인 젖가슴이 드러났다. 그가 반응할 가능성이 이미 희미해졌기 때문에, 그녀는 잠깐 꾸물거리다 이내 옷 깃을 여몄다.

그는 그녀의 시선을 피했다. 그리고 벽난로에 장작을 다시 넣었다. 금방 불꽃이 일어났다. 그녀는 벽난로를 마주하고 소파 위에 누웠다. 12월 중순에는 때때로 어리둥절할 정도로 눈 깜짝할 사이에 밤이 찾아왔다. 이제 곧 벽난로의 불빛이 그 공간의 유일한 광원이 될 터였다. 그는 소파에 등을 기대고 카펫에 앉기로 했다. "가재 먹을 생각을 하니까 기분이 좋아." 그는 자기가 하는 말이 뜬금없다는 걸 의식하면서 말했다. 마리안이 코웃음을 쳤다. 그녀가 그와 그 여학생의 관계를 알아차렸다는 것을 그는 이제 확신했다. 사람들의 시선을 조심하려고, 특히 마리안에게 들키지 않으려고 줄곧 신경을 썼음에도 불구하고. 그리고 그녀가 그 일을 비난하고 있다는 것도 확신할 수 있었다. 절대 우연이 아닌, 신랄함과 비난과 혼란과 분노를 담은 그녀의 침묵.

소리를 지르지 않으려고 그녀들이 주먹을 입에 물어봐야 소용이 없었다. 안타깝게도 그녀들의 목구멍에서 새어나오는 소리가 귀를 쫑긋 세우지 않아도 때때로 아래층까지 아주 생생하게 들려왔다. 그걸 유감스럽게 생각하고 가슴 아파하는 건 누구보다도 그였다. 그는 마리안이 따귀를 몇 대 얻어맞는 것보다는 차라리 자기가 실컷 두들겨맞는 편이 언제나 훨씬 더 낫다고 생각했고, 그들의 어머니는 그 사실을 일찌감치 알아차렸다. 그래서 그녀는 그가 마땅히 받아야 할 벌을 받기 위해 숨어 있던 곳에서 스스로 기어나올 때까지, 불쌍한 딸의 머리채를 붙잡고 흔들어 댔다.

그는 그녀가 충분히 고통을 받았다고 생각했다. 그런 그녀를 자기가 더 고통스럽게 만들 수는 없었다. 그는 목덜미를 젖히고 누이의 허벅지에 머리를 기댔다. 그녀와 접촉하기 위해. 이런 상황에서 필요한 적절한 애정, 애착, 온정을 표시하기 위해. 그는 특별히 그녀에게 다정한 태도를 보여야만 했다. 그가 담배에 불을 붙여 그녀에게 주었다. 그가 어떻게 그럴 수 있단 말인가? 도대체 그의 가슴속에 어떤 추악한 심장이 고동치고 있는 걸까? 그가 어떻게 그녀를 근심하고 불안에 떨게 만들 수 있단 말인가?

눈앞에서 날카로운 소리를 내며 타오르는 불길에 그는 이마와 뺨에 열기를 느꼈다. 밖에서는 차가운 공기가 번쩍거리는 산 위에서 내려앉아 가랜드 띠 장식 위에, 종 위에, 별 상상력 없이—분명 다방면에 걸친 오랜 제약들 탓에 달리 뾰족한 수도 없이—거리에 설치된 반짝이는 장식물들 위로 펼쳐지고 있었다. 그는 자신의 머리칼 속에서 마리안의 손길을 느꼈다. 아이였을 때 그는 누군가가 머리를 만져주고 땋아주는 것을 아주 좋아해서, 누이의 손에 기꺼이 머리를 내맡기곤 했다. 단순한 빗질만으로도 발가락 끝까지 짜릿한 전율이 일었고, 가르마를 타줄 때면 온몸에 소름이 돋았다. 그리고 무엇보다도, 그녀가 머리를 감겨줄 때면 예외 없이 발기가 되었다. 그런 순간들을 떠올릴 때면 그의 입술에 미소가 번졌다—우울증 치료제에 대한 기억이 아닌 한. 그들의 아버지는 팜올리브 표 머릿기름을 머리에 발랐었다. 아주 매끄럽고 아주 향기로운 머릿기름을.

6개월이 지난 지금, 그는 그 크리스마스이브를 가까스로 기억해낼 수 있었다. 하지만 자신들의 마지막 성관계가 바로 그날 거기서 일어났다는 것 말고는 그날에 대한 기억은 아무것도 남아 있지 않았다. 그는 자신들이 어떻게 그 유혹에 결국 굴복하게 된 건지 알 수 없었다—'굴복'이라는 단어가 거기에 딱 어울렸다—하지만 욕실의 타일바닥은 딱딱하고 차가웠고, 그가 자신들의 엉덩이 아래 가까스로 미끄러뜨려넣은 그 궁색한 발 매트는 별 도움이 되지 못했다.

그들은 지금, 6월의 온화한 날씨 속에서 다시 시작하려 하고 있었다. 그들은 희미한 어둠 속에서 팬티 차림으로 그의 침대에 함께 누워 있었다. 관능을 자극하는 희미한 어둠 속에서 그들은 마치 둘이 한데 끈으로 묶인 것처럼 바짝 껴안은 채 이리저리 몸을 굴렸고, 그 때문에 취기가 올라왔다—몇 분 전까지만 해도 완전히 불구에 가까웠던 몸으로 지금 이런 격렬한 동작을 할 수 있다는 건 기적 그 자체였다.

서로 꼭 껴안고 있는 동안 그는 자기가 요즈음 그녀와 얼마나 소원했었는지 생각하고는 깜짝 놀랐다. 어떻게 그럴 수 있었을까, 어떻게 그 정도로까지 본분을 저버리고 있었을까, 그는 되뇌었다. 어쨌든, 마리안은 수척하게 뼈만 남은 몸매에도 가슴만큼은 풍만했다. 그는 그 가슴에 얼굴을 파묻었다가, 삿갓처럼 생긴 연자줏빛 젖꼭지를 빨기 시작했다.

그녀는 그의 다정한 애무를 받을 자격이 있었다. 당연히 그는 그동안 무관심했던 자신의 행동을 만회하려고 애썼다. 하지만 동시에 그는 그녀가 리샤르와 유지하고 있는 관계를 생각하지 않을 수 없었다. 그 두 사람의 관계가 어떤 것인지 자세히는 몰랐지만 어쨌든 그 둘 사이에 모종의 관계가 있다는 사실 자체가 더할 나위 없이 불쾌했고, 그래서 그녀의 목을 조르고 싶은 욕구를 억누르느라 이를 악물어야 했다. 마리안을 소유하는 리샤르 올소를 상상하는 것, 마리안의 젖가슴을 주무르는 리샤르, 그녀의 몸 위에서 숫염소처럼 침을 흘리는 리샤르, 거친 숨을 몰아쉬는 리샤르, 그녀의 얼굴에 사정을 하는 리샤르, 기타 등등의 장면들을 상상하면서 그는 숨이 가빠졌다.

이윽고 그들은 몸을 흔들었다.

아침에 커피를 마시면서 거실로 들어서자 리샤르가 전날 집 전체를 울부짖게 만들었던 그 하이파이 기기가 그의 눈에 다시 들어왔다. 그 멍청이가 언제부터 그런 수법으로 여자를 꼬시기 시작한 것일까? 그는 전날 마리안과 리샤르가 거의 뒹굴다시피 하던 그 소파 위에 털썩 주저앉았다. 그리고 다시 눈을 들었다. 그건 긴 스탠드 스피커 시스템을 갖춘 50인치짜리 평면 화면의 홈시어터였다. 그가 리모컨을 작동시키자, 아시아 오지의 어느 마을을 휩쓸고 있는 시뻘건 황톳물이 화면에 나타났다. 암소들, 수탉들, 개들, 사람들, 모든 것이 다 함께 곤경에 처해 있었다. 화면은 아름답고, 명확하고, 빛이 났다. 하늘은 아주 미묘한 명암의 차이를 보이며 은빛이 도는 어두운 잿빛을 띠고 있었다. 한 해 동안 내릴 비가 며칠 동안 한꺼번에 쏟아져내리고 있었고, 끊임없이 변하는 불안정한 대기의 밀도는 세상 반대편에서 불어닥치는 바람의 분노를 증명하고 있었다. 그들이 소리를 죽이고 이성을 함정에 빠뜨려줄 가장 어두운 커튼, 가능한 한 가장 불투명한 안개의 장막을 자신들 위에 드리우려 애쓰면서 흥분에 사로잡혀 으르렁거리고 있었던 그 시간에.

그는 비록 여자의 성에 관한 전문가는 아니었지만, 마리안이 자신들의 관계를 그토록 거칠고 격렬하게—맹렬하다 싶을 만큼—이끌어가는 것이 왠지 좀 불안하게 느껴졌다. 거의 언제나 그녀는 그의 몸 위에서 끝을 내고 싶어했고, 반쯤 흐느끼면서 그의 배 위에서 일종의 로데오를 벌였다. 그건 정상적인 게 아니었다. 그는 의식하고 있었다. 하지만 그 문제에 대해 정상적인 게 어떤 건지 판단하는 건 그의 몫이 아니었다. 그는 한숨을 돌리러 정원으로 나왔다. 해가 떠오르고 있었고, 공기는 초록 잎 냄새를 풍기고 있었다. 빛을 발하는 안개가 호수 위에 떠 있었다. 그는 파자마 바지 위로 자신의 꼬리뼈를 조심스럽게 만져보았다. 그 부분의 문제는 해결된 것 같았다. 몇 시간밖에 못 잤지만 그래도 푹 자고 일어났다. 그 일이 끝나자마자 마리안이 욕실에 들렀다가 그대로 도둑처럼 살금살금 자기 방으로 내려간 덕분이었다. 언젠가는 그녀가 자기 공간으로 내려가는 계단에서 굴러떨어져 어디 한 군데 부러뜨리고 말지 싶을 정도로.

멀리서 개가 짖어대고 근처 나무 사이에서 뻐꾸기가 세차게 울고 있는 동안, 그는 담배에 불을 붙였다. 경찰관의 실종은 여전히 미스터리로 남아 있었고—그의 동료들은 그가 죽었다는 사실을 이제 더이상 의심하지 않았고, 어느 순환도로 진입램프의 갓길에서 채취된 피가 틀림없이 그의 것이라는 분석결과도 나왔다. 무장한 미치광이가 숲속이고 학교고 슈퍼마켓이고 마음놓고 활보하듯이 경찰 살해범이 시내에 돌아다니고 있다는 사실은 그 누구도 즐겁게 해주지 않았으며 경찰의 이미지에도 그다지 좋은 영향을 미치지 못했다. 그 사건이 일어난 직후에 경찰관들은 아무짝에도 쓸모없는 무능한 존재로 취급받고 있었다. 그렇다 할지라도 그는 더욱 조심해야 했고, 계속 경계심을 늦추지 않아야 했다. 경찰은 곳곳을 쑤시고 다니며 탐문 조사를 벌였다. 그들이 차를 추적해서 언덕 위에서 누이와 함께 살고 있는 어떤 교수에게로까지 수사망을 좁혀올 위험은 잔존해 있었다.

며칠 전 그는 또다시 그 동굴을 확인하러 갔었다. 더 정확히 말하자면, 최대한 신중을 기하기 위해 며칠 전 밤이었다. 좋은 신발과 밧줄을 갖추고 성능 좋은 손전등을 비추면서. 그때는 그가 아니 에그바움을 풀장에서 끌어올리기 전이어서, 골절상을 입은 꼬리뼈에 요통까지 겹치지 않은 상태였다. 그래서 밧줄을 몸에 단단히 감은 다음 암벽에 자라나고 있는 나무뿌리들과 관목들을 꽉 움켜잡고 동굴 밑으로 향하는 동안 한 번도 어딘가에 부딪히지 않았고, 심지어 머리 위에서 우는 올빼미를 방해하지도 않고 끝까지 내려갈 수 있었다.

그곳에서 악취는 조금도 풍겨나오지 않았다. 시신은 전혀 눈에 보이지 않았다. 그는 먼저 바르바라의 시체가 걸려 있었던 암벽 돌출부 끝에 엎드려 손전등으로 밑을 구석구석 비춰보고는 만족스러운 표정으로 조사를 마쳤다. 그 심연이 그를 조만간 배신할 것 같지는 않았다. 거기서 시신의 일부나 뼈 한 조각이라도 끌어내는 일은 결코 일어나지 않을 터였다. 마치 끝이 없는 심연

속으로 추락한 것처럼.

그는 위로 올라가기 전 담배를 한 대 피워 물었다. 그리고 별이 총총한 원반 모양의 하늘 아래 쭈그리고 앉아 거기서 박쥐들, 이끼들, 희미하게 어른거리는 부분들을 손전등으로 비춰보았다. 그는 그 장소에 있는 게 좋았다. 그는 다시 한번 그 사실을 확인했다. 그 밑으로 내려가 그 암벽 틈에 있을 때면, 이상하게도 보호받는 느낌이 들었다. 거기서는 마음 편히 숨을 쉴 수 있었고, 완전히 긴장을 풀고 머릿속을 비울 수 있었다. 다행히, 너무도 다행스럽게, 니코틴이 언제나 그를 기분좋게 도취시켰다. 그리고 그는 그 비할 데 없는 효력이 끝까지 유지되게 해달라고, 그 행복이 결코 사라지지 않게 해달라고 하늘에 빌었다. 이 세상에는 사람을 죽이는 흡연만 있는 게 아니었다. 흡연 효과의 폭은 넓었다.

그녀가 자기 방 창문을 열면서 생각에 잠겨 있던 그의 주의를 흐트려놓았을 때, 그의 눈에 들어온 그녀는 환하게 빛나면서도 찌푸린 얼굴이었다. 그들의 만남은 거의 언제나 그런 식이었다. 그가 어떻게 해석해야 할지 결코 알 수 없는 그 순간적인 찡그림. 하지만 그 찡그림의 잔상은 하루나 이틀 뒤면 희미해졌고, 대개는 평온함, 생기, 느긋함이라는 아주 긴 해변이 그 뒤를 따르곤 했다.

그는 그녀에게 손짓을 보냈다. 그는 거실의 그 낯선 물건에 관해 궁금한 게 많았지만 지금은 참아야 했다.

그 틈을 이용해 그는 잔디를 깎고, 미리암을 만났다. 자명종에서 울려나오는 세 개의 음이 그의 발가락까지 떨게 만드는 미리암의 두 칸짜리 공간에서뿐만 아니라 시내에서도 가능한 만큼 자주 만났다. '가능한 만큼 자주'라는 것은 하루에 두 번 정도를 의미했다. 아침에 문예창작 수업이 시작되기 전에 한 번, 그리고 오후 끝 즈음, 그러니까 해질 무렵 집으로 돌아가기 전에 한 번. 그것과 나란히, 물론 그가 아주 열심히 꾸준하게 하고 있는 섹스가 거기에 큰 영향을 미쳤다고 말할 수는 없지만, 어쨌든 그는 아주 실질적이고 아주 예리한, 신들린 듯한 훌륭한 강의를 했고, 그 결과 학생들은 점점 더 그의 강의를 높이 평가했다. 그 때문에 그에게 존경과 열의를 증명하고 싶어하는 건 아니 에그바움 하나만이 아니었다.

이 나라의 작가들은 거의 대부분 무가치한 존재들이었다. 그들은 따라서는 안 될 완벽한 본보기였다. 아주 좋은 본보기들. 학생들은 웃었다. 그는 여기서 훌륭한 작가들을 만들어낼 수 없다 하더라도, 적어도 훌륭한 독자들은 키워낼 수 있기를 바랐다. 귀를 기울일 줄 아는 독자들. 그는 학생들을 줄 맞춰 앉히고, 발과 손가락으로 리듬을 맞추면서 레이먼드 카버나 그에 준하는 작가의 작품을 읽기 시작했다. 그러면 그의 의도를 알아차리고 자신들도 동참할 준비가 되었다고 느낀 학생들 몇몇이 그 박자에 맞추어 그와 함께 목소리를 더했다. 그후에 또다른 학생들이 거기에 합류하면서, 강의실 전체가 으르렁거리는 급류가 되었다. 사실 그 젊은이들은 이해하고 있었다. 충분할 만큼 상세하게 설명해주고 이따금 강조를 해주는 게 필요하긴 했지만, 그들은 고루하고 심술궂은 늙은이들보다 훨씬 더 빠르게 그 리듬을 따라잡았다. 그리고 그 점에서 그는 작가가 되지 않은 것을, 그 세계 사람들과 관계가 없는 것을 아쉬워하지 않았다. 그는 그 세계에 발을 담글 일이 없는 게 더 낫다고 생각했다.

미리암은 그의 생각에 동조했다. 그건 그녀가 그 문제에 스스로 일가견이 있다고 자부해서가 아니었다. 그가 이미 그녀에게 그 세계의 역학 구조, 문학판의 불행과 영광, 매 순간 요구되는 사소한 선택들, 하나의 문장을 갖고 일어날 수 있는 온갖 갈등들, 감내해야만 하는 희생들, 언어의 절대적인 우선권, 긴장, 탄성에너지, 날 세우기, 불가피성, 자기희생에 관해 장광설을 늘어놓은 덕분이었다. 그녀는 그 주제에 관해 몇몇 진지한 개념들, 기초 지식들을 쌓아가고 있었다. 분명히 그건 그녀가 좋아하는 대화 주제는 아니었지만―그녀는 그가 겪은 그 모든 끔찍한 일들과 그가 최후의 순간에 어떻게 기적적으로 그 공포에서 벗어났는지에 관한 이야기를 훨씬 더 좋아했다—조금도 지겨워하지 않고 그의 말에 귀를 기울였고, 그 이야기를 하는 순간부터 완전히 달라지는 반짝이는 그의 두 눈을 경탄의 눈길로 가만히 바라보았다.

그녀는 때때로 그런 이야기를 하는 그의 모습이 정말로 감동적이라고 생각했다. 이 남자는 진정한 불꽃으로 타오르고 있다고, 정말 매력적인 남자라고.

문학은 매력적이었다. 하지만 그는 아무것도 이루지 못했다. 그는 자기가 작가가 될 수 있다고 믿었던 시절에 대해 이야기했다. 자기가 작가가 될 수 없다는 사실, 자신이 재능을 타고나지 못했다는 사실을 고통스럽게 깨닫게 될 때까지 품어왔던 그 미친 열망에 대해.

그런 대화는 그녀를 감동시켰다. 그가 반쯤 벗은 채로 부엌의 희미한 어둠 속에서 담배를 손에 들고 얼음 조각을 씹으며 자기 이야기를 하고 있는 동안 그녀는 그가 정말 아름답고 더할 나위 없이 매혹적이라고 생각했다. 거기다 더욱 기가 막힌 건, 그가 최근 몇 년간 만나보지 못한 아주 훌륭한 섹스 파트너이기까지 하다는 사실이었다.

"간혹 그들은 범속하기 그지없어요. 그걸 당신에게 어떻게 설명해야 할까?" 그가 말했다. "여하튼 나는 수치심을 느껴요. 사람들이 나를 그런 멍청이들 중 하나로 생각할 때면. 그렇게 형편 없는 작품들, 그런 애매모호한 잡탕들, 그런 쓰레기들을 나에게 먹으라고 내놓다니. 그들은 도대체 어디서 그런 것들을 찾아내는 걸까요? 그들은 그런 형편없는 것들을 도대체 어디서 끌어내는 걸까요? 이 나라에서 현재 살아 있는 작가들 중에 제대로 된 작가는 여섯 명도 되지 않아요. 간단하죠. 그럼 다른 작가들은 뭘 하고 있느냐고요? 그건 내게 묻지 말아요, 미리암. 나도 모르니까."

날은 더웠다. 해질녘에도 호수 위에는 물안개가 아지랑이처럼 피어오르고 있었다. 그녀는 미소를 지었다. 하지만 그는 그녀가 실망스러워하고 있다는 것을 분명히 알 수 있었다.

그런 요구를 하지 않았던 여자가 과연 한 명이라도 있었을까? 매시간, 매분, 미리암은 확실히 그가 만났던 여학생들과는 전혀 다른 모습을 보여주었지만 지금은 그 여학생들과 비슷해져 있었다. 이제 그녀는 다른 여자애들처럼 어떤 일이 있어도 그의 집으로 가야만 했다. 지나치게 강렬해진 호기심. 어떤 여자도 그 호기심을 이겨내지 못했다. 거의 코웃음이 날 지경이었다. 그가 자기는 그럴 마음이 전혀 없을 뿐만 아니라 밤이 되자마자 그의 누이가 온 집안을 휘젓고 다니며 철저하게 그를 감시하기 때문에 더더욱 그럴 수 없다고 넌지시 암시하기만 해도, 여자들은 더한 층 애가 달아 매달리면서 제발 자신들의 뜻을 받아들여달라고 간절하게 애원했다.

대체로 그는 그녀들의 욕망에 응해주고 나서, 다음날 곧바로 관계를 끝내곤 했다. 가령, 건장한 체구의 그 오스트리아 여자애 처럼 좀더 많은 관심을 줄 만한 가치가 있어서 한 달, 때로는 한 달 반까지 관계를 유예하지 않는 한. 그녀는 그에게 복잡한 문서 들을 빠르고 간단하게 처리하는 다양한 방법들과 메일 수신함 만드는 법, 이미지들을 불러오는 방법을 가르쳐주었고, 한 번도 쓴 적 없는 스텟슨 사의 가죽 헌팅캡의 경매 가격을 올리는 것을 도와주었다. 그리고 지금까지도 그는 이따금 그 젊은 금발머리 옛 정부에게서 편지를 받고 있었다. 파리로 갔다가 실패한 후 상 황이 좀더 나아지기를 기다리며 아이들의 엄마가 된 그녀는 그 에게 보낸 편지에서, 그렇게 다 망쳐버린 일, 억지로 새로운 문 을 열어보려 했던 것, 강박적으로 매달리던 그때를 후회하고 있 다고 말했다. 아마 그럴지도 모른다. 그렇지만 그때 그런 선택을 했다고 해서 그녀가 크게 손해를 본 것 같지는 않다고, 자식들이 있다는 건 중요한 것 같다고, 그는 가끔 그런 생각을 했다.

미리암도 그런 위험, 성가신 존재로 여겨질 위험을 무릅썼다. 그가 운전대를 잡고 앉았던 그 순간부터 그녀도 다른 여자들과 다르지 않다는 생각이 그의 머리를 스쳤지만, 자기가 지금까지 잘못 생각하고 있었다는 것을 이내 깨달았다. 시내를 벗어나 나지막한 관목숲 그늘 속으로 접어드는 순간부터, 그의 생각은 확고해졌다. 그는 그녀가 그곳에, 자기 옆에 앉아 있다는 사실이 몹시 기뻤다. 그가 집으로 여자를 데려갈 때마다 그를 괴롭히던 그 불편한 감정, 도중에 마리안과 마주치지 않을까 하는 생각에 온몸의 근육이 아플 정도로 긴장한 채로 신발을 손에 들고 입술에 한 손가락을 대고서 발끝으로 살금살금 홀을 지나갈 때마다 들었던 그 어정쩡하고 혼란스러운 죄책감을 이제 느끼지 않아도 되는 것이 몹시 기뻤다.

그가 차에 누군가를 태울 때면 피아트는 평소의 기능을 발휘하지 못했다. 액셀러레이터를 계속 밟아댔지만, 차는 굼벵이처럼 간신히 기어가는 것 같았다. 2단 기어로 계속 달리다가 때때로 3단 기어를 넣어 잠깐씩 휴식을 취하면서 연료를 실어나르는 항공기 모터처럼 부르릉거리는 엔진을 진정시켜야 했다. 하지만 깊이 잠든 숲속에서 지그재그로 비틀거리면서, 더 레지던츠[*]가 편곡한 거슈윈의 음악을 들으며 그녀와 함께 보내는 이 멋진 순간을 생각한다면 그런 것들이 얼마나 대단한 문제가 되겠으며,

---

[*] 아방가르드 음악과 멀티미디어 작품들로 유명한 미국의 아트 컬렉티브 그룹.

뭐 그리 대수겠는가?

물론, 그는 온 집안을 깨울 의도는 없었다. 그럴 의도는 정말이지 눈곱만큼도 없었다. 하지만 아주 엄청난 일이 일어나고 있었다. 그건 확실했다. 그는 기어를 손에서 놓고 미리암의 허벅지를 만지면서 고개를 돌려 그녀에게 미소를 지었다.

그러자 피아트가 헐떡이기 시작했고, 그래서 이번에는 전기처럼 짜릿하고 따뜻하고 부드러운 미리암의 살갗 대신 기어의 딱딱한 베이클라이트* 부분을 잡고 최대한 속도를 낮춘 다음, 커브를 틀었다. 그 바람에 그녀의 몸이 그에게로 와락 쏠렸다. 그녀는 그의 어깨에 얼굴을 묻은 채 그대로 있었다. 마치 짓궂은 연인에게 포로가 된 것처럼.

그가 살아오는 동안 그의 말을 귀기울여 들어줄 줄 아는 여자를 한 명이라도 만났던가? 그 대답은 '아니다'였다. 그 대답은 결단코 '아니다', 천만 번 '아니다'였다.

지금까지, 미리암을 만나기 전까지는. 그의 말에 귀를 기울여줄 뿐만 아니라 최대한 많은 것들을 공유하게끔 격려해주는 여자. 그녀에게 그런 것들을 털어놓으면서 느끼는 그 홀가분한 기분을 이제까지 한 번이라도 느낀 적이 있었던가? 어쨌든, 이제

---

*플라스틱의 한 종류. 페놀수지의 상품명.

그 어떤 여학생도 그의 눈에 들어올 수 없는 건 당연한 일이 아니겠는가?

아니 에그바움이 가슴을 한껏 내밀고 찾아와, 그의 책상 위에 엉덩이를 올려놓거나 불룩하게 튀어나온 음부를 책상 모서리에 대고 비벼대곤 했고, 그게 아니면 그가 강의하는 틈을 이용해 그에게 자신의 매력을 더 노골적으로 드러내려 했다. 그가 중요한 개념들이지만 놀랍게도 오늘날 거의 간과되고 있는 'bigger than life'나 'less is more'라는 개념들을 다시 설명하고 있는 동안, 그녀는 맨가슴을 드러낸 채 풀에서 물장난을 치기도 했다. 하지만 그녀가 어떻게 나오건 간에, 그는 그녀에게 더이상 욕망을 느끼지 못했다.

여학생을 만나던 시절은 이제 말라비틀어진 삭정이 같았다. 피아트가 그 동굴 아래쪽으로 지나가고 있는 동안, 미리암은 그 문제에 대해 그에게 집요하게 물었다. 다목적실에 옹기종기 모여 영화 감상을 할 때, 그가 강의실 책상들 사이를 오가며 아주 훌륭한 작가들이 형편없는 시나리오작가가 되거나 반대로 아주 훌륭한 시나리오작가들이 형편없는 작가가 되는 이유를 설명할 때 그에게 호감을 느꼈을 게 분명한 그 여학생들에 관해 캐물으면서.

바로 그 순간에 바르바라가 생각나지 않게 하려면 어떻게 해야 할까? 지금 그들이 있는 곳에서 거의 수직으로, 거기서 멀지 않은 그 움푹한 산 한복판의 암흑 속에 누워 있는 바르바라를 떠올리지 않으려면 어떻게 해야 할까? 그는 막연히 고개를 끄덕였다. "그런 여학생들은 그렇게 많지 않았어요." 그는 변명했다. "사람들은 대부분 대화할 때 과장이 심한 편이죠. 그건 거의 헛소문이에요." 그가 그녀의 반응을 살펴보자, 그녀는 그의 머리칼을 손으로 쓸어내리면서 그를 흥분시켰다.

"그애하고 당신 사이에 무슨 일이 있었나요?" 그녀는 아주 담백하게 물었다.

그는 아주 잠깐 동안 온몸이 경직됐다. 하지만 곧 유감을 표하는 긴 탄식을 내뱉었다. "아, 아니에요, 물론 아닙니다. 미리암, 아무 일도 없었어요. 가련한 바르바라, 나는 그 아이의 이름도 제대로 기억하지 못한 걸요. 그렇지만 내가 가르치는 학생 중에서 가장 뛰어난 학생이었죠."

"그애가 당신 얘기를 나한테 했었어요."

"음, 그랬군요."

"그애의 목소리가 변하곤 했죠."

"변성기였나?"

그녀는 그를 뚫어져라 쳐다보았다. 집의 불빛이 점점 가까워지고 있었다. "그렇다 하더라도 나는 전혀 거북하지 않아요." 그녀가 말했다. "오히려 그 반대예요. 나는 그게 우리 사이를 좀더 가까워지게 해줄 거라고 생각해요."

그는 그 말에 아무런 대꾸도 하지 않고 차를 세운 후 시동을 끄고 나서, 몸을 돌려 그녀의 두 손을 그러모아 잡고 손에 입맞춤을 퍼부었다. 그건 감동적이지 않은가? 감동적이라고 느낄 수 있는 게 아닌가? 그 순간, 그는 미치도록 담배가 피우고 싶었다. 그는 그녀에게 키스하기 위해 몸을 숙였다. 그리고 그때에야, 차고의 어둠 속에 파묻혀 있는 리샤르 올소의 차가 눈에 들어왔다.

*

미리암은 그가 자기 집에 들어와 살기에는 아직 너무 이르다고 생각했다. 하지만 그녀는 자기가 뭔가를 주저하기 때문에 그러는 건 절대로 아니라고 강조했다. 그는 괜찮다며 그녀를 안심시켰다. 천박한 비트족처럼 트렁크 하나와 세면도구만 달랑 챙겨 그녀의 집으로 갑자기 쳐들어가는 건 생각할 수 없는 일이었다. 그로서는 결코, 생각조차 할 수 없는 일이었다. 그건 그렇게 생각 없이 속전속결로 진행시켜서는 안 될 일일 터였다. 그들은 그렇게 경박한 사람들이 아니었다. 그들은 서로 포옹했다. 아주 희박한 가능성 또한 분명히 고려해봐야 했다. 조만간 그녀의 남편이 아프간의 오지에서 느닷없이 살아 돌아올 수도 있는 일이었다. 그럴 가능성도 있다고, 그녀는 말했다. 군 당국은 그녀의 남편을 전사자가 아닌 행방불명자로 분류해놓았다.

그는 그걸 아주 잘 이해하고 있었다. 모든 게 아주 분명했다. 그런 일로 그녀를 마음고생시켜서는 안 되었다. 그는 상황을 아주 잘 이해하고 있었다. 그가 원할 때 언제든 그녀를 만날 수 있으면 그것으로 족했다. 그에게 중요한 건 오직 그것뿐이었다. 언젠가부터 집안에 팽배해 있는 그 숨막히는 분위기, 남매로서 그들이 지내온 그 오랜 세월 동안 가장 끔찍한 요즈음의 그 분위기를 견딜 수 있게 해주는 건 바로 그것뿐이었다.

그런 생각을 하자 약간 가라앉았던 두통이 다시 그를 사로잡았다. 그날 오전에도 그는 현기증 때문에 책상에 기댄 채 강의를 끝마쳤었다. "괜찮아요, 마르크?" 아니 에그바움이 그 기회를 놓치지 않고 비틀거리는 그를 자기 몸에 바짝 끌어 부축하며 걱정스레 물었다. "내가 없었더라면 어쩔 뻔했어요?" 그리고 그를 의자 쪽으로 이끌면서 그렇게 말했었다.

사실, 그가 현기증을 느꼈던 건 이틀 전부터 아무것도 먹지 않았기 때문이었다. 게다가 섹스로 체력이 완전히 고갈되기도 했고, 누이의 도발에 맞섰던 탓도 있었다. 아니 에그바움은 그의 넥타이와 셔츠 윗단추를 풀고, 그에게 잘 보이려고 필기를 하던 노트로 부채질을 해주었다. "괜찮아요, 마르크? 부탁할 게 있으면 말해요, 내가 도와줄게요."

그녀가 그를 이름으로 부를 때마다, 그는 그 억지스러운 친밀함 때문에 숨이 막힐 지경이었다. 하지만 그녀의 성격을 익히 알고 있었기 때문에 그녀에게 그런 식으로 이름을 부르지 말라고 해봤자 헛수고일 것 같았다. 어쨌든 그후에 그녀는 그를 카페테리아로 데려갔다. 그곳은 강의 시간 동안에는 대체로 거의 텅 비어 있었다. 거기서 그녀는 머랭을 올린 파이 한 쪽을 사다 주었고, 그는 적당히 감사의 뜻을 표하면서 그것을 군말 없이 삼켰다.

"필요한 게 있으면 말해요." 그가 오렌지주스에 몸을 기울인 채, 빨대 끄트머리를 능숙하게 자기 쪽으로 구부려 두 손가락 사이에 끼고 주스를 빨아들이는 동안 그녀가 말했다. 그는 먼지구름처럼 떨고 있는 푸른 수국 무더기 쪽을 멍하니 바라보며 고개를 저었다.

"그런데 그 여자는 누구예요?" 그녀가 말을 이었다.

"그 여자라고 하지 말아요, 엄연히 이름이 있으니까. 그녀는 바르바라의 새엄마예요. 미리암 얘기를 하고 싶은가본데, 쓸데없이 남의 일에 참견 말아요."

"뭐예요, 그건? 늙은 할망구들을 더 좋아한다는 거예요? 그게 무슨 뜻이냐고요."

"늙은 할망구? 정말 기가 차는군. 그녀는 늙지 않았어. 게다가 예순 살이 되기 전에 자살하는 건 정말 가엾은 일이라고 생각해."

"나는 그 여자가 왠지 미심쩍어요. 군인이랑 결혼한 것만 봐도 그래요. 어떻게 군인과 결혼을 할 수 있죠? 세상에, 제복 입은 남자랑 어떻게? 제정신이 아닌 게 분명해, 안 그래요?"

"살면서 무슨 일이 일어날지는 아무도 모르는 거야, 아니. 미래는 아무도 장담할 수 없다고. 쉬운 길을 선택했다고 생각했는데 나중에 보니 엄청나게 복잡한 길일 수도 있지. 인간은 자신의 실수에 대한 대가를 치르느라 인생의 대부분을 허비해, 무슨 말인지 알겠어? 내가 지어낸 말이 아니야. 우리는 매일 그걸 확인하게 되지."

"기분이 좋은가보네요, 이른 아침부터."

"내가 기분이 좋은지 나쁜지 그건 전혀 중요하지 않아, 아니. 파렴치한 인간들이나 부자들 말고 솔직히 요즈음 기분좋을 사람이 누가 있겠어?"

그는 그녀와 함께 담배를 피우면서 셔우드 앤더슨과 윌리엄 사로얀을 읽어보라고 그녀에게 조언했다. 그러면 상황이 조금씩 명확하게 이해되면서 깜깜했던 어둠이 완전히 걷힐 거라고 말이다.

"말을 딴 데로 돌리지 말아요." 그녀가 말했다. "내가 그 여자에 관해 좀 알아봐줄까요? 아빠한테 말하면 단번에 알아낼 수 있는데. 그런 건 아주 쉬운 일이에요."

"고맙지만 사양하지. 진심이야. 절대로, 절대로 그런 짓은 하지 마. 나는 그런 식으로는 아무것도 알고 싶지 않으니까. 제발 내 말대로 해, 약속하지?"

그는 미리암에 관해 이미 충분히 알고 있었다. 지금 그녀에 대해 더이상 알아야 할 건 없었다. 그녀는 지금 그대로 모든 조건을 충족시키는 여자였다. 그녀는 그가 자기 자신도 모르게 늘 꿈꿔왔던 완벽한 여자 그 자체였다. 그것은 더이상 의심의 여지가 없었다, 현재로서는.

"나한테서 무슨 말을 듣고 싶은 거야? 태풍을 생각해봐. 태풍이 지나간 다음 뉴스에서 반복적으로 보여주는 갈가리 찢긴 나무들, 부서진 집들, 난장판이 된 정원들을 생각해보라고. 그 대혼란, 그 불바다, 범람하는 바다를 생각해봐, 그 광경을 상상해봐, 아니. 그러면 그녀가 나에게 어떤 결과를 불러일으켰는지 어렴풋이나마 알 수 있을 테니."

그녀는 어깨를 으쓱했다. 그러고는 자리에서 일어나 바깥 계단 여기저기 앉아 있는 또래 아이들에게로 가버렸다. 그녀가 다른 여자, 게다가 오십 줄에 접어들고 있는, 사실 어떤 면에서는 거의 할머니라고 할 수도 있는 나이의 그 여자가 그에게 끼친 영향에 관해 더 듣기를 거부하면서 그를 그곳에 세워두고 가버린 건 그게 처음이 아니었다.

그는 카페테리아의 두꺼운 창유리 너머로 그녀에게 미소를 지으며 다정한 손짓을 보냈지만, 그녀는 반응을 보이지 않았다. 그는 그녀에게 고마움을 표시하기 위해 여전히 이런저런 제스처를 해 보였다. 하지만 그녀는 고개를 숙여버렸다. 그는 자리에서 일어나 쟁반을 들고 음식 진열대 쪽으로 돌아섰다. 그리고 설탕이 듬뿍 들어간 머랭 파이를 다시 쟁반에 담았다. 저녁때까지 버티려면 연료가 필요할 테니까.

오후 수업을 준비하는 동안 그는 그동안 있었던 다양한 일들을 다시 떠올렸다. 학과장 리샤르 올소 앞에 마지못해 앉아서 아무 문제 없다고, 지금 자기가 맡고 있는 강의들과 그 외의 모든 부수적인 업무들을 완벽하게 해낼 수 있다고, 그저 미주신경에 약간 문제가 있을 뿐, 약간이라도 미소를 지어보려 하면 오히려 아주 불쾌한 뿌루퉁한 표정이 되어버리는 가벼운 안면마비증세 외에는 아무 문제 없다고 단언하며 그를 설득해야만 했었다. 그리고 그에 덧붙여, 만일 어떤 문제가 발생한다 해도 학교측은 아무런 책임이 없으며 모든 건 전적으로 그의 개인적인 책임이라는 것을 증빙하는 서류에 서명하겠다고 말했다. 그리고 리샤르는 그 제안을 서둘러 받아들이고는 서류에 서명을 받아 재빨리 어떤 서랍 안으로 밀어넣었다.

생각 같아서는 당장 그 자식의 멱살을 움켜잡고 싶었지만, 가느다란 이성 한 가닥이 간신히 그를 붙잡고 있었다.

그는 주먹을 입에 갖다대고 잔기침을 하며 말했다. "그건 그렇고, 리샤르. 갑자기 생각이 나서 하는 말인데, 무슨 생각으로 우리집에 그런 물건을 갖다놓은 겁니까? 네? 대답해보세요."

"왜요? 마음에 들던가요?"

그는 인상을 찌푸렸다. "이봐요, 리샤르, 내 마음에 들건 안 들건 그게 중요한 건 아니잖아요. 당신 형님을 찾아갔었습니다. 당신 형의 가게에 갔었다고요. 그래서 그 물건이 얼마짜리인지 압니다. 당신은 우리가 그런 쓸데없는 사치품을 사들일 여력이 있다고 생각하세요? 아니, 우리가 돈을 쌓아놓고 사는 줄 아세요? 나 원 참. 우리가 돈을 찍어낸다고 생각하는 겁니까?"

"진정하세요, 마르크. 돈 걱정은 안 하셔도 됩니다."

"돈 걱정을 하지 말라니, 내가 왜 돈 걱정을 안 해도 된다는 겁니까? 내가 당신 말을 제대로 들은 건가요? 다시 한번 말해보세요. 그리고 원래 있던 텔레비전은 어떻게 한 겁니까?"

그는 침울한 기분으로 강의실 문을 밀고 들어와 손을 들어올려 학생들을 조용히 시키고 나서 뒷짐을 지고 창가에 우뚝 멈춰 섰다. 그는 그걸 받아들이기가 어려울 것이었다. 점점 더 어려워질 것이 분명했다. 그를 향하고 있는 그 모든 시선들 때문에 그의 목덜미에 가벼운 경련이 일었다. "불안에 떨고 있는 사람들을 위해 미리 알려드리겠습니다. 여러분 가운데에도 상당수가 그렇게 생각하고 있는 것 같은데, 아침나절에 내가 신체적인 불편함을 느꼈던 건 에이즈나 A형 독감이나 크로이츠펠트야코프병에 걸려서가 아닙니다. 침착하세요, 여러분, 다들 긴장 풀어요. 우리 모두 곧 죽지는 않을 테니까. 그리고 전염병은 아니니까 마스크를 꺼내 쓰지 않아도 됩니다."

인구에 회자되는 한 작가가 있었다. 아마도 평균보다는 좀 낮지만 그래도 여전히 끔찍하고, 불안정하고, 부자연스럽고 역겹고 도저히 참을 수 없는 문체로 꼴사납게 가식적인 글을 써대는 작가, 그럼에도 비평가들이 줄기차게 만장일치로 격찬을 퍼붓고 있는 작가. 한 학생이 가방에서 그 작가의 책들을 꺼내다가 그와 부딪쳐 그중 한 권이 바닥에 떨어졌다. 그는 그 책을 주워들고 살펴보다가 몇 줄을 대충 훑어보았다. 그러고 나서 그 페이지를 찢어버린 후 책을 창밖으로 던졌다.

열차가 어떤 부분에서 탈선하는지, 그러니까 한 문장이 어떤 부분에서 그 작가의 결점, 교만이나 실패, 아집을 드러내는지 보는 건 언제나 흥미롭다고 그는 말했다. 그리고 그는 가장 먼저 눈에 들어온 문장 하나를 칠판에 옮겨 적었다. 그 문장은 다른 문장들과 마찬가지로 끝을 맺는 데 천부적인 재능을 보여주고 있었다. 쉽게 예측할 수 있는 결말로, 스릴과 긴장 효과를 낳는 데 실패한 레퍼토리로 끝을 내는 재주, 뜨내기 손님들을 상대하는 얄팍한 상술처럼 속이 훤히 들여다보이는 계략으로 멋모르는 독자들을 낚으려 하는 그런 재능. 얼마나 자만이 넘치고 얼마나 눈이 멀어야 그런 식으로 글을 쓸 수 있을까? 그런데도 이 잡지 저 잡지에서 그런 형편없는 문학을 얼마나 선전해대고 있는가? 그리고 이 작가의 작품의 경우, 얼마나 터무니없고 우스꽝스럽게 다른 작품들을 모방한 흔적들이 배어 있는지 한눈에도 훤히 보이지 않는가?

그는 뒤로 물러나서, 칠판 위에 자기가 써놓은 문장을 감탄하며 바라보았다.

이따금, 그 전투는 패배한 것처럼 보였다. 학년 말 학생들의 글에서 그런 인위적인 문학을 발견할 때면 그는 모든 것을 내팽개치고 싶은 충동과 함께 현기증을 느끼곤 했다.

"자, 이걸 좀 보세요. 이 끔찍한 공포를 봐요." 그는 고개를 가로저으며 말했다. "부디 마르그리트 뒤라스를 우리에게 되돌려주소서."

쉬는 시간을 이용해 복도로 나가 담배를 피우던 그는, 아직도 그 근처를 어슬렁거리고 있는 형사와 마주쳤다. 그가 카페테리아에서 휴식을 취하는 모습이나, 아침뿐만 아니라 하루 중 어느 때고 〈레키프〉*지를 훑어보면서 크루아상을 게걸스럽게 먹어대는 모습, 캠퍼스의 팽나무나 참나무 그늘 아래에서 거의 낮잠에 가깝게 쉬어가는 모습을 생각해보면 그 사람들이 그 대가로 보수를 얼마나 받는지 궁금할 정도였다.

형사는 어떤 날은 누군가의 신원을 확인하러 왔다고 했고, 어떤 날은 어느 학생에게 물어볼 게 있어서 왔다고 하는가 하면, 또 어떤 날은 신용카드 도난 사건 때문에 온 거라고 했다. 하지만 그는 이 캠퍼스에서 특히 이 계절에 흔히 볼 수 있는, 옷을 반쯤 벗고 다니는 여학생들을 감상하며 한껏 즐기고 있는 듯했다. 그가 기혼자이긴 했지만 사실 여자들을 눈요기하기에는 이곳만큼 좋은 곳도 없었다. 대학 캠퍼스 안에 경찰이 돌아다니고 있었지만 리샤르 올소도 별다른 정보를 갖고 있지 않았다. 아는 것이라고는 대학 내에 뭔가가 숨겨져 있고, 그래서 경찰이 뭔지 모를 숨겨진 실마리를 찾아 캠퍼스를 들쑤시고 다닌다는 것 정도였다. 하지만 총기 난사 사건들이 늘어나고, 학생 하나가 자살하기 전에 다른 누군가를 먼저 쏴 죽이고 싶은 욕망을 실천으로 옮긴 이후로 리샤르는 경찰의 그런 안전 보완책에 반대하지 않았다.

"그녀가 살아 있다고 생각하세요? 그녀에게 원한을 갖고 있던

---

* 프랑스의 스포츠 신문.

누군가가 보복을 한 건지도 모른다는 생각은 안 해봤나요?" 리샤르는 이기죽거렸다. "마르크, 내 생각을 말하자면, 그 경찰이 우리 캠퍼스 안을 마음대로 돌아다니는 건 얼마든지 괜찮아요. 나는 머리가 돌아버린 어떤 멍청이 꼬마 녀석이 쏜 총알을 맞고 골로 가고 싶진 않으니까. 그 사이코들 중 하나와 맞닥뜨리고 싶지도 않고. 개인적인 생각이지만, 이제 우리도 총기를 휴대하고 다녀야 하는 게 아닌가 하는 생각까지 든다니까요."

그가 어떻게 리샤르의 손아귀에 마리안을 내버려둘 수 있겠는가, 정말로 중요한 문제는 오직 그것뿐이었다.

두통으로 시작해서, 길게 논하고 싶지도 않은 학생들의 작품을 낭독하는 것으로 마감하는 피곤한 하루를 끝마친 그는 그날 저녁 집으로 돌아가면서 체념의 긴 한숨을 내쉬었다. 종강이 다가오고 있었기 때문에 그는 이제 곧 문체며 글쓰기, 언어에 대해, 그리고 무엇보다도 그가 학생들에게 바라는 것들에 대해 더이상 떠들어대지 않아도 될 터였다. 그가 하는 말을 이해하는 것 같은 학생은 눈을 씻고 찾아봐도 없었고, 자기 표현을 정확하게 할 수 있는 학생도, 그런대로 흥미를 끌 만한 글을 단 석 줄이라도 쓸 수 있을 만큼의 신중함과 대담함을 동시에 갖춘 학생조차 한 명도 찾아볼 수 없었으니까. 올해에도 역시 학생들의 수준은 형편없었다. 하지만 그렇지 않다 해도 글을 쓰는 게 무슨 소용이 있을까. 어두워진 숲속에 호박색 저녁빛이 스며드는 동안 그는 생각했다.

매년, 그는 학교를 그만두는 문제로 고민했다. 그리고 아마도 마리안이 없었더라면 그는 이미 오래전에 교직 생활을 접었을 것이다. 숲속 깊숙한 곳을 거닐 때마다, 이제 선생질을 그만두어야 할 때라고 결론을 내릴 때가 점점 더 많아졌다. 자신이 마치 남에게 전해줄 수 없는 것들을 전해주며 보수를 받아 챙기는 사기꾼처럼 느껴졌다. 하지만 갑자기 모든 것을 버리고 어느 숲속이나 동굴 깊숙한 곳에 들어가 살 용기는 없었다. 그 어떤 여학생도 털이 텁수룩한 야만인에게 몸을 내맡기고 싶어하지 않을 테니까, 그 누구도 흔쾌히 그를 따라오지 않을 테니까. 그것도 곰곰이 생각해봐야 할 문제였다. 섹스는 그에게 경이로운 계시 같은 것이었다. 섹스는 많은 고통들을 견디게 해주었다. 그래서 그것에 종지부를 찍어야 한다고 진지하게 생각할 때마다 마음이 흔들리지 않을 수 없었다.

집으로 돌아가기에는 시간이 아직 일렀고, 또 어떤 막연한 충동이 일어 그는 목적지에 다다르기 전 잠시 도로에서 벗어나 차를 세우고 사람들 눈에 띄지 않게 몸을 납작하게 숙인 채 스라소니처럼 날쌔고 능숙하게 오솔길을 기어올라갔다. 위로 올라갈수록 호흡이 거칠어졌고, 조약돌 몇 개가 그의 발밑에서 굴러떨어지고 잔가지들이 신음하듯 우지끈 소리를 냈다. 그에게 친숙한 소리들이었다. 그는 그 소리들을 늘 들어왔었다. 간혹 그녀가 그의 뒤를 쫓을 때, 그녀가 울부짖으면서 그를 뒤쫓기 시작하는 그 끔찍한 광경이 펼쳐질 때, 미친듯이 뛰던 그의 심장박동 소리와 뒤섞이곤 했던 그 소리들.

이십 분도 채 지나지 않아 그는 그 벌어진 틈 위로 드리운 돌출부를 기어올라가고 있었다. 아주 좋은 기록, 상당히 멋진 플레이. 천천히 걸어간다면 반시간 정도 걸릴 것이고, 짐을 짊어지고 있다면 그것보다 훨씬 더 걸릴 것이었다. 황혼이 불타오르고 있었다. 근처의 숲은 멀리서 길게 이어지다가 빠르게 사라지는 희미한 까마귀 울음소리에 박자를 맞춰 깊은 침묵으로 떨고 있었다.

그런데 갑자기 숨을 쉴 수가 없었다. 가슴이 죄어들었다. 그는 열에 들떠서 입에 담배를 물고 등을 대고 돌아누웠다. 통증을 가시게 할 만한 방도가 없었다. 힘든 시련들이 여지없이 그를 기다리고 있었다. 생살을 찢는 듯한 무시무시한 통증이 그의 머리 위쪽에서 맴돌면서 점점 더 빠른 속도로 온몸을 덮치며 소용돌이치고 있었다. 신체적 이상과 합병증이 한꺼번에 몰려들고 있다는 것을 모르는 바는 아니었지만, 그런 강도와 속도로 몰아칠 줄은 몰랐다. 그는 숨을 헐떡였다. 그런 상태로는 제대로 담배를 피울 수가 없었지만, 입안에서 감도는 담배맛이 그나마 그가 죽지 않고 버틸 수 있게 해주었다.

그는 몸이 버텨주는 동안 벽을 따라 계속 밑으로 미끄러져내려갔다. 이번에는 두통의 전조가 전혀 없었고, 눈앞에 장막도 전혀 드리워지지 않았다. 그의 생각으로는, 그건 좋은 징조가 아니었다. 뭔가 무시무시한 일이 일어날 것 같았다.

그는 지체하지 않고 허공에서 균형을 잃지 않기 위해 단단한 뿌리와 바위 사이로 등과 가슴을 비비대며 가까스로 들어갔다. 그리고 거기에 매달린 채 양어깨 사이에 고개를 파묻고 눈을 감았다.

그가 정신을 되찾았을 때, 날이 저물고 있었다. 은빛 원반 같은 하늘이 그의 머리 위 20미터 높이에 떠 있었다. 그는 정상적으로 호흡하고 있었다. 그는 온전했다. 혀를 깨물지도 않았다. 지금은 달과 별 몇 개가 빛나고 있었고, 모든 게 멈춰버린 것처럼 보였다. 그의 몸 상태는 나아진 것 같았고, 위기는 지나간 후였다. 단지 약간 축축할 뿐. 고통스러운 턱, 아직도 약간 뻣뻣한 목덜미. 하지만 난관에서 벗어났고, 그래서 마음이 놓이고 흥분도 가라앉았다. 그는 축축한 벽에 잠시 뺨을 갖다댔다. 그 장소를 맴돌고 있는 존재가 무엇이건 간에, 그 존재에게 감사하면서.

고개를 들고, 고요한 어둠 속에서 먼지처럼 반짝이는, 눈이 부실 듯한 둥근 빛을 쳐다보다가 그는 마침내 미소를 지었다. 몸 상태가 나아진 것 같았다. 까닭을 설명할 수는 없었지만 그가 취한 그 이상한 행동이 원기를 회복시켜주고, 잠시 동안 아주 깊숙한 심연 밑바닥에 피신해 있었던 것이 왠지 그의 활기를 되찾아준 것 같았다. 나쁜 징후들에서 벗어나 자신 있고 단호하게, 그 어느 때보다 더 힘차게 뛰어들 태세를 갖춘 훨씬 더 강인한 생명력. 그 마법이 어떻게 이루어진 건지는 알 수 없었다. 그가 마치 괴수의 목구멍 안처럼 장애물들과 이끼가 가득하고 가시덤불로 뒤덮고 축축하고 어두운 그 암벽 안으로 피신하면서 스스로에게 투여한 것은 분명히 마법, 일종의 신비로운 마법의 약이었으니까.

그는 기운을 되찾았다. 그건 확실했다. 그는 잠시 미소를 짓다가, 이내 웃음기를 거두고 입에 담배를 물었다. 땀과 흙으로 뒤범벅이 된 옷 때문에 오한이 났다. 하지만 담배에 불을 붙이지는 않았다. 지금은 위로 다시 올라가야 할 때였고, 그리고 무엇보다도 흡연은 하루가 다르게 그의 다리를 지치게 하고 흉곽을 압박했기 때문이었다. 벽을 타고 위로 올라가는 일이 특별히 힘들어서가 아니었다. 알프스 사냥꾼들과 함께 생활했던 경험이 있는 남자에게 그까짓 정도야 애들 장난에 불과했다. 하지만 그는 더 이상 스무 살이 아니었다. 그리고 현재로서는 탁 트인 곳으로 다시 올라가는 것, 이 심연 밖으로 빠져나가는 일이 부활의 개념이

나 다름없으며, 그래서 입에 담배를 문 채 연기구름을 간헐적으로 뿜어대며 무대 위로 등장하는 것이 이런 상황에서는 별로 어울리지 않는다는 생각이 들었기 때문이었다.

그는 부대원들과 함께 스키를 타고 순찰을 나갔다가 선두에 있던 동료 한 사람이 크레바스 속으로 갑자기 사라졌던 그 밤을 떠올렸다. 부대원들은 가까스로 그를 찾아내 들것에 싣고 구조대를 기다렸다. 누군가가 그 운수 사나운 동료의 입에 담배를 물려주었다. 그는 아주 기괴한 기침 발작을 일으키고는 담배를 다 태우기도 전에 점점 사라져가는 연기구름 속에서 잠시 의식을 되찾았다가 숨을 거뒀다. 그 사건이 일어난 건 솔 벨로가 노벨문학상을 타던 해의 여름밤이었다. 그들은 날이 샐 때까지 예고된 유성우는 전혀 보지 못했고, 뭐든 간에 음식을 삼킬 수도 없었으며 담배 한 개비조차 피울 수 없었다. 그저 지금처럼 담배 필터를 입에 꽉 문 채, 자신들이 아직도 살아 있는 것에 대해 하늘에 감사했을 뿐이었다.

그는 이제 캄캄한 밤을 가로지르고 숲속을 헤치며 피아트가 있는 곳으로 내려갔다. 서둘러 걸으면서도 한 번도 비틀거리지 않고. 그는 그 시절 이후로, 양 팔꿈치를 몸에 딱 붙이고 담배를 귀에 꽂고 숨을 멈춘 채 나무 사이를 뚫고 달리는 법, 덤불 사이를 빠르게 빠져나오는 법을 익혔었다.

마리안은 목욕을 하고 있었다. 그녀는 의심의 눈초리로 그를 위아래로 자세히 뜯어보았다. 하지만 그는 그녀에게 안심하라는 듯 손을 들어올리고 그녀가 잘못 생각하고 있으며 자기는 특별히 아무 짓도 하지 않았다는 뜻으로 고개를 가로저었다.

그녀는 비누를 묻힌 스펀지로 목덜미와 가슴을 문질렀다. "나 좀 도와줄래?" 그녀가 음울한 목소리로 말했다. 그리고 몸을 헹구었다.

그녀가 몸을 일으켰고, 그가 수건을 건넸다. 바로 그 순간, 그는 그녀의 음부에 털이 한 오라기도 없이 마치 미용 비누처럼 매끈하다는 사실을 알아차리고 경악했다. 그가 몰래 침을 삼키려고 애쓰는 동안, 그녀는 그를 살펴보았다.

*

마리안의 체모 관리에 관한 이야기를 듣고도 미리암은 별다른 반응을 보이지 않았다. 제모가 그다지 좋은 건 아니라고 말하긴 했지만. 다만 그녀는 그것을 마리안이 그에게서 벗어났다는 해방의 표시로 기쁘게 받아들여야 하며, 거기서 일종의 서광을 보아야 한다고, 그러니까 그것을 두 사람 각각에게 기필코 도움이 될 이탈의 전조로 받아들여야 한다고 생각했다.

물론 그건 지극히 간단한 일이었다. 그는 미리암에게 느끼는 강렬한 감정 때문에, 그녀와 함께 산다는 그 믿을 수 없는 일, 태어나서 처음으로 한 여자와 함께 살게 된다는 그 상상할 수 없는 일을 위태롭게 만들 수 있는 건 행동이든 말이든 절대로 하지 않았다. 그는 고개를 끄덕였다. 그건 그들이 처음으로 함께 보내는 주말이었다. 그는 그 두 사람이 여러 번 시도했었지만 서로 망설이다가 실패를 맛본 후에 마침내 함께 달려간 들판에서 푸른 풀잎 한 조각도 놓치지 않았고, 호텔을 빙 둘러 서 있는 아카시아 나무들의 꽃잎 하나하나, 나비 한 마리, 공기의 떨림, 기타 등등도 소홀히 넘기지 않으며, 그 밖의 다른 건 아무것도 원하지 않았다. 그는 고개를 끄덕였다. 그는 그녀의 말이 옳다고 말했다. 그녀 말대로 긍정적인 태도를 보여야 한다고 맞장구를 쳤다. 그들은 그때까지 침대에서만 서른여섯 시간을 보냈다. 욕실, 화장실, 비데, 샤워, 욕조, 미니바에 갈 때, 황금빛 들판 위로 지는 해를 바라보거나 정오에 커튼 틈 사이로 소란스러운 바깥세상을 잠시 엿보기 위해 창가로 간 것 말고는 침대를 벗어나지 않았다.

그들은 완전히 녹초가 되어 있었다. 그는 벗은 채로 침대 등받이에 기대앉아 담배를 피웠고, 그러는 동안 그녀 역시 벗은 채로 팔짱을 끼고 시트 한복판에 누워 마치 혼잣말을 하듯 자조 어린 목소리로 지금 분명히 꿈을 꾸고 있는 거라고 미친 게 분명하다고 말했다. 그는 미소를 지으며 발을 뻗어 그녀를 건드렸다. 그는 작가가 되지 않은 것을 후회했다. 그녀는 작가에게 어울리는 여자였다. 그는 한밤중에 그녀에게 찰스 담브로시오의 단편소설을 읽어주었다. 그녀는 문학에 대해서는 아무것도 아는 게 없다고 했지만 그는 그녀에게 높은 안목과 듣는 귀가 충분히 있다는 것을 알 수 있었다. 그녀는 어쨌든 그보다 나은 인간이었다.

고요한 밤, 피우던 담배로 두번째 담배에 불을 붙이면서 그는 누이의 음부를 다시 떠올렸다. 살구 껍질이나 최고급 가죽처럼 매끈하고 갓 수확한 아몬드처럼 창백한 빛깔을 띤, 어쨌든 사람을 대경실색하게 만든 그 부위. 리샤르가 거기에 손을 밀어넣었을지도 모른다는 생각만으로도 그는 말할 수 없이 괴롭고 말 그대로 뭔가로 세게 얻어맞은 기분이었다.

미리암은 이제부터 누이가 접어든 길에 그가 더이상 관여해서는 안 된다고 주장했다. 그녀는 그의 눈을 똑바로 들여다보았다. 그들이 호텔방에서 함께 시간을 보내기 시작한 후로, 화창한 그 다음날 아침에도 그녀는 마리안과 그가 각자의 삶을 살아야 한다고, 마침내 정상적이고 자연스러운 흐름을 되찾고, 더이상 부부처럼 살아가는 남매가 아니라 정상적인 남매로 되돌아가야 한다고 그에게 끝없이 상기시켰다. 그리고 그는 아무리 그 점에 관해 강력하게 반박해보려 해도 자신의 주장에 설득력이 전혀 없다는 것을 느꼈다.

한 번의 입맞춤으로 그녀는 그를 침대 위에 쓰러뜨리고 그의 위에 올라탔다. 그리고 평상시라면 그가 어느 정도 과감하게 정신을 내려놓았을 만한 순간을 그에게 맛보게 했다. 그녀는 젖가슴을 오므리면서 애벌레처럼 그의 몸 위에서 꿈틀거렸고, 그는 자신의 몸이 마치 쏘아올린 로켓처럼 위로 솟구치는 느낌을 받았다.

그는 그레그 브라운*의 〈다운타운〉을 듣기 위해 헤드폰의 볼륨을 높이고 입술을 살짝 깨물었다. 미리암은 이제 그의 팔 아래 몸을 기대고 곤히 잠들어 있었다. 그는 이제 더이상 아무것도 바랄 게 없었다. 심지어 그가 이루지 못했던 그 욕망, 작가가 되고 싶었던 욕망까지도. 그것이 그에게 어떤 의미인지 생각해볼 때, 그는 거기서 어떤 긍지 같은 것을 느꼈다. 그의 어깨에 기대어 자연스럽게 몸을 내맡기고 있는 그 여자에게 느끼는 감정의 강렬함이 다시 한번 그를 깜짝 놀라게 했고, 혼란스럽게 만들었다.

자신에게 그런 일이 일어나리라고 한 번이라도 상상해본 적이 있었던가? 그는 누군가 자신에게 약을 먹인 것 같은 기분이었고, 시간이 흐르고 날이 흘러갈수록 취기는 점점 더 심해지는 것 같

---

* 1970년대에 활동한 미국 싱어송라이터.

260

았다.

아프가니스탄의 상황이 조금도 나아질 기미를 보이지 않았지만, 그럼에도 그녀는 불안해하지 않는 것 같았다. 그녀는 미소를 지으며 그를 쳐다보고, 자기가 미쳤다는 말을 되풀이하면서 고개를 흔들었다. "내가 어떻게 다른 남자와 관계를 가질 수 있죠?!……" 그녀는 때때로 불안에 사로잡힌 표정을 지으며 그렇게 부르짖었다. "난 결혼한 여잔데!…… 나처럼 이런 작은 머릿속에 어떻게 이런 광기가 응어리져 있는 거죠?"

"그 나라에 그런 엄청난 혼란을 일으키고 나서 이제 와서 나 몰라라 하며 그 나라를 버릴 수 없어요, 미리암. 처음부터 그걸 생각했어야 했어. 그러니까, 우리 나라가 그곳에 파병한 걸 두고 하는 말이에요. 일단 발을 들여놨으면, 끝까지 가야 하죠. 선택의 여지 같은 건 더이상 없어요."

"나는 우리의 관계가 이런 식으로 발전할 거라고는 상상도 못했어요. 내가 말하려는 건 바로 그거예요."

"당신 남편에게 말하겠어요. 그가 돌아오면 그에게 말할 거예요. 하지만 그가 돌아올 거라는 생각은 별로 들지 않아요. 소식이 끊긴 지 너무 오래되었어. 조만간 누군가가 당신 집 벨을 누르겠죠. 그리고 당신에게 나쁜 소식을 전해줄 겁니다. 아마도 훈장과 함께."

"두고 보면 알게 되겠죠. 생각하고 싶지 않아요. 그 사람 이야기는 그만하죠. 날 봐요. 내가 기다렸던 건 바로 당신일까요? 내가 그토록 오랫동안 찾았던 게 바로 당신일까요?"

감동한 그는 그녀 위로 몸을 굴려 그녀를 품에 힘껏 껴안았다. 두 시간을 달려 도착한 호수 반대편에서 그들이 처음으로 함께 보내는 그 주말이 그들을 가볍게 흥분시키고 있었다. 그들은 멍청한 말들을 주고받고, 멍청하게 서로를 쳐다보고, 어떤 멍청한 구름 위에 둥둥 뜬 채 내려오려 하지 않았다.

며칠 전 그는 명백하게 밝혀진 사실을 받아들이지 않을 수 없었다. 유난히 향기가 사방에 진동하던 한낮, 아니 에그바움이 그에게 찰싹 달라붙어 자기 아버지의 하수인들이 조사한 내용을 귓속말로 속삭였다. 그는 아니에게 뒤로 한 발짝만 물러나서 좀 점잖게 행동해달라고 간청한 후에, 성가시긴 했지만 그녀의 말에 귀를 기울였다.

잠시 동안, 검은 장막이 그를 덮쳤다. 캠퍼스의 건물들이 번쩍거리고 잔디가 빛을 발하면서 유황처럼 타올랐다. 그러고 나서 그는 정신을 차렸다. 그리고 고맙다고 말하면서, 자기 목에 매달려 이삼 분 동안 몸을 비벼대는 아니를 그대로 내버려두었다. "그 여자는 그냥 잊어버리고 우리집으로 가서 푹 쉬어요." 그녀는 기대감에 잔뜩 부풀어 그렇게 제안했었다. "말해봐요, 아니,

내기를 한 건가? 그걸로 내기 게임을 한 거야?"

그런 집요함, 그런 고집. 분명히 그런 단순한 자질들을 볼 때 그녀는 더 많은 배려와 더 많은 관심을 받을 자격이 있었겠지만, 그는 이제 더이상 그녀에게 할애할 시간이 없었다. 그가 미리암에게 처음 시선을 빼앗긴 그 순간 이후로, 미리암에게 손이 닿던 순간 손가락 끝에 짜릿한 전율을 느꼈던 이후로, 바이스처럼 조이는 그녀의 하얀 허벅지 사이로 들어가 거품이 이는 그녀의 샘 앞에 무릎을 꿇은 이후로, 그리고 그 밖의 모든 것 이후로. 그는 집으로 돌아와 드러누워 있었다.

그의 전화기가 여러 번 울렸었다. 스무 명의 작가 지망생들은 아마도 그의 결근으로 강의를 듣지 못한다는 생각에 거의 공황 상태에 사로잡혀 있을 터였다. 아니면 리샤르가 무슨 일인지 알기 위해 그에게 연락을 취하려 애쓰고 있는지도 몰랐다. 그는 오후 한나절 내내 가만히 누워 있었다. 반수 상태에 빠져든 채로.

금빛의 붉은 황혼 속에 짙은 자갈돌처럼 매끈거리는 조용하고 텅 빈 집안에서, 그는 저녁때까지 위층 자기 방 침대에 누워 곰곰이 반추해보았다. 자기가 놀라울 정도로 편안한 매트리스를 갖고 있다는 것을. 그는 그런 매트리스가 잠을 푹 자는 데 얼마나 필요불가결한 것인지 알고 있었다. 그는 아무것도 후회하지 않겠다고 결심했다. 여러 가지를 종합해봤을 때 상황은 충분히 긍정적이었고, 치러야 할 대가는 별로 중요하지 않았다. 그는 침대에서 일어나 수화기를 들고, 조용한 곳에 더블 룸 하나를 예약했다.

그는 운동화를 새로 한 켤레 샀다. 그 신발을 신어보고 싶은 욕망이 아주 강렬했다. 그는 약간 달리고 싶었고, 숲을 가로질러 떠나고 싶었다. 어쩌면 동굴 쪽으로. 그는 아무 결정도 내리지 않았다. 그저 밖으로 나가서 숨을 쉬고 싶었다. 주말에 그녀와 함께 떠나겠다는 그 생각은 마치 하늘에서 떨어진 물건처럼, 한밤중에 궁극적인 목적지인 집으로 가는 길을 가리키면서 흔들리는 전조등처럼 반짝이고 있었다. 집으로 가는 길을 가리키는. 궁극적인 목적지. 사실, 모든 건 명확했다.

*

예약한 방은 방갈로였다. 그는 가장 외따로 떨어진 방을 골랐고, 담배도 아주 많이 준비해두었다.

이제 그는 감미로움이 어떤 건지 알고 있었다. 그는 이제 한 여자가 섹스 말고도 줄 수 있는 게 무엇인지 알았다. 그는 이제 잘 알고 있었다. 그는 마음이 가라앉는 것을 느꼈다.

그는 그녀를 부드럽게 떼밀었고, 그녀는 미끄러지면서 계속 밑으로 굴러떨어졌다. 그러고 나서 그는 일어나 밖을 살펴보러 나갔다. 피아트의 앞쪽 펜더가 너무 심하게 찌그러져 있어서, 마치 나무에 처박혔던 것 같아 보였다. 그곳으로 오는 길에 그들은 숲에서 나온 사슴 한 마리를 차로 치었었다. 그때 그는 정신이 딴곳에 가 있었다. 어쩌면 며칠 전 아니 에그바움이 말해준 그 이야기 때문에 아직도 마음이 어지러운 상태였는지도 몰랐다. 그 사슴은 역광을 받으며 불쑥 튀어나왔고, 그들의 차는 그 녀석과 정면으로 부딪친 것이다.

호텔에 도착하자 지배인이 방으로 샴페인 한 병을 보내주었다. 그들은 거의 숨도 쉬지 않고 달려들어 술을 들이켰다. 그들은 아무데도 다친 곳이 없었지만 동물은 얼마 후에 숨졌다. 그들은 서둘러 옷을 벗고, 가방을 열 사이도 없이 격정적인 섹스로 주말을 시작했다. 가까이서 죽어가는 광경─사슴은 그들이 갓길 쪽으로 끌어내기로 마음먹은 순간 숨을 거두었다. 100킬로도 넘게 나가는 그 동물이 교통경찰이 올 때까지 아스팔트 위에 무시무시하게 피를 쏟아내던 광경─을 본 것이 불러일으키는 격정적인 섹스로.

서른여섯 시간이 지난 후에도, 풍경은 불빛을 제외하고는 여전히 그대로였다. 호수 쪽으로 이어지는 숲, 먼 산들, 맑은 하늘. 그는 호텔방의 유리창 너머로, 자신의 맨살, 특히 고환에 온화한 바깥기운을 느꼈다. 이제 곧 호수는 불의 대양 속에서 깨어날 것이고, 호숫가는 불꽃으로 뒤덮일 것이었다. 그는 손을 뻗어 선글라스를 집었다.

집은 결국 지하실부터 다락까지 불길에 휩싸였었다. 2층이 음산한 으르렁거림과 함께 마침내 무너져내렸다. 그는 십 분 가까이 꼼짝도 하지 않고 그대로 있었다. 거의 제정신이 아님에도 눈썹 하나 떨지 않고, 그의 열네 살 생일 전날에, 약간 비틀거리면서, 아직도 두 뺨은 뜨겁게 불타오르고 눈은 퉁퉁 부어오른 모습으로. 그러고 나서 그는 발길을 돌렸다. 좀더 멀리, 오솔길가에 이르러서야 비로소 그는 정신을 잃고 쓰러졌다. 먼저 무릎을 꿇고 이내 아스팔트 위에 길게 늘어지듯 쓰러지던 순간 마리안이 그를 향해 두 팔을 뻗고 달려오고 있었다. 쓰러지는 그의 모습을 바로 눈앞에서 보고도 불과 몇 초 사이에 그를 지켜내지 못한 어린 소녀는 슬픔과 절망으로 가득차 있었다.

그는 단풍나무 시럽에 불은 채 차갑게 식은 토스트 냄새에 이끌려 방안으로 들어온 다람쥐를 보여주려고 미리암의 발을 만졌다. 어쨌건 간에, 그가 어떻게 그녀를 원망할 수 있겠는가? 그는 녹초가 되어 베개들 속에 푹 파묻혀 있는 차가운 그녀를 한참 동안 바라보았다. 경찰관이라는 그녀의 신분이 때때로 그녀의 매력을 배가시켜준 건 아닌지 자문하면서.

그는 그녀에게 그 얘기를 꺼낼 생각이 없었다. 자기가 알고 있다고, 그녀의 정체가 들통났다고 그녀에게 말할 생각은 없었다. 그게 무슨 이득이 될까. 사슴을 깔아뭉갠 건 나쁜 징조였다. 그들은 사슴의 흐릿한 눈 속에서 서로를 보고 있었다. 그리고 그것역시 좋은 징조가 아니었다. 그것은 그리 좋은 전조가 아니었다. 하지만, 그럼에도 불구하고 그들은 그 먹구름들을 무시하려 했다. 그들은 발버둥을 쳤다. 그건 그들이 함께 보내는 첫 주말이었고, 처음으로 단둘이서만 보내는 긴 시간이었다.

그는 군청색 제복을 입은 그녀를 상상해보았다. 출발 전날, 그녀가 잠들어 있는 동안 그는 마침내 그녀의 무기에 손을 갖다댔었다. 두터운 양모 양말 아래, 부츠 속 깊숙한 곳에 숨겨져 있던 권총을 그는 희미한 어둠 속에서 살펴보았다. 그러는 동안 한 치앞도 내다보지 못한 자신의 근시안에 한순간 어안이 벙벙해 있었다. 철저하게 고수해왔던 그 규칙들, 그동안 유지해왔던 그 신중함, 그건 도대체 뭐였단 말인가. 흔히 그 당시에는 모르고 지나쳤지만 돌이켜 보았을 때 알게 되는 난관들, 모르고 스쳐지나온 낭떠러지들, 아무것도 모른 채 무릅썼던 위험들, 그는 간발의 차로 자기가 죽을 고비를 넘기고 아직 살아 있다는 사실을 깨닫고 뒤늦게야 몸을 떨 수 있었다. 그는 고개를 흔들었다. 그리고 담배를 피우기 위해 작은 창을 조금 열었다.

더운 공기가 밀려들어왔다. 호텔 수영장에서 들려오는 소리들, 전화 통화 소리들, 알코올음료를 마시는 소리들, 다이빙하는 소리들이 더 또렷해졌다. 한순간, 그는 하마터면 그녀에게 다이빙을 하러 가자고 말할 뻔했다. 하지만 그는 환각 상태에 빠져 있는 젊은 남자배우나, 트로피를 들어올린 어느 축구선수의 아내 또는 패리스 힐튼과 꼭 닮은 여자와 대화를 나눠야 할지도 모른다는 생각에 이내 마음을 고쳐먹었다. 파라솔 쪽으로 다가가는 사람이나 마티니 잔을 들고 덱체어들 사이를 어슬렁거리는 사람, 그리고 아무 문제 없이 동체를 착륙시키는 747기 파일럿에게 박수갈채를 보내듯 일몰에 박수갈채를 보내고 싶어하는 그 사랑스러운 전통—그런 유치한 행동이나 멍청한 짓거리를 하고 싶은 생각이 어떻게 집단적으로 드는 것인지—에 따라 서쪽을 바라보며 사람들 가운데 계속 앉아 있는 사람이라면 누구에게라도 그런 상황이 일어날 수 있었다.

반경 몇 킬로미터 이내에 있는 호텔들은 주말마다 얼마나 많은 촛불 밝힌 저녁식사들, 얼마나 많은 불륜들로 가득차곤 했을까? 그는 그 불륜 커플의 이미지가 바로 인정해야만 하는 자신의 모습이라는 생각에 얼굴을 일그러뜨리며 부자연스러운 미소를 지었다. 하지만 그녀가 캠핑을 하면서 케밥으로 저녁식사하는 것을 더 좋아할는지는 불확실했다.

그가 바지를 벗어 접어놓은 안락의자 앞의 카펫 위에 유릿가루가 반짝이고 있었다. 공허하고 답답한 소리와 함께 TV 화면이 산산조각나면서, 두 대의 자동차 사이를 지나가느라 두 팔 높이들어올렸던 종이박스 틈새를 통해 파편이 그의 머리 위로 비처럼 쏟아졌었다.

그는 리샤르의 형에게 되돌려주러 가던 50인치 평면 TV를, 전날 밤 불어닥친 거센 바람에 인도 위로 휘어져 있던 육중한 철제 간판 모서리에 부딪혀 박살을 내고 말았다. 그와 동시에 꼬리뼈에서 시작된 어마어마한 통증이 온몸으로 퍼졌다가, 마치 마법처럼 감쪽같이 사라졌다. 하지만 그는 감전당한 것처럼 멍하니, 예측할 수 없는 제2의 공격에 대한 두려움에 그대로 얼어붙어 있었다.

"도대체 여기서 뭘 하는 겁니까?" 고가의 전자제품만 취급하는 '올소 하이파이'의 사장 야니크 올소가 매장 문턱에서 팔짱을 낀 채로 한숨을 내쉬며 물었다. "나 원 참, 뭘 기웃거리고 있는 거요?!"

그의 꼬리뼈가 아주 잠시 동안 그를 고통에서 풀어주었다. 정말로 짧은 찰나이긴 했지만 분명히. 그가 할 수 있는 건 아무것도 없었다. 불행하게도, 자연의 섭리에 따라 그 느리고도 면밀한 회복 작업이 진행되기를 기다리는 것 말고는 별다른 치료 방법은 없었다. 그저 그동안 운이 따라주기를 바라면서 몸에 무리가 가지 않게 짐을 들고 있을 수 있기를 바랄 뿐이었다.

그는 인도에 종이박스를 내던지면서 몸을 털고 머리칼을 흔들었다. "집으로 사람을 보냈어야죠." 그가 말했다. "당신이 사람을 보내지 않아 이런 일이 일어났잖아요. 그깟 돈 몇 푼 아끼려고? 여하튼 결과는 이거예요. 절약은커녕 이렇게 박살이 나버렸다고요."

"어쨌든 간에, 아무나 할 수 있는 일이 아니죠." 상대방이 유감스러운 표정으로 고개를 흔들면서 대꾸했다. "그렇게 어설퍼서는."

"그래요. 유감이군요. 물 한 잔 마실 수 있어요? 약을 먹어야 해서요."

그의 편두통이 다시 시작되고 있었다. 가게 안으로 들어간 야니크 올소는 그의 말을 들었는지 못 들었는지 계산대 너머로 되돌아갔다. "프로젝터를 한번 구경해보시겠어요?" 그가 물었다. "프로젝터 한번 보세요. 우리 가게에 마침 좋은 프로젝터가 한 대 들어왔으니까."

"정수기랑 컵 없어요? 이 빌어먹을 것을 삼켜야 하는데." 그는 흐릿한 목소리로 말했다.

마흔여덟 시간 후, 호박색 석양빛 속에, 지면을 스칠 듯 지나가는 거의 붉은빛이 감도는 황금빛 햇살 속에서 아주 작은 유리 파편들이 카펫 위에 반짝이고 있었다. 아마도 바짓단이나 안감 같은 데 붙어 있다 떨어져나온 것인 듯했다.

그는 여기로 오기 직전에 제모를 한 미리암의 다리를, 지금은 거의 뻣뻣해져 있는 그녀의 다리를 어루만졌다. 완벽하게 둘만의 내밀한 서른여섯 시간을 보낸 후에도 그녀에게 느끼는 욕망이 단 1온스도 손상되지 않았다는 사실에 그는 놀라지 않았다. 달아날 시도도 전혀 하지 않았던 것 역시 조금도 이상하게 느껴지지 않았다. 하지만 그는 껌을 씹으면서 유혹의 시선을 던지거나, 담배를 피우거나, 목선을 드러내기 위해 목을 옆으로 뒤틀면서 그의 책들을 살펴보는 여자애들만을 상대했었다. 미리암을 어떻게 그 여자애들과 비교할 수 있을까? 그 여자애들이 어떻게 미리암을 따라올 수 있을까? 그녀가 가슴에 바짝 그를 끌어안고 숨을 헐떡이며 몸을 떨 때, 그가 그녀에게 어떻게 저항할 수 있겠는가? 그녀가 경찰관이거나 수녀이거나 그게 뭐가 중요하단 말인가?

사슴의 사체가 소형 트럭의 화물칸을 차지하고 있었다. 그가 지배인을 불러 그 꺼림칙한 것을 주차장에서 치워달라고 부탁했었지만, 감감무소식이었다. 대신 그들에게 샴페인을 한 병 더 보내줬을 뿐이었다. 운도 지지리 없군, 화물칸 바닥을 흥건하게 적시던 피가 이제는 말라서 검게 변해 있는 그 동물의 사체를 바라보며 그는 다시 한번 그런 생각이 들었다. 그는 침대가 놓여 있는 복충의 창유리 너머에 서서, 눈을 뜬 채로 죽은 사슴이 훤히 내려다보이는 전망을 그런 식으로 만끽하고 있었다. 그는 그걸 치울 수 없으면 최소한 천막으로 덮어달라고 요구했었다. 하지만 그의 요구는 이미 오래전에 잊힌 것 같았고, 그도 더이상 그것 때문에 계속 불평하고 싶지 않았다. 별다른 이유 없이. 그는 받아들였다. 둥근 레이스 식탁보처럼 말라붙은 피가 그 동물의 주둥이 주위에서 마치 래커처럼 번쩍이고 있었다. 그는 시간을 되돌려 일 초만 더 일찍 핸들을 돌릴 수 있었더라면 하고 생각했다. 그는 담배를 꺼내 물었다. 주차장에는 그 어떤 움직임도 없었다. 어떤 새인지는 확인이 불가능한 몇 마리 검은 새들이 수평선 위를 날아가고 있었고, 나뭇가지들이 따뜻한 공기 속에서 보일 듯 말 듯 떨고 있었다.

야니크 올소는 그의 안색이 창백하다는 것을 알아차리고는, 기운을 차릴 때까지 잠시 앉아 있으라고 자리를 권했었다. 하지만 집으로 돌아와 리샤르의 알파 로메오 뒤에 차를 세울 때까지도 그의 머리는 여전히 불타오르고 있었다. 그가 복용량의 서너 배를 한꺼번에 삼킨다 해도 그 알약들이 편두통을 몰아내준다는 건 기적이나 마찬가지였다. 경험상 확실한 효과를 보았던 그가 아는 유일한 치료제는 마리안의 허벅지를 베고 편안하게 누워 그녀가 이마와 관자놀이를 만져주도록 맡기는 것이었다. 그녀의 다정한 손길이 닿기만 해도 충분했다.

리샤르의 존재는 그런 그의 계획을 사정없이 뭉개버렸다.

리샤르 올소. 캠퍼스의 그 어떤 여학생도 그에게서 매력을 찾아내지 못했다. 그 어떤 여자도 그에게 눈길조차 주지 않았다. 단 한 명을 제외하고.

마리안이 리샤르의 품속으로 뛰어든 이유는 아무래도 상관없었다. 무엇 때문에 한 여자가 그런 치명적인 미친 짓을 저지르게 되었는지 그 이유는 알 바 아니었다. 그는 더이상 생각하고 싶지 않았다. 그는 마리안을 위해서라면 자신의 목숨을 백 번이고 천 번이고 바칠 것이었다. 그걸 이미 증명해 보였지만 그 결과는 이거였다. 가슴 아프게도. 바깥에는 푸른 하늘빛이 붉은 구릿빛으로 변해가고 있었다. 기분이 말할 수 없이 더럽군, 그는 생각했다. 그녀는 대체 뭐가 문제란 말인가?

그의 라이터가 이제 불티밖에 일으키지 못했기 때문에 그는 담뱃불을 붙이기 위해 작은 부엌 공간에 설치된 가스레인지 위로 몸을 굽혔다. 주차장 쪽으로 다시 고개를 들면서, 그는 자기 눈앞에 보이는 광경에 관해 다시 한번 의문을 가졌다. 피투성이가 된 채 햇볕 아래 누워 있는 죽은 짐승 위에서 쉴새없이 움직이는 저것들은 파리떼일까? 아니면 요즘 들어 파도처럼 잇달아 일어나는 이 편두통 때문에 눈앞에 어른거리는 검은 점들을 파리떼라고 착각하고 있는 것일까?

그는 그녀를 떠민 것을 후회하지 않았다. 그녀가 그에게 한 짓에 비하면, 그건 아무것도 아니었다. 이유는 아무래도 상관없었다.

미리암을 바라보면서, 그는 신이 여자들을 창조한 것은 남자들에게 고통을 주려는 의도가 아니었을까 자문했다. 특히 사십대를 넘긴 여자들이 은근히 과감하면서도 내면 깊숙이 즐거워하는 그런 눈길로 남자를 바라볼 때. 그는 정말이지 그녀를 원망하지 않았다. 그녀를 조금도 비난하지 않았다. 어쨌건 그녀는 중요한 부분에 대해서는 그에게 거짓말하지 않았고, 그와의 섹스를 억지로 약을 삼키듯 참아낸 게 아니라 기꺼이 즐겼으며 결국 정말 좋아하게, 숨길 생각도 하지 않을 만큼 진심으로 좋아하게 되었다는 것을 분명히 알고 있었으니까. 그리고 그의 눈을 똑바로 쳐다보면서 '나는 가증스러운 여자'라고 말했을 때 그녀가 어떤 의미를 담고 그 말을 했는지 그는 이제 이해할 수 있었다.

전날 방갈로에 들어온 아침부터 지금 이 시각 해질 무렵까지, 그들은 약 여섯 번 정도 관계를 가졌고, 매번 최고의 기쁨을 맛보았다. 심지어 절대 빼놓을 수 없지만 썩 유쾌하지는 않았던 조치를 취하고 난 후에도. 주말을 함께 보내자는 그 아이디어는 어쨌든 정말 기가 막힌 생각이었다고, 그는 혼자 중얼거리면서 몸을 숙여 미리암의 엉덩이를 살펴보았다. 그리고 연하고 보드라우면서도 한껏 부풀어올라, 보는 사람을 깜짝 놀라게 만드는 그녀의 민달팽이에 코를 갖다댔다.

한순간 그는 그녀의 등뒤에서 그녀의 몸속으로 미끄러져 들어갔다. 황혼에 취해 병적인 에이널 섹스를 시도해보려는 게 아니라—두 개의 반구와 아직도 축축하고 끈적끈적한 골짜기 사이에서의 접촉으로 인해 서서히 발기가 시작되고 있긴 했지만—배신과 거짓말을 넘어서 그녀에 대해 느끼는 감정을 확인하기 위해서, 그 감정을 가늠하고 거기서 자신에게 필요한 위안을 얻기 위해서였다.

상황이 극단으로 치닫지 않도록 막을 수 있는 실낱같은 기회가 마리안에게 있었다. 분명히 그녀는 마음을 고쳐먹고, 여기서 그만 멈추자고 리샤르를 설득할 것이었다. 하지만 그런다 해도 그후로는 어떻게 될까? 누이와 헤어진다면, 그는 과연 어떤 사막을 찾아가 울부짖어야 할까? 그리고 그가 아직 그런 사태를 피할 길이 있을까?

최근에, 그러니까 그가 부엌의 높은 간이의자 위의 그들을 불시에 덮치고 분노의 발작을 일으켰던 그날 이후로 그는 집에 들어가지 않았다. 그리고 리샤르 형의 가게를 다녀온 이후로 끊임

없이 증폭되고 있는 편두통은 물론 그 분노를 더욱더 부채질했다. 그는 도롯가에 차를 세우고, 피아트 안에서 줄담배를 피우며 밤을 지새웠다. 말 그대로 두개골을 으스러뜨리는 듯한 편두통에 시달리면서. 그리고 통증과 당혹감에 얼굴을 일그러뜨리면서 주변 숲의 희미한 어둠을 유심히 살펴보고 있었다. 구급차가 지나가는 것을 보았다. 그리고 그후, 떠오르는 달 아래, 하늘을 가로질러 산봉우리 위에 걸친 구름 속을 떠다니는 어머니의 유령을 보았다.

그는 미리암의 등을 돌려 바로 눕힌 후에 그녀가 선사하는 멋진 젖가슴에 몇 번 입을 맞추고, 젖꼭지를 천천히, 조금씩 빨았다. 하지만 그의 정신은 딴 곳에 가 있었고, 그의 시선은 허공을 헤매고 있었다. 그는 미리암의 허벅지를 어루만졌다. 그러는 동안에도 그의 머릿속을 온통 차지하고 있는 것은 자신의 누이, 자기 남매의 결별이 불러온 정신적 충격이었다. 그는 아페리티프와 클럽샌드위치를 주문했다. 그들이 있는 곳에서 몇백 미터 떨어진 곳으로부터 사람들의 목소리, 물속으로 뛰어드는 소리, 물이 튀는 소리, 웃음소리 들이 들려왔다.

그 일이 결코 해결되지 못할 것은 자명했다. 그가 그 집—우리집이라고, 그들은 며칠 전까지만 해도 그렇게 말했었다—에 이제 다시는 발을 들여놓을 수 없을 거라는 건 자명한 사실이었다. 리샤르가 엉덩이와 등에 펄펄 끓는 냄비 물을 뒤집어쓴 후에 내지르는 돼지 멱따는 소리를 뒤로하고 그가 온 힘을 다해 이를 악물고 정원을 가로질러 자기 차 쪽으로 다가가고 있는 동안 그녀가 그에게 경고했던 대로. 그런 종류의 일은 결코 해결되지 않았다.

그가 그 집을 빠져나오기 전에 그의 누이와 그가 주고받은 시선은—"당장 꺼져!! 내 눈앞에서 당장 사라져, 이 짐승만도 못한 놈아!!" 그녀는 웅웅대는 목소리로 그에게 내뱉었다—목소리보다 분명하다는 장점이 있었다. 그는 그녀가 그에게 다시 말을 거는 것은 말할 것도 없고, 그가 100미터 이내에 접근하도록 허락하는 데만 앞으로 몇 년이 걸릴 거라고 생각했다. 아니, 어쩌면 수십 년이 걸릴지도 몰랐다.

그는 이제 그리 젊지 않았다. 그 까마득한 세월을 생각하자 몸이 떨리기 시작했다. 한순간, 그는 상황을 역전시키기 위해 자기 몸에 휘발유를 끼얹었어야 했는데, 하는 생각이 들었다. 그런 식으로 그는 어느 화창한 아침, 감자칼을 자기 허벅지에 찔러 박아, 어머니가 그에게 손찌검을 하는 대신 구조대를 부르고, 아버지가 혁대를 풀어 지혈대로 이용하게 만들었었다.

70년대 중반에 그는 그걸 소재로 단편소설을 한 편 썼다. 그때 그는 머릿속에 이미 모든 것이 다 정리되어 있기 때문에 타자

시험을 치듯 타자기로 그 이야기들을 두드려대기만 하면 된다는 생각에 신비로운 감동마저 느꼈다. 하지만 슬프게도 그건 엉터리 신호였다. 그는 오랜 세월 동안 그를 믿는다고, 그는 틀림없이 작가가 될 거라고 확고부동하게 누누이 말해주던 누이의 태도를 기억하고 있었다. 그가 스크래블 게임*에 아주 능하고 때때로 위험을 무릅쓰고 형편없는 글이라도 몇 줄 쓰곤 한다는 이유만으로. 물론 그는 실패했다. 그렇지만 적어도 마리안의 맹목적인 믿음, 자기 동생이 특별한 재능을 갖고 있다는 그녀의 절대적인 확신은 그가 그 끔찍하고 완전한 비극 앞에서도 당당하게 고개를 쳐들고 비참하게 무너지지 않도록 도와주었다. 어느 날 저녁, 어머니가 마침내 자기를 죽이고 말 거라는 결론에 이르러 결국 그 자신이 유발해야만 했던 그 비극. 그 일이 있기 바로 얼마 전, 그의 어머니는 그를 지하실 계단 아래로 집어던지고는 몽둥이로 그의 행실을 고치려 하지 않았던가?

차가운 바람이 부는 겨울에 숲길을 걸어갈 때면, 때때로 그의 뼈마디에서 그때의 통증이 되살아나곤 했다. 의사 말로는 뼈가 세 군데 부러졌다고 했었다. 하지만 실제로는 그것보다 더 많았다. 그가 아픈 곳들을 제대로 다 말하지 않았으니까. 가령 그의

---

* 알파벳이 새겨진 패를 이용해 단어를 완성해가는 보드게임.

코는 이틀 후에야 퍼렇게 멍이 들기 시작했다.

지붕에서 솟구치는 불꽃들을 바라보며 그는 뒤로 물러나야 한다고, 그렇게 해야겠다고 머릿속으로 생각했다. 하지만 겨우 열네 살이었던 그는 마치 비행기 제트엔진처럼 요란한 소리를 내며 번쩍이는 거대한 장작더미 같은 것 앞에 서 있었고, 그 광경은 그를 마비시켰다. 타다 남은 불씨들이 작열하며 그의 주위에서 유성우처럼 쏟아져내렸다. 그는 도로 쪽으로 발길을 돌리다 불운하게도 넘어지면서 팔과 다리, 그리고 얼굴의 절반을 아스팔트 바닥에 갈았다. 그의 등뒤에서는 '하늘의 뜻이 실현'되면서 여전히 불의 미립자들이 뜨거운 대기 속에 소용돌이치고 있었고, 마리안이 붙잡을 사이도 없이 그는 정신을 잃었다. 제일 먼저 달려온 소방관이 땅바닥에 한쪽 무릎을 꿇고 그를 어깨에 들쳐메고는, 그의 머리를 쓰다듬으며 연민으로 가득찬 얼굴로 울음을 참느라 입술을 비죽대며 말했다. "다 괜찮아질 거다, 얘야, 아, 불쌍한 녀석, 다 잘될 거야, 이게 대체 무슨 날벼락이람."

그는 지금 그녀의 다리 사이에 털이 한 오라기도 없다는 사실을 잊으려 애썼다. 그런 것에 관심을 가져서는 안 되었다. 하지만 그건 그리 쉽지 않았다. 그 이미지는 그의 머릿속 깊숙이 계속 달라붙어 있었다.

지금 그가 뭘 어떻게 해야 할까? 이제 열두 시간도 채 지나지 않아 날이 다시 밝아올 것이고, 그러면 생활은 다시 평소대로 돌아갈 것이고, 모든 게 다시 견디기 힘들어질 것이다. 월요일 아침은 평소에도 늘 그랬듯이 일주일 중 최악이었다. 리샤르는 신간 서적 목록, 주간 정기간행물부터 훑기 시작했다. 그리고 만일 그 가운데에서 어떤 멍청이를 발견하기라도 하면, 정말 허접한 작가 나부랭이라도 발견하면, 리샤르는 위엄 넘치는 글, 경탄을 불러일으키는 문체, 풍부한 어휘력 등등의 말들로 그 작가에게 온갖 찬사를 퍼부을 게 틀림없었다. 거기에 손목을 걸 수도 있었다. 그리고 그후에 강의를 하면서 문학이 생명을 구하거나 나병이나 뭔지 모를 것들을 치료할 수 있다고 주장할 터였다.

그는 물집으로 뒤덮여 있을 리샤르의 등을 상상하고, 자기가 앞으로도 대학에서 자리를 이어갈 수 있을지 자문했다. 이번에야말로 그는 쫓겨날 게 분명했다. 이번에야말로 리샤르는 그에게 나가는 문을 가리켜 보일 것이고 그는 달리 어떻게 할 도리가 없을 것이다.

경기가 불확실한 요즈음 같은 때에 실직을 하는 건 바람직하지 않았다. 은행들은 가혹하고 교활하며 정부는 강철같이 억센 손으로 국고를 움켜쥐고 있었다. 그는 불현듯 엄습한 일종의 불안감 속에서 샌드위치를 마저 먹어치웠다. 그러고 나서 다른 생각을 했다.

연애하는 것만으로는 충분하지 않았다. 분명히. 더 정확히 말해서 사랑에 빠지는 것만으로는 더이상 충분하지 않았다. 이제 양상추는 약간 물러져 있고, 토스트는 약간 식어 있었다. 인생에서 선택권을 갖고 있다고 생각하는 것은 확실히 기분좋은 일이었다. 하지만 현실은 완전히 달랐다. 현실은 그만큼 재미있지 않았다.

그는 그녀의 장딴지를 가볍게 쓰다듬으면서, 자기 인생의 최고의 순간들은 분명히 그녀 덕분이고, 그런 이유로, 그녀로 인해 발견할 수 있었던 그 감정 때문에 그녀가 신성시되기를 바라며, 그녀에게 반드시 그 은혜를 두고두고 갚고 싶다고 말했다. 그녀가 그에게 접근하기 위해 연기했던 그 엄청난 코미디, 아프가니스탄의 산악지대에서 실종된 남편에 관한 그 굉장한 코미디는 아무래도 상관없었다. 그 모든 건 그가 얻은 것에 비하면 아주 하찮은 것처럼 느껴졌다.

그는 그녀 혼자서 그 모든 걸 꾸며낸 것인지, 아니면 척박한 산악지대 깊숙한 곳에서 실종된 그 부사관 이야기를 꾸미는 데 누군가가 도움을 주었는지 궁금했다. 어쨌든, 유혈이 낭자하고 남자들이 서로의 목을 베고 여자들은 강간을 당하는, 세상의 어디쯤인지도 정확히 모르는 곳에서 누군가 지금 이 순간에도 다른 사람들을 대신해 서로 싸우고 있을 광경을 상상하는 건 아주

난감했다.

그는 노련한 여배우를 상대한 셈이었다. 그런 생각을 하면서 그는 허탈하게 냉소를 지었다. 자기를 속여넘긴 그녀의 연기에 진심으로 탄복했으니까. 그 거짓말 속에 진심이 담겨 있었음을 인정했으니까. 그는 그녀를 향해 술잔을 들었다. 그리고 만일 그녀가 그녀의 사랑스러운 손으로 자신을 직접 감옥에 보낸다면 기꺼이 상황을 받아들이겠다는 생각을 잠시 떨쳐내면서, 주머니에서 휴대폰을 꺼내 몇 장의 사진을 연이어 보았다. 그들이 함께 침대 등받이에 기대앉아 다리 위로 시트를 끌어당기고, 머리가 헝클어진 채 미소를 짓고 있는 사진들이었다. "야, 이 사진들, 잘 나왔는데? 정말 잘 나온 것 같아." 그는 말했다. "이제 곧 플래시도 필요 없게 될 거야. 하루가 다르게 신제품이 쏟아져나오니까." 그녀를 다정하게 바라보던 그는 그녀의 창백한 안색에 우울해졌다. 입술에는 붉은 기가 사라지고 없었고, 뺨도 칙칙한 잿빛을 띠고 있었다.

아니 에그바움이 그에게 전화를 걸어, 지금 약속을 정할 수 있느냐고 물었다. 그는 그녀가 원하는 날 아무때나 날짜를 잡으라고 대답했다. 그러자 아니는 자신을 대하는 그의 갑작스러운 태도 변화를 몹시 경계하고 의아해하면서 잠시 말이 없었다. "여자는 변덕이 죽 끓는다고들 하지." 그가 말했다. "하지만 남자도 거의 마찬가지야. 어디로 어떻게 튈지는 더더욱 모르는 일이지. 그런 점에서 적어도 우리는 일맥상통하는 데가 있군. 그 죽 끓는 듯한 변덕. 그 나쁜 버릇 말이야. 무슨 뜻인지 알아듣겠어, 아니?"

"아빠가 지금, 교수님에게 인사 전해달래요."

"그래요, 아니. 안부 전해드려."

"저기, 마르크, 할말이 있는데, 해도 돼요?"

"물론이지. 말해봐요."

"아주 좋을 거예요, 두고 보시면 알아요. 진정하세요, 청혼하려는 건 아니니까. 긴장 풀어요. 단 한 가지 주의해야 할 건, 그게 당신 마음에 들 거라는 거예요. 난 솔직하게 말하는 거예요."

그녀는 정말로 그와 연애를 하고 싶어했다. 그녀는 마치 저주가 내리기라도 한 것처럼 놀랍도록 집요하게 언제나 그 목적을 추구했다. 그 여자는 유별났다. 그녀는 그를 놓아주지 않을 것이었다. 그 집안사람들은 전부 그렇게 생겨먹은 모양이었다. 좀처럼 포기할 줄 모르는 성격.

다음주라면 아무때건 상관이 없었다.

"좋아요, 수요일로 해요. 그때쯤이면 생리도 끝날 테니까."

"수요일, 알았어."

"마르크, 난 한시라도 빨리 당신을 보고 싶어요."

"내 연구실로 오면 되잖아. 복사물이든 뭐든 분류하는 걸 도와줘. 콘돔은 내가 준비해둘 테니까."

"그렇게 발끈해서 비꼬지 마세요. 그 불쌍한 주커먼*을 생각해보세요, 그가 당신 입장이 될 수만 있다면 어떤 대가를 치르려고 할지 생각해보라고요. 가끔은 현실로 좀 돌아오세요."

"요실금에 관한 그 세부 묘사들은 등골을 오싹하게 하지, 아니 말이 맞아, 하지만 그 작가의 눈이 얼마나 날카로운지, 얼마나 확신에 차 나아가는지, 그 작가의 귀가 얼마나 예리한지 관찰해 봤나? 내가 허튼소리 한 적 있어? 가끔씩 나는 사람들이 이제 시만 읽어야 한다는 생각을 해. 프레데릭 자이델의 작품을 한 번이라도 본 적 있나? 정말 기상천외하지, 안 그래? 어때, 그래도 더 할말이 있어?"

그는 전화를 끊었다. 타는 듯이 붉은 수평선 가까이에 부드러운 자줏빛 베일 같은 저녁놀이 퍼져나가고 있는 동안, 때마침 날카로운 칼을 든 세 남자가 주방에서 나와 사슴이 있는 소형 트럭 위로 곧장 뛰어올라갔다.

모든 것이 불과 몇 분 만에 신속하고도 능숙하게 처리되었다. 그 사내들은 그런 일에 이골이 나 있었다. 그들은 각각 팔뚝만한

---

* 필립 로스의 소설 속 화자 네이선 주커먼.

고깃덩어리들을, 넓적다릿살, 수킬로의 갈비, 약한 불에 천천히 익힐 최상품의 살코기들을 팔에 끼고 주방으로 되돌아갔다. 머리만 남겨져 있었다. 짐칸 난간에 기대어 있는 사슴 머리가 그를 향해 있는 것처럼 보였다.

그는 잠시 밖으로 나가, 호텔에 있던 하얀 목욕 가운으로 그것을 덮어주고는 곧장 돌아왔다.

방으로 돌아온 그는 미리암 옆에 앉았다. 그 선택은 아주 끔찍하고 아주 힘들었다. 진지한 연애만으로는 더이상 충분하지 않았다. 사랑에 빠졌다는 것은 이제 더이상 가장 중요한 게 아니었다. 그녀에 대한 감정에 이끌려 그는 혼란스러운 마음으로 그녀의 손을 잡고 자기 입술에 갖다댔다. 하지만 그는 무력감을 느꼈다. 더이상 자기 자신과 맞서 싸울 힘이 없었다. 그가 그렇게 멍한 모습을 보인다 하더라도 그 누구도 어쩔 도리가 없었고, 그 누구도 누군가를 그런 무지로부터 구해줄 수 없었다.

숨막히는 순간이 지나면 해방의 순간이 뒤를 이었다. 그는 다시 일어났다. 이번에는, 길을 지나기가 훨씬 더 어려워 보였다. 길은 훨씬 더 길고 훨씬 더 위험해 보였다. 그는 가스레인지로 다가가 가스를 틀었다. 그리고 연필과 수첩을 들고 식탁 앞에 의자를 끌어당겨 앉았다. 이제 가스가 연신 쉭쉭거리는 소리를 내고 있었다. 그는 썼다. "사랑하는 마리안······" 하지만 거기서 멈추고, 한참을 꼼짝도 않고 있었다. 한없이 길게 흐르는 그 몇 분 동안 수많은 일들이 천천히 돌아가기 시작했다.

갑자기, 그들이 탄 배가 어두워졌다. 갑자기, 함께 생을 마치는 것도, 태고의 어둠까지 서로 의지하며 버텨내는 것도 더이상 중요하지 않게 되었다. 갑자기, 더이상 아무것도 중요하지 않았다. "사랑하는 마리안……" 그 일은 쉽지 않았다.

그는 자신에게 생겼을 뻔했던 그 형을 다시 생각했다. 형이 태어났더라면 분명히 그 모든 일들이 일어나지 않았을 것이었다. 어머니의 머리가 돌아버린 것부터 시작해서 그 모든 일들이. 바깥 주차장에는, 그에게서 100미터도 채 되지 않는 곳에 그 동물의 머리를 덮어놓은 가운이 어둠 속에서 한 점 얼룩처럼 어렴풋이 빛을 발하고 있었다. 미신을 믿지 않는다 해도, 그것을 길조라고 할 수는 없을 터였다. 사슴을 깔아뭉갰는데 좋은 일이 생길 리가 없었다. 오히려 그 반대였다. 완전히 그 반대.

안에서 봤을 때, 그가 입에 담배를 물고 라이터를 켰다.

밖에서 봤을 때, 방갈로가 주위에 금빛을 흩뿌리면서 빛나는 호박처럼 폭발했다.

치유될 수 없는 상처와 사랑의 불가능성

첫 소설 『37.2도 아침』을 발표한 이후 지금까지 왕성한 작품활동을 하면서 수많은 독자들과 평단을 매료시켜온 작가 필립 지앙이 전작 『나쁜 것들*Impardonnables*』에 이어 그의 작가 생활에 정점을 찍는 놀라운 작품과 함께 우리에게로 돌아왔다.

'음울하고 냉소적이며 비관적인 분위기를 풍기는, 악의 그림자가 드리운 것 같은 복잡한 플롯을 지닌 추리소설'을 로망 누아르Roman noir라고 규정한다면, 『파문』은 분명히 누아르 소설에 속한다. 많은 담론을 끌어낼 수 있는 이 기이하고 매력적인 소설에 대해 함부로 내용을 발설할 수 없게 만드는 것은 바로 그것, 이 소설의 누아르적인 성격이다. 물론 이 책을 추리소설이라고 단정지을 수도 없고, 추리소설을 읽듯이 읽어내려갈 수도 없다. 그럼에도 불구하고 이 책의 장르적 성격은 엄연한 사실이어서, 이 글에서 자칫 새어나갈 스포일러로 인해 독서의 긴장감을 방해하게 될지도 모른다는 점을 염려하지 않을 수 없다. 그렇다고 이 멋진 소설에 대해 함구하고 있는 것도 참을 수 없는 일이다. 그러므로 미흡하나마 한 가지 해결책은, 최대한 스포일러를 피해가면서(과연 가능할지 모르겠지만) 『파문』의 중심적인 틀을 가능한 한 추상적으로 버무리며 이야기해보는 것이다.

필립 지앙의 소설 속으로 들어가는 입구의 문턱은 높다. 앞뒤 설명 없이 툭 던져놓은 그의 문장들은 언뜻 보기에 대단히 불친절하다. 그로서는 드물게 삼인칭시점을 택하고 있는 이 소설에서 그는 결함 많은 자신의 인물들에 대해 해명하지도 고슴도치가 새끼를 품듯 그들을 껴안아주지도 않는다. 그의 문장처럼 인물들 역시 허공에 툭툭 내던질 뿐이다. 그리고 간간이 나타나는 심리묘사들도 잔혹하리만큼 냉정하다. 그래서 쉰셋이라는 나이와는 어울리지 않는 것들(고물 피아트 500, 앳된 제자들과의 하룻밤 연애, 아직도 간직하고 있는 유년기의 환상, 마더 콤플렉스, 질투심, 성적 강박, 마비된 판단력과 도덕성……)을 골고루 갖춘 우리의 주인공(작가가 보듬어주지 않으니 우리라도 보듬어주자), 훌륭한 작가가 되고 싶었으나 될 수 없었고 어린 시절의 상처를 떨치고 싶지만 그것으로부터 여전히 치유되지 못했으며, 진정으로 사랑하고 싶지만 그것도 불가능하고, 거기다 의도적인 건 아니라 할지라도 하필이면 금지된 사랑들만 시도하는, '인생의 실패자'라고 명명할 수밖에 없는 주인공 마르크는 우리 눈에 수상하고 기이하기만 할 뿐, 이해하기가 어렵다. 게으름과 무책임함으로 인한 한순간의 잘못된 판단으로 일으킨 사건의 파문이 점점 커져가면서 그 소용돌이의 한가운데에서 심연을 향해 추락해가는 과정에도, 그는 흔히 잔인하게 희화화되면서 블랙코미디를 연출할 뿐이다. 순전히 불친절한 작가 때문에.

도대체 왜 이러는 걸까? 도대체 왜? 그쯤에서 사실대로 털어놓고 상황을 벗어나면 될 텐데 왜 그런 어리석은 행동을 계속해나가는 걸까? 우리는 마르크가 왜 그렇게 행동하는지, 자신을 둘러싸고 있는 인물들을 왜 그런 식으로 대하는지 그 이유를 전혀 모르는 채 조갈증을 느끼면서 그를 따라간다.

이 소설은 인물의 행동과 심리뿐만 아니라 사건의 전개에서도 불친절하기는 마찬가지다. 뭔가 사건이 일어날 것처럼 잔뜩 긴장감을 고조시키다가 갑자기 장면이 바뀌면서 주인공은 이미 사건을 수습하고 있다. 빈번한 장면 건너뛰기. 단락 사이사이의 공백. 그 공백들은 우리가 스스로 메워야만 한다. 죽음과 시신, 경찰 수사, 그리고 망가진 한 중년 남자의 행동들에 이르기까지 이 소설에서 명백한 것은 아무것도 없다. 우리에게 던져진 것은 바로 그것, 무수한 맹점들이다. 하지만 여기서 포기해서는 안 된다. 답을 찾으려면 그 당혹스러움을 끝까지 물고 늘어져야 한다. 그 불친절함, 그 생략들, 이 소설의 문턱이 높은 것도 바로 그것 때문이고, 이 소설의 격조도 바로 그것으로 인해 드높아진다. 설명되지 않은 이 불완전함, 작가가 의도한 대단히 자극적이고 도전적인 이 맹점들은 우리를 허기지게 만들면서 마르크의 가쁜 호흡을 따라가게 한다.

마르크가 자신의 제자인 바르바라가 침대 위에 누운 채 죽어 있는 것을 발견하고 그녀를 차에 싣고 산속 동굴 속에 갖다 버린 뒤 태연하게 생활하고 있던 어느 날 바르바라의 계모라고 자처하는 여자가 그를 찾아오기까지의 이야기가 불과 20페이지밖에 되지 않는 분량 속에 한꺼번에 쏟아진다. (그것도 사건 위주로만 이야기가 전개되는 것이 아니라 주인공의 엉뚱한 사변들이 주절주절 이어지는 가운데!) 그리고 그다음부터는 미묘한 의혹과 긴장이 팽팽하게 부풀어나가다가, 책의 마지막 사분의 일쯤에 이르러서 모든 게 갑자기 '펑' 하고 터진다. 혼란과 트라우마, 서스펜스의 연속이다. 정신적 불안과 트라우마에 시달리는 인간의 심리묘사가 이 소설의 긴장을 유지하는 열쇠가 된다. 잘못 끼운 첫 단추 때문에 일어난 파문은 걷잡을 수 없이 커져만 간다.

그리고 파문이 커져갈수록 마르크는 점점 더 빠르게, 점점 더 깊이 지옥으로, 나락으로 떨어진다. 그 첫 단추는 과연 무엇일까? 여학생의 시신을 동굴의 구덩이 속에 던져넣은 그날 새벽일 수도 있지만, 그것보다 훨씬 더 거슬러올라가 엄마에게 사랑을 받지 못한 아들이 집에 불을 지른 그날일 수도 있다. 그래서 그는 크레바스 속에 시신들을 차곡차곡 쌓아 무의식적으로 구멍(바위 틈의 깊은 구멍이자 자기 존재의 밑 없는 구멍)을 메우려 하는 건지도 모른다. 그리고 그런 그의 욕망이 그를 괴물로 만들어가고 지옥으로 하강하게 하는 건지도. 왜냐하면 그 욕망은 불가능한 것이고, 불가능성에 대한 욕망의 끝은 추락으로 예정되어 있으므로.

그런데 사랑으로조차 구원받을 수 없는 한 실패자의 허무 속으로 들어감에 따라 우리는 그에게 점점 더 연민을 느끼게 된다. 그것이 필립 지앙의 의도일 것이다. 그는 그 괴물을 선뜻 공감하거나 연민할 수 없도록 묘사함으로써 우리로 하여금 결국 더 깊은 연민을 느끼지 않을 수 없게 만든다. 그렇게 해서 냉담하기 그지없는 작가의 문체는 한 편의 소설 속에 하나의 절망적인 세계를 끌어들이고, 아무도 쉽게 알아차리지 못하는 사이에 그 세계를 처절하게 껴안는다. 끝으로, 우리의 무심한 심장을 가격하는 충격적이고 아름다운 파멸의 문장을 놓치지 말자.

안에서 봤을 때, 그가 입에 담배를 물고 라이터를 켰다.

밖에서 봤을 때, 방갈로가 주위에 금빛을 흩뿌리면서 빛나는 호박처럼 폭발했다.

이 무심한 듯한 문장에서 비극은 찬란하게 완성된다. 필립 지앙의 소설을 읽는 것은 분명 노력을 요한다. 그러나 그 문턱을 넘어설 때, 우리는 충분한 보상을 받는다. 그의 세련된 문체가 선사하는 즐거움과 선 굵은 심리묘사와 흡입력 있는 사건 전개가 불러일으키는 쾌감에 흠뻑 빠져들 수 있기 때문이고, 저절로 선명하게 시각화되는 장면들, 빠른 장면 전환들을 통한 속도감과 충격 효과 같은 영화적 문법 덕분에, 처음에 우리를 가로막는 듯하던 장벽이 어느새 허물어지고 한창 몰입해 있는 자신을 발견할 것이기 때문이다. 이 놀라운 기쁨을 놓치는 것은 분명 억울한 일일 것이다.

윤미연

지은이 **필립 지앙**
1949년 프랑스 파리에서 태어났으며 대학에서 언론학을 전공했다. 1985년 발표한
『37.2도 아침』이 영화 〈베티 블루〉로 각색되며 베스트셀러 작가가 되었다. 강한 필치와
독특한 소재들로 세대를 아우르는 독자들의 큰 호응을 얻으며 꾸준히 창작활동을 해왔
다. 『지옥처럼 푸른』을 시작으로 『소토의 안을 들여다보면 머리가 하얗게 센다』 『나쁜 것
들』 『오…』 등 스물두 편의 장편소설을 발표했고, 다수의 소설이 영화화되었다. 작사가
와 번역가로도 활동하고 있다.

옮긴이 **윤미연**
부산대학교 불어불문학과 및 동 대학원을 졸업하고 프랑스 캉 대학교에서 공부한 뒤 전
문번역가로 활동하고 있다. 『허기의 간주곡』 『라가』 『어느 완벽한 2개국어 사용자의 죽
음』 『세상에서 가장 작은 동물원』 『첫 문장 못 쓰는 남자』 『나쁜 것들』 『우리는 함께 늙어
갈 것이다』 『마지막 숨결』 『사랑을 막을 수는 없다』 『구해줘』 『은밀하게 나를 사랑한 남
자』 등을 우리말로 옮겼다.

문학동네 세계문학
파문

초판 인쇄 2017년 2월 27일 | 초판 발행 2017년 3월 17일

지은이 필립 지앙 | 옮긴이 윤미연 | 펴낸이 염현숙

책임편집 김미혜 | 편집 오동규
디자인 김현우 이원경 | 저작권 한문숙 김지영
마케팅 우영희 정진아 김혜연 | 홍보 김희숙 김상만 이천희
제작 강신은 김동욱 임현식 | 제작처 영신사

펴낸곳 (주)문학동네
출판등록 1993년 10월 22일 제406-2003-000045호
주소 10881 경기도 파주시 회동길 210
전자우편 editor@munhak.com | 대표전화 031) 955-8888 | 팩스 031) 955-8855
문의전화 031) 955-8896(마케팅) 031) 955-8860(편집)
문학동네카페 http://cafe.naver.com/mhdn | 트위터 @munhakdongne

ISBN 978-89-546-4448-8 03860

www.munhak.com